William Giraldi

WOLFSNÄCHTE

Thriller

Aus dem amerikanischen Englisch von
Nicolai von Schweder-Schreiner

Hoffmann und Campe

Die Originalausgabe erschien 2014 unter dem Titel *Hold the Dark*
bei Liveright Publishing Corporation/
W. W. Norton & Company Ltd., New York.

1. Auflage 2016

www.hoca.de
Satz: Pinkuin Satz und Datentechnik, Berlin
Druck und Bindung: CPI books GmbH, Leck
Printed in Germany
ISBN 978-3-455-40538-5

HOFFMANN
UND CAMPE

Ein Unternehmen der
GANSKE VERLAGSGRUPPE

Für Aiden Xavier,
möge das Dunkle in dir nie zum Ausbruch kommen.

Ach, unbelehrbar, willst du dich der schlimmsten,
höchsten Wahrheit stellen.

Gerard Manley Hopkins

Wir fürchten die Kälte und das, was wir nicht verstehen. Doch am meisten fürchten wir das Tun der Achtlosen unter uns.

Eskimo-Schamane zu
Polarforscher Knud Rasmussen

1

Die Wölfe kamen aus den Hügeln und holten die Kinder von Keelut. Zuerst verschwand ein Junge, der seinen Schlitten am Dorfrand entlangzog, in der Woche darauf ein Mädchen, als es um die Hütten am zugefrorenen Teich lief. Jetzt, in den Schneewirbeln des neuen Winters, wurde ein drittes Kind aus ihrem Dorf weggeholt, diesmal vor der eigenen Haustür. Lautlos – kein Schrei, kein Geheul, kein einziger Hinweis.

Die Frauen waren außer sich, die, die ihre Kinder verloren hatten, untröstlich. Eines Nachmittags kam die Polizei aus der Stadt. Sie kritzelten Sätze in ihre Notizblöcke. Sie wirkten hilfsbereit, ließen sich danach aber nie wieder blicken. Frauen und Männer patrouillierten mit Gewehren in den Hügeln und um das Dorf. Selbst die Alten bewaffneten sich mit Pistolen und begleiteten die Kinder von der Schule und der Kirche nach Hause. Aber niemand schickte einen Trupp los, um die Wölfe zu jagen.

Der sechsjährige Sohn von Medora Slone war das dritte Opfer. Sie erzählte den anderen Dorfbewohnern, wie sie die ganze Nacht durch Hügel und Tal gezogen war, bis in die Morgenröte hinein, das Gewehr auf dem Rücken, ein langes Messer ans Bein geschnallt. Ihre Rache sollte nach

Metall schmecken. Die Spuren der Wölfe zerstreuten sich, wurden schwächer und verschwanden schließlich in den Flocken, die wie Federn vom Himmel fielen. Mehrmals versank sie bis zu den Knien im Schnee und stellte sich vor, wie ihre Tränen zu Eiskügelchen wurden, die klirrend auf den Raureif und die Felsen schlugen.

In ihrem Brief an Russell Core, drei Tage, nachdem ihr Junge verschwunden war, schrieb sie, sie habe nicht erwartet, ihn lebend zu finden. Eine Blutspur hatte von der Veranda hinter ihrem Haus durch den spärlichen Wald hoch in die Hügel geführt. Aber sie brauchte seine Leiche oder was davon übrig sein mochte, und wenn es nur die Knochen waren. Deshalb schreibe sie Russell, sagte sie. Sie wollte, dass er ihr die Knochen ihres Jungen brachte und vielleicht auch den Wolf tötete, der ihn geholt hatte. Keiner aus dem Dorf würde Jagd auf die Wölfe machen.

»Mein Mann kommt bald aus dem Krieg zurück«, schrieb sie in ihrem Brief. »Ich brauche etwas, das ich ihm zeigen kann. Ich muss Baileys Knochen haben. Ich kann nicht mit leeren Händen dastehen.«

Core war kein Mann, der sich leicht fürchtete. Er hatte als Naturschriftsteller angefangen und war auf der Suche nach einem Projekt in den Norden gegangen, wo ihn im Herbst die Wölfe fanden und ihn eine Woche lang in seinem Zelt und beim Fischen beobachteten. Sie folgten ihm den Fluss entlang und schienen irgendetwas von ihm zu wollen, allerdings nicht seinen Tod, das wusste er. Er glaubte, dass sie eine wahre Geschichte wollten, eine, die nicht von Angst bestimmt war, keinen Mythos. Im Winter darauf reiste er nach Yellowstone. Sein zweites Buch schilderte jenes Jahr, das er unter Wölfen verbracht hatte – eine Geschichte aus ferner Jugend, so lange her, dass Core sie kaum glauben konnte.

Als Nachwort fügte er einen Essay über den einzigen von dort überlieferten Angriff eines Wolfs auf einen Menschen hinzu. Eine Wölfin war auf einen Campingplatz geschlichen und hatte ein Kleinkind geholt, während die Eltern ihren Champagnerrausch ausschliefen. Er erklärte den Vorfall mit Futtermangel, mit wegen des späten Winters abgewanderten Rentierherden und dem achtlosen Eindringen der Menschen in das Terrain der Wölfe: Straßen, Campingplätze, schlecht geölte Motoren, alles ein Affront gegen die einstige Majestät dieser Tiere. Selbst seine Anwesenheit dort war eine Demütigung. Das spürte er täglich. Der Tod des Mädchens war kein Mysterium, kein Mythos. Er war elementar. Hunger.

Man bat ihn um Hilfe an diesem beißend kalten Morgen, ihn, den Naturschriftsteller, der im Zelt inmitten der Sippe des Mörders gelebt hatte. Er konnte nicht nein sagen. Seine Tochter war genauso alt wie das Mädchen, und schon seine Liebe zu ihr fühlte sich an wie ein Verlust. Die Schuld eines Vaters, den die Arbeit von zu Hause wegführt. Zusammen mit den anderen, den Rangern, den Biologen, den Männern in Tarnkleidung, verfolgte er die Wölfin in einem Umkreis von dreißig Quadratkilometern über die Berge im Norden und durch das Lamar Valley. Er fuhr in einem geliehenen Geländewagen und stand in Funkkontakt mit den verhassten Scharfschützen in den Helikoptern. Damit sie ihm nicht in die Quere kamen, schickte er ihnen absichtlich falsche Informationen. Als er die Grenze nach Montana überquerte, fand er sie, krank und allein, und erschoss sie aus vierzig Metern Entfernung auf einer Rinderfarm. Bei dem Gewehr, das man ihm gegeben hatte, spürte man keinen Rückstoß – es war ganz anders als die Waffen, mit denen er als Kind geschossen hatte, in den Bergen mit seinem Vater, als der noch lebte.

An jenem Morgen fand Core seine eigene, bodennahe Kugel respektvoller als die der Ranger, die sich als Götter aufspielten. Durch das Zielfernrohr sah er die weiße Wolfsschnauze, noch rosa gesprenkelt von den Eingeweiden des Kindes. Fetzen von einem gelben Schlafanzug klebten am dunkelroten Blut über den Lefzen. Ihre Augen waren golden. Nicht das glühende Rot oder Grün von Bilderbuch-Horrorwölfen, sondern ein mattes, seltsam würdevolles, menschliches Gold.

Man sieht sich erst ganz, dachte Core, wenn man sich im Auge eines wilden Tieres spiegelt. In dieser Prüfung zeigte sich die Würde eines Menschen, und er hatte versagt.

Die Augen eines Wolfes lassen sich nicht täuschen. Sie sehen alles. Auf diese Weise lernte er sie kennen. Er verschwand direkt, nachdem er sie getötet hatte. Das war sein Buch. Es begann als Hommage und endete im Gemetzel. Ein ganzes Jahr lang hatte er die Wölfin beobachtet. Und sie nach seiner Tochter benannt.

Die Gerichtsmediziner entdeckten einen Großteil des Mädchens zermanscht in ihrem Verdauungstrakt. »Einen verdammten Mörder« nannten die Eltern des Mädchens den Wolf, der sie geholt hatte. »Dieser verdammte Teufel.« Aber Core dachte anders. Räuber, Plünderer, nächtlicher Dieb – sie war nicht dort eingedrungen, weil sie es wollte, sondern weil sie keine Wahl hatte. Wer war hier schuldig? Am liebsten hätte er den Eltern die Meinung gesagt, ihnen ein Bußgeld aufgedrückt, weil sie mutwillig in einem gesperrten Tal gecampt und ihren Plastikmüll neben dem Zelt abgeladen hatten, aber er konnte es nicht.

Die nächsten zehn Jahre musste er dann mit ansehen, wie die Wölfe fast ausgerottet wurden. Von irgendwelchen

Feiglingen, die aus dem Hubschrauber auf sie schossen. Er zuckte jedes Mal zusammen, wenn er daran dachte, wie er auf das Weibchen mit den Kleiderfasern in den Mundwinkeln gezielt und abgedrückt hatte. Inzwischen arbeitete er für das Auswilderungsprogramm im Nationalpark, schrieb Zeitungsartikel über die menschliche Hybris, sprach auf Symposien, wo in Khaki gekleidete Alumni wohlwollend nickten, ihn baten, sein Buch zu signieren, und gleich darauf alles vergessen hatten.

In ihrem Brief schrieb Medora Slone: »Sie empfinden Mitleid für dieses Tier. Bitte tun Sie das nicht. Helfen Sie mir und töten Sie es. Die Knochen meines Sohnes liegen irgendwo im Schnee.«

Er hatte ihren Brief zusammengefaltet in seiner Jeansjacke stecken, als er im Pflegeheim ankam, einem ausladenden einstöckigen Gebäude, das früher eine Grundschule gewesen war. Die Klassenräume hatte man zu Schlafräumen umfunktioniert, aber die Flure sahen noch aus wie früher. Eine Reihe von Schließfächern an einem Ende, und die tellergroßen roten Feuermelder, die er noch aus seiner Jugend kannte. Die Frau, mit der er fünfunddreißig Jahre verheiratet war, lag dort, wo sie seit dreizehn Monaten lag, nur teilweise bei Verstand, nachdem ein Schlaganfall ihren Kopf in zwei Teile gespalten hatte. Diese Frau brauchte eine Kraft, die kein Mann und kein Gott ihr geben konnten.

Er ging zum Waschbecken und trank etwas Wasser. Im Spiegel sah er seine weiße Mähne unter dem Baseballcap hervorquellen und auf die Schultern fallen, sah die weiße Krause an seinen Wangen sprießen und das länglich wirkende Kinn. Er hatte keine Ahnung, wann er so gealtert war, seit wann er aussah wie ein Wolf. Vielleicht seit dreizehn Monaten. Zweimal am Tag Mikrowellengerichte. Der unruhige Schlaf der Leidenden, all die Stunden der Stille, die er gezählt hatte. Der Wind war im Winter fast ein angenehmer Gast mit seinem Geheul. Die tägliche Langeweile verwandelte sich in Verzweiflung und dann wieder zurück. Sechzig Jahre alt war er dieses Jahr geworden und sah aus wie achtzig. Brachte nicht mal den Willen auf, zum Friseur zu gehen.

Wie viele Bilder sollte er noch malen von dem Wolf, den er erlegt hatte? Die Wände in seiner Bibliothek waren voll damit. Und immer dieselbe Wölfin. Auf jedem Bild hingen ihr die gelben Fasern um das blutige Maul. Er konnte sie nicht wieder lebendig malen. Er konnte sich sein eigenes Leben nicht wieder zurückholen.

Tausende Titel standen in seiner Bibliothek, alle im Laufe seines Lebens zusammengesammelt und gelesen. Jeden Morgen ging er hin, berührte sie, blätterte in ihnen und roch die Gedichte auf dem Papier. Nur lesen musste er sie nicht mehr. Ein beliebiger Vers oder Absatz, mehr schaffte er nicht. Der Schreibtisch aus Kiefernholz, an dem er seine Bücher schrieb, hatte einmal seinem Vater gehört. Der kastanienbraune Ledersessel war ein Geschenk seiner Frau, nachdem sie geheiratet hatten. Im Entree ihres Hauses wachte ein verstaubtes Kruzifix über Galoschen und Handschuhe, ihr Parka und Schal hingen noch dort, wo sie sie letzten Winter hingehängt hatte. Auf der WILLKOMMEN-Matte war nur noch das KOMMEN zu lesen. Sein früher so ordentliches Atelier auf dem Dachboden war jetzt ein Chaos aus Leinwänden und Farbtuben, aus Pinseln, Staffeleien und Abdeckplanen. Die Waschmaschine war letzten Winter kaputtgegangen, und er hatte sich nicht mehr darum gekümmert.

Durch die Baumwolldecke tastete er nach dem Fuß seiner Frau und umfasste ihn zum Abschied mit einer unsicheren

Geste. Er dachte an seine Tochter, die ihm fremd geworden war und weit weg in Anchorage lebte, als Geschichtsprofessorin am College. Daran, was sie sagen würde, wenn sie ihn sähe, wenn er plötzlich ungebeten bei ihr auftauchte. Er nahm seine Tasche und ging. Auf dem Flur wünschte ihm eine Pflegerin im roten Pullover frohe Weihnachten und gab ihm eine Zuckerstange, die in der Krümmung gebrochen war. Core sah auf seine Uhr: Weihnachten war erst in drei Wochen. Er hatte Thanksgiving vergessen. Auf dem Parkplatz vom Pflegeheim, in der kargen Sonne, stand im Leerlauf dasselbe weiße Taxi, das ihn hergebracht hatte.

Vor der Wüstenstadt wirbelte ein heftiger Wind Sand auf. Dunkle senfgelbe Böen zogen vor der Sonne vorbei wie Wolken ausschwärmender Insekten. Sie verfolgten einen mit Männern beladenen rostroten Pick-up, ihr Wagen zog bräunliche Staubwolken hinter sich her. Vernon Slone lehnte an seinem Maschinengewehr und hörte den Sand gegen seine Atemschutzmaske schlagen. Es war schon spät, und das Thermometer zeigte immer noch 38 Grad.

Zu Hause schneite es bestimmt – vom Winter würde er diesmal nichts mitbekommen. Die Stadt hinter ihm lag in Schutt und Asche. Wenn er sich umdrehte, konnte er den Rauch und die Flammen sehen, ein einziges Gomorrha, das sie angerichtet hatten. Vor ihm war nur Sand und Staub, den der Truck fünfzig Meter vor ihnen aufwirbelte. Niemand schoss mehr. Niemand sah irgendwas. Alle paar Sekunden entdeckte Slone zwischen den Sandböen die Heckklappe.

Kurz darauf sah er, wie der Wagen in eine tiefe Rinne geriet und sich im Sandsturm fast lautlos viermal überschlug. Auf ähnliche Weise hatte er Pick-ups und Motorschlitten im aufgeschütteten Schnee umkippen sehen: ohne einen

Laut. Die Männer – zu welchem Lager gehörten sie? Aus welcher Gegend stammten sie? – flogen wie Laubsäcke von der Ladefläche. Der Truck rutschte weg und krachte auf sie drauf. Ein paar kamen hinkend hinter dem zerknitterten Wrack hervor und schossen auf Slones Wagen. Das Blei schlug gegen die Panzerung.

Als er zurückfeuerte, rissen die .50er Patronen ihnen die Glieder weg oder hinterließen pflaumengroße dunkelblaue Löcher. Einige von ihnen lagen im benzingetränkten Sand, die anderen saßen noch in das plattgedrückte Führerhaus gezwängt. Ihr Blut spritzte in orangeroten Fetzen in den Wind. Seltsam, wie orange, wie leuchtendes Blut mittags im gleichmäßig matten Wüstenlicht aussieht.

Der Truck fing Feuer, explodierte aber nicht. Sie ließen ihn fünfzehn, zwanzig Minuten lang brennen, bevor sie mit Feuerlöschern anrückten.

Der Junge im Wagen war in Baileys Alter. Die unverbrannte Gesichtshaut glänzte karamellfarben. Ohne Hemd, ohne Schuhe, die Füße so versengt, dass sie geschmolzen wirkten – wie aus Kerzenwachs. Steinsplitter hatten sich in Hals und Kinn gebohrt, die Halsader war ungleichmäßig von Glas aufgeschlitzt, darunter war er bis zu den Knien in ein Kleid aus Blut gehüllt. Slone sah seinem Nebenmann in die wässrigen grauen Augen – ein Mann, dessen einfacher Name, Phil, nicht zu der Finsternis passte, die in ihm schlummerte.

Wer erteilt hier die Befehle? Was für ein schmutziges Spiel wird hier gespielt? Rauchend saßen sie auf ihrem Wagen. Slone sah zu, wie die anderen Taschen und Rucksäcke durchsuchten. Ein paar schossen Fotos vom Wrack, zeigten sie sich gegenseitig und lachten. Phil bückte sich, um den Toten Augen und Zungen rauszuschneiden – als Souvenir.

Core kam in der frühen Dämmerung in Alaska an. Er hatte im Flieger geschlafen, war tief in Träume versunken, in denen er verschwommen die Gesichter seiner Frau und Tochter erkannte, und dann, schemenhaft, von noch jemandem, seiner Mutter, wie er vermutete. Am Flughafen fragte er einen Mann nach dem Weg zur Autovermietung, und der zeigte auf das Schild direkt vor ihnen, auf dem der Firmenname in einem gelben Pfeil leuchtete. In einem Laden grinsten ihm von den Magazinen im Zeitschriftenregal geschminkte Gesichter entgegen, aber er kannte ihre Namen nicht. Die Lokalzeitungen schrieben übers Wetter. Er kaufte einen Schokoriegel.

Für die hundertfünfzig Kilometer ins Landesinnere nach Keelut mietete er einen Pick-up mit Allradantrieb. An der Windschutzscheibe klebte ein Navi, aber so was hatte er noch nie benutzt, außerdem erklärte ihm der Mensch von der Autovermietung, da, wo er hinwolle, komme man mit dem Navi nicht weit. Er gab ihm eine Straßenkarte mit, »eine, die relativ genau ist«, wie er sagte, und zeichnete ihm mit rotem Edding die Route vom Flughafen nach Keelut ein. Core verfuhr sich bei der ersten Gelegenheit und landete mitten im Zentrum. Der Ort kam ihm seltsam vor. Bungalows kauerten neben Hochhäusern, Wasserflugzeuge parkten in Auffahrten, Holzstapel lagen vor einem Computerladen. Verdreckte Landstreicher trabten mit Rucksäcken durch die Gegend, daneben gepflegte Anzugträger am Handy.

Schließlich fand er die richtige Straße, die Stadt schrumpfte im Rückspiegel, die Dezember-Landschaft unsichtbar hinter den grün leuchtenden Armaturen. Am Straßenrand sah er alten und neuen Schnee zu halbrundem Bollwerk aufgepflügt. Die rotweißen stecknadelgroßen Lichter über ihm waren entweder Flugzeuge oder Raumschiffe. Es hätte ihn nicht gewundert, einem scheibenförmigen Luftschiff zu begegnen, aus dem metallene Trolle von einem fernen Planeten stiegen und ihm Fragen stellten, die er nicht beantworten konnte. Eine halbe Stunde vorsichtigen Fahrens, während die Scheinwerfer zwei kegelförmige Bahnen Schnee aus der Dunkelheit schnitten. Was sollte er Medora Slone über den Wolf erzählen, der ihr Kind geholt hatte? Dass Hunger kein Mysterium ist? Dass die natürliche Ordnung keine Rache rechtfertigte?

Er hatte seine Tochter in den letzten drei Jahren nur ein Mal gesehen, als sie am Morgen nach dem Schlaganfall ihrer Mutter nach Hause kam. Drei langsam dahinkriechende Jahre. Das Leben war nicht kurz, wie die Leute immer behaupteten. Bevor sie geboren wurde, hatte er den Zigaretten und dem Whiskey abgeschworen. Er wollte gesund für sie sein, und damals dachte er, dass die zehn Jahre, die ihn Alkohol und Tabak kosten würden, zehn Jahre zu viel waren. Jetzt wusste er, dass diese Zeit es nicht wert war – die silberne Dekade, wenn die ehemals weite Welt auf ein Schlüsselloch zusammenschrumpft. Nicht alles, was Silber ist, glänzt. Seit heute Morgen überlegte er, wieder anzufangen, sowohl mit den Zigaretten als auch mit dem Whiskey. Er bereute, dass er sich auf dem Flughafen nicht mit beidem eingedeckt hatte.

Highways wurden zu Straßen, dann zu Feldwegen, Städte gingen in Wildnis über, und die Lichter wurden immer weniger. Eine verlorene Stunde in die falsche Richtung, in einen finsteren Wald hinein, der ihn zu verschlingen drohte. Dann ein Trucker an einer Tankstelle, der ihm eine bessere Karte gab und ihm den Weg zeigte, obwohl er sich nicht ganz sicher war. Über dem Auge hatte er einen schwarzen Adler tätowiert. »Mir geht es vor allem darum, dass die Straßen befahrbar sind«, sagte Core, und der Trucker antwortete: »Straßen? Hier gibt es keine Straßen.« Als er lachte, sah Core nur drei Zähne unter dem wild wuchernden Bart. Er wusste nicht, was er meinte. Dann hörte es auf zu schneien, und er fuhr weiter.

Stunden später kam Core an einen unbefestigten, unbeschilderten Pass. Es war der Pass nach Keelut. Hinter einer Rechtskurve ging es jetzt direkt neben der Straße bergauf, vorbei an einer verrotteten Hütte, die der Trucker ihm beschrieben hatte. Im Allrad-Modus holperte er den Pass entlang bis ins Dorf. Die Hütten waren klar in zwei Reihen unterteilt, er konnte sie zählen. Die meisten waren einstöckig und bestanden nur aus einem Raum. Die zweistöckigen hatten spitze Dächer, auf denen sich Antennen in die Kälte reckten. Dahinter zeichneten sich schützend oder auch bedrohlich die Hügel ab.

Er parkte und bahnte sich einen Weg durch die Schneewehen. Schlittenhunde lagen angeleint vor den Hütten, angeschirrte Huskys, die sich aneinanderschmiegten, weißgrau und zimtfarben im Mondlicht, der Schnee um sie flachgedrückt, darauf rosa Flecken und die Knochen vom Abendbrot. Sehnig, wie Wölfe, unbeeindruckt von der Kälte und auch ihm gegenüber gleichgültig. Auf einmal sah er im Dunkeln ein Mädchen. Er blieb kurz stehen, um sich zu vergewissern, dass sie echt war, dann fragte er sie nach den Slones. Sie hatte das herzförmige Gesicht der Yupik, hübsch, trotz seines abweisenden Ausdrucks. Nachdem sie auf eine Hütte gezeigt hatte, drehte sie sich um und lief in die Dunkelheit der verschneiten Fichten. Er sah sie zwischen den Zweigen verschwinden und fragte sich, wohin sie wohl abends bei dieser Kälte noch wollte. Warum hatte sie keine Angst, dass die Wölfe sie holten, so wie die anderen?

Der Schnee leuchtete im Mondlicht. Zu seiner Linken zeichnete sich vor dem fast neonblauen Himmel die Silhouette eines Totempfahls ab, der finster am Dorfrand wachte – sechs Meter hoch reichten die bunten Gesichter von Bären, Wölfen und menschenähnlichen, ihm unbekannten Wesen, ganz oben eine riesige Eule mit ausgebreiteten Flügeln und gewaltigem Schnabel. Er wandte sich wieder der Dorfmitte zu – weniger eine Straße als ein Pfad, der zwischen zwei Hüttenreihen durch den Schnee gepflügt worden war und zu einer Art Platz mit einem runden Steinbau führte, halb unter den Schneehügeln begraben. Rechts von ihm stand ein hölzerner Wasserturm mit einem Backsteinsockel, im Winter nutzlos. Dahinter im Schuppen ein grummelnder Generator, der das Dorf mit Strom versorgte. In den orange leuchtenden Fenstern erkannte er runde Gesichter, die ihn musterten. Die Luft war so kalt, dass er kaum atmen konnte.

An der Hütte der Slones prangte ein Rentiergeweih über der Tür – er war nicht sicher, ob zur Begrüßung oder zur Abschreckung.

Medora Slone hatte den Tee fertig, als er eintrat. Ihre weißblonde Jugendlichkeit überraschte ihn. Er hatte ein dunkles Trauergewand und zerzaustes schwarzes Haar erwartet. Ihr Gesicht passte nicht, es gehörte nicht hierher. Es war das blasse, von keinerlei Spuren gezeichnete Gesicht eines molligen, Softball spielenden Teenagers, nicht das einer Frau, deren Junge gestorben und deren Mann im Krieg war. Auch ihre Augen waren blass. In einem bestimmten Lichtwinkel schimmerten sie maisgelb, fast golden.

Ihre Hütte am Rand des Dorfes war komfortabler als die meisten. Zwei Zimmer, die Spalten zwischen den Holzstämmen mit Moos abgedichtet. Eine halbe Küche in die Ecke gequetscht, ein Klafter Holz an der Hintertür, Granitkamin am einen Ende, Gussofen am anderen. Neben dem

Ofen ein Eimer Feuerholz, an einem Nagel an der Wand ein Radio. Er konnte mit der Fingerspitze die Decke berühren. Räume mit niedrigen Decken waren leichter zu heizen. Die Fenster waren gegen die Kälte mit Plastikplane abgeklebt. Im Schirmständer stand ein Gewehr, in der Ecke die Luftpistole eines Kindes. Über dem Kamin hingen ein Bogen und ein Köcher Pfeile. Sein Buch über die Wölfe lag zwischen zwei Kissen auf dem Sofa, die Seiten zerknickt, der Umschlag zerrissen. Er fragte, ob er die Toilette benutzen dürfe, und sah dann absichtlich nicht in den Spiegel.

Sie setzten sich einander gegenüber – sie auf dem Sofa, dessen Polster praktisch nur noch aus Schaumstoff bestanden, er tief in einem Sessel versunken –, schlürften Tee und genossen erschöpft die Stille. Sie bot ihm etwas von dem Essen an, das die anderen ihr brachten, seitdem ihr Sohn verschwunden war – Rentiersuppe, Fladenbrot, Elchfleischeintopf, Weizen, Pfirsichkuchen. Aber er hatte keinen Appetit. Der Tee wärmte ihn von innen, wie ein Stück glühende Kohle oder ein brummender Bienenkorb. Er krempelte die Ärmel seines Flanellhemdes hoch. Auf der Armlehne waren die Ringe von einem Kaffeebecher zu sehen – wie das olympische Logo, nur schief und braun.

»*Canis lupus*«, sagte sie.

»Richtig, Ma'am.«

»Spitzenprädator.« Sie legte das Buch auf den Couchtisch zwischen ihnen. »Überlebender der Eiszeit aus dem späten Pleistozän. Was bedeutet das?«

»Das bedeutet, dass es sie schon lange gibt und dass sie bessere Jäger sind als wir.«

»Das scheint … Sie zu freuen.«

»Das mit Ihrem Sohn tut mir leid, Mrs. Slone.«

»Also werden Sie ihn töten, ja? Sie werden das Tier töten, das ihn geholt hat?«

Er sah sie an, antwortete aber nicht.

»Warum sind Sie dann hier? Ich war etwas überrascht, dass Sie überhaupt auf meinen Brief reagiert haben.«

Er dachte an die erdrückende Stille bei sich zu Hause.

»Ich bin gekommen, um zu helfen, wenn ich kann«, sagte er. »Um es zu erklären, wenn ich kann.«

»Die Erklärung lautet, dass wir verflucht sind. Wenn Sie helfen wollen, dann töten Sie ihn.«

»Wissen Sie, Ma'am, ich bin Autor.«

»Sie haben schon mal einen von denen gejagt und getötet. Das habe ich in Ihrem Buch gelesen.«

»Wo haben Sie das Buch gefunden?«

»Es hat mich gefunden. Ich weiß nicht, wie. Es war einfach eines Tages da.«

Sie ließ ihren Blick durch das Zimmer schweifen und versuchte, es zu erkennen und sich zu erinnern.

»Sie erwähnten, dass ich die Knochen des Jungen finden soll, aber ... ich weiß nicht.«

»Ja«, sagte sie. »Ich dachte, sie tauchen auf, wenn es aufbricht.«

»Das Eis?«

»Na ja, im Frühling. Wenn es taut.«

Er sagte ihr nicht, dass das unmöglich war. Die gelben Schneestiefel des Jungen standen wie Wachposten auf der Matte neben der Tür, die gefütterte Jacke am Haken, aber nirgends ein gerahmtes Foto, auf dem er Core zahnlückig vom Kaminsims angrinste, keine Plastiklaster oder Spielzeugpistolen lagen auf dem Teppich. Ohne die Stiefel und die Jacke wäre die Frau hier vor ihm nur eine von vielen gewesen. Mit seinen sechzig Jahren war er halbwegs sicher, jede hörenswerte Geschichte schon einmal gehört zu haben. Morgens auf dem Flughafen hatte er am sonnendurchfluteten Fenster gesessen – ein grausamer Vorgeschmack auf den Frühling – und vergeblich versucht, sich an die Gesichter seiner Eltern zu erinnern.

»Ich hätte ihn selbst getötet«, sagte sie. »Wenn ich ihn gefunden hätte. Ich habe versucht, ihn zu finden. Ich hab es versucht.«

»Ihr Revier ist bis zu zweihundert Quadratkilometer groß. Gut, dass Sie ihn nicht gefunden haben. Das Rudel besteht wahrscheinlich aus acht bis zehn Tieren, maximal zwölf. Denen wollen Sie bestimmt nicht begegnen.«

»Kann ich Sie etwas Persönliches fragen, Mr. Core?«

Er nickte.

»Haben Sie Kinder?«

»Ja, eine Tochter, aber die ist erwachsen. Sie lebt in Anchorage und lehrt an der Uni. Ich werde von hier aus zu ihr fahren.«

»Sie unterrichtet also, wie ihr Vater.«

»Ich bin kein Lehrer. Vielleicht hätte ich einer werden können, aber … sie soll gut sein, habe ich gehört. Sie wollte unbedingt nach Alaska.«

»Das ist nicht Alaska. Hier, wo Sie jetzt sind, fängt Alaska an. Dahinter liegt das Landesinnere.«

Er sagte nichts.

»Mr. Core, haben Sie irgendeine Ahnung, was jenseits dieser Fenster liegt? Wie tief es da hineingeht? Wie dunkel es wird? Dass diese Dunkelheit in Sie dringt? Ich sag Ihnen was, Mr. Core, Sie sind hier nicht auf der Erde.« Sie blickte in ihren dampfenden Becher. »Niemand von uns ist das je gewesen.«

Er sah zu, wie sie einen Schluck nahm. »So ein Gefühl hatte ich auch schon an anderen Orten.«

»Anderen Orten. Das hier ist mit nichts vergleichbar, was Sie bisher erlebt haben.«

Er wartete auf eine Erklärung.

Sie gab ihm keine.

»Aber Sie leben hier«, sagte er schließlich.

»Ich bin eigentlich nicht von hier. Ich bin als Kind hergekommen, deswegen kann ich nicht behaupten, dass ich von hier stamme.«

»Hergekommen von wo?«

»Das weiß ich nicht mehr. Man hat es mir nie gesagt, und ich hab auch nie gefragt. Aber ich weiß, dass dieser Ort anders ist.«

Er stellte sie sich vor, wie sie nackt im Schnee stand, fast durchsichtig, dann schloss er kurz die Augen, und das Bild war weg. »Ja, Ma'am«, sagte er.

Ihr Blick schnellte erwartungsvoll durch den Raum. Sie nahm sein Buch vom Tisch und blätterte es durch. »Ich verstehe nicht, was sie hier wollen«, sagte sie.

»Wer?«

»Die Wölfe.«

»Sie sind seit einer halben Million Jahre hier, Mrs. Slone. Sie sind über die Beringstraße gekommen. Sie leben hier.«

Sie leben hier. Außerdem wusste Core, dass sie bis vor vierhundert Jahren mitgeholfen hatten, diesen Kontinent bewohnbar zu machen. Die Inuit lernten von den Wölfen, wie man Rentiere einkreist. Jäger, die einem anderen Jäger huldigten. Die Farmer dagegen wollten sie ausrotten. Sie zündeten lebende Wölfe an und sahen jubelnd zu, wie sie verbrannten. *Wolf und Mensch sind sich so ähnlich, dass wir sie miteinander verwechseln.* Lupus est homo homini. *Dieses Land hat Gräuel begangen, die zu zählen kaum jemanden interessiert. Wolfsfluch. Aber wir sind der Schierling, der Fluch des Wolfes.* Core sagte nichts.

»Ich verstehe nicht, was sie *hier* zu suchen haben.« Sie streckte kraftlos den Arm aus und zeigte auf eine Stelle auf dem Teppich, wo ihr Sohn wahrscheinlich ein Puzzle vom

Sonnensystem zusammengesetzt oder ein Bild von genau dem Monster gezeichnet hatte, das ihn eines Tages holen würde, während seine Strichmänncheneltern hilflos zuschauten.

»Warum passiert mir das, Mr. Core? Was für ein Mythos wird hier wahr?«

»Das sind hungrige Wölfe, Mrs. Slone. Kein Mythos. Einfach nur Hunger. Niemand ist verflucht. Wölfe holen sich Kinder, wenn ihnen nichts anderes bleibt. Das ist Biologie. Das Gesetz der Natur.«

Eigentlich wollte er sagen: *Alle Mythen sind wahr. Jeder einzelne ist die einzige Wahrheit, die wir haben.*

Sie lachte und hielt sich die Hände vor das tränennasse Gesicht. Ihre Fingernägel waren abgekaut bis auf die Haut. Er wusste, dass sie über ihn lachte, darüber, dass das hier eine Nummer zu groß für ihn war.

»Tut mir leid«, sagte er und blickte auf seine Stiefel. »Ich kann es Ihnen nicht erklären, Mrs. Slone.«

Er wusste nicht, womit er sie hätte trösten sollen. Ihm wurde heiß im Gesicht. Er kam sich auf einmal so überflüssig vor.

Wieder Stille. Dann: »Weiß Ihr Mann Bescheid?«

Schon das Wort schien sie zu erschrecken, offenbar war sie nicht bereit, über ihren Mann zu sprechen.

»Die anderen wollten ihn anrufen, oder jemanden, der es ihm erzählt. Aber ich will es selbst tun, er soll es von mir erfahren. Hat er aber bisher nicht. Ich kann es ihm nicht sagen, solange er dort ist.« Sie machte eine Pause und betrachtete ihre abgekauten Fingernägel. »Er wird es erfahren, wenn er nach Hause kommt. Das, was wir getan haben. Was niemand hat stoppen können.«

»Sie sind hungrig und verzweifelt«, sagte er. »Sonst würden sie ihr Revier nicht verlassen. Wenn möglich, gehen sie den Menschen aus dem Weg. Solange wir sie in Ruhe lassen. Die Wölfe, die in dieses Dorf gekommen sind, müssen tollwütig gewesen sein. Nur ein tollwütiger oder ein hungernder Wolf tut so etwas.«

Er sah über ihre Schulter, suchte nach den Worten, aber er fand sie nicht. »Wahrscheinlich sind die Rentiere früh weggezogen«, sagte er. »Warum auch immer.«

Er hätte ihr noch mehr erzählen können. Dass die Wölfe sozial sehr hoch entwickelt waren und im Vergleich dazu so manche Stadt in Amerika alt aussah. Dass die ersten Stammesgesellschaften sich nicht von einem Wolfsrudel unterschieden. Dass ein gesunder Wolf einen jährlichen Fleischbedarf von bis zu zwei Tonnen haben kann, dass sie sich gegenseitig auffressen, wenn der Hunger zu groß wird. Er hatte das in freier Wildbahn gesehen. Ein sechsjähriger Junge wäre von einem ausgewachsenen Männchen zerfetzt worden wie ein Stück Papier. Es hätte ihm die Kehle durchgebissen und danach die Kleider aufgerissen, um an den Bauch zu kommen und mit der Schnauze unter die Rippen, wo die begehrten Organe lagen.

»Darf ich fragen«, sagte er, »warum niemand hier die Wölfe gejagt hat, nach dem, was passiert ist?«

»Sie haben Angst. Und die, die keine Angst haben, haben Respekt. Vor dem Tier. Wahrscheinlich denken sie, wir hätten es nicht anders verdient.«

»Ich verstehe nicht ganz, Mrs. Slone.«

»Bleiben Sie eine Weile hier, und Sie werden es verstehen. Noch etwas Tee?«

Er winkte dankend ab. Er hatte seinen Becher ausgetrunken und spürte erste Anzeichen von Müdigkeit auf seinen Schultern lasten. Irgendwo im Dorf bellten Schlittenhunde die Sternbilder am schwarzen Firmament an. Medora Slone und er sahen beide zum Fenster. Wo waren die Schlittenhunde, als die Wölfe kamen? Ihm fiel ein russisches Sprichwort ein: *Ruf nicht die Hunde, wenn die Wölfe kommen.*

Er erinnerte sich an eine Geschichte, bei der er nicht genau wusste, ob sie stimmte oder ob sie eine Parabel war, jedenfalls erzählte er sie ihr: »Im Winter während des Zweiten Weltkriegs herrschte in Russland Lebensmittelknappheit. Kein Fleisch, kein Getreide. Der Krieg dezimierte die Bevölkerung. Die Wölfe fielen über die Dörfer her und stürzten sich auf alles, was ihnen in die Quere kam. Wie eine feindliche Armee. In jenem Winter töteten sie Hunderte von Menschen, und nicht nur Frauen und Kinder. Verkrüppelte oder betrunkene alte Männer, die sich nicht wehren konnten. Sogar Hunde. Es war niemand mehr da, der die Wölfe hätte jagen können. Alle brauchbaren Männer waren im Krieg oder tot. Die Wölfe spürten das und hinterließen Orte des Grauens, fast so schlimm wie nach einem Bombenangriff. Die Ärzte behaupteten, die Tiere seien tollwütig, aber die Dorfbewohner glaubten, dass sie von rachsüchtigen Dämonen besessen waren. Sie hätten geheult wie verwundete Dämonen. Es war Rache, sagten die Alten. Rache für irgendetwas, vielleicht für die Vergangenheit, ich weiß es nicht.«

Sie starrte ihn an – sie verstand ihn nicht. Stattdessen sah sie gekränkt aus.

»Ich will damit sagen, dass Sie nicht allein sind.«

»Doch, das bin ich. Was geschehen ist, kann man nicht rückgängig machen, oder? Sehen Sie, wozu wir fähig sind, Mr. Core.« Sie streckte ihm ihre Handfläche hin. Er wusste nur nicht, warum, und hatte Angst zu fragen.

Sie ließ die Hand sinken und sagte: »Kommen Sie, ich zeige Ihnen, wo sie die Kinder geholt haben. Sind das Ihre Stiefel?«

Er sah auf seine Füße runter. »Ja, das sind meine Stiefel.«

»Sie brauchen bessere.«

Schnee und Stille hatten das Dorf fest im Griff, über den Hügeln lag eine endlose Weite, eine rauschende Kälte, eigenwillig und undurchschaubar. In den Blockhäusern leuchteten orangegelbe Quadrate, Steintürme stießen Feuerrauch aus. Vor einer Hütte hingen an einem Haken zwei Silberlachse an einer Kette. Core sah umgekippte Hundeschlitten, Kanus und Aluminiumboote, freiliegende Holzstapel, Pick-ups mit Schneeketten. An manche Hütten grenzten die Sperrholzzwinger der Schlittenhunde. Unbeschriftete, rostfarbene Benzinfässer, die meisten oben aufgeschweißt. Schaufeln, Kettensägen und Motorschlitten, zerbeulte, kaputte Petroleumlampen. Benzinbetriebene Eisbohrer. Ein in blaue Plane gewickelter Motor auf Sägeböcken. Mehrere Fahrzeuge, die vom Schnee überrascht worden und stecken geblieben waren. Die Kirche ein unlackiertes Nurdachhaus neben der Schule. Und um sie herum überall Hügel, aus denen es heulte.

Er war bis tief ins Innere von Montana, Minnesota, Wyoming und Saskatchewan vorgedrungen, aber noch nie hatte er sich so seltsam oder fremd gefühlt wie an diesem Ort. Ein Hüttendorf am Rande der Wildnis, das sich ihr widersetzte und sie gleichzeitig willkommen hieß.

»Es ist wunderschön hier«, sagte er. Seine Worte klangen verhangen. Es war eine Lüge, und er wusste, dass sie es wusste.

Sie sah ihn an. »Sie verstehen das nicht.«

»Was verstehe ich nicht, Mrs. Slone?«

Sie verspannte sich weder angesichts der Kälte, noch schien sie im Gesicht oder an den Händen zu frieren.

»Das Wilde hier ist in uns«, sagte sie. »In allem.«

Sie deutete über die Hügel hinaus auf die unendliche Weite, die größere Dimensionen hatte, als sie beide sich vorstellen konnten.

»Sind Sie glücklich hier?«, fragte er.

»Glücklich? Die Frage stelle ich mir nicht. Ich sehe Bilder in Zeitschriften, Urlaubsbilder von Inseln, von grünem Wasser und Sand, Mädchen in Badeanzügen, und es erscheint mir alles so vollkommen fremd. Nicht weit von hier, etwa drei Stunden zu Fuß, liegt eine heiße Quelle, für mich ein besonderer Ort, versteckt am anderen Ende des Tals. Das ist meine einzige Berührung mit Wärme und Wasser.«

»Eine heiße Quelle klingt nicht schlecht.«

»Gut, um sich zu reinigen«, sagte sie. Er fragte nicht, was sie damit meinte.

»Ich will Ihnen helfen, wenn ich kann, Mrs. Slone. Das ist alles nicht neu für mich.«

Sie sah ihn nicht an. »Mr. Core, mein Mann hat mich mit einem kranken Kind zurückgelassen.«

»Haben Sie sich hier im Dorf kennengelernt?«

»Wir haben uns nirgendwo kennengelernt. Ich habe ihn schon mein ganzes Leben gekannt. Sogar vor meinem Leben. Es gibt keine Erinnerung, in der er nicht vorkommt. Und er hat mich hier alleingelassen.«

»Aber der Krieg.«

»Ich habe im Radio gehört, dass es kein echter Krieg ist. Jemand hat das gesagt.«

»Er ist echt genug, Mrs. Slone. Die Menschen sterben echte Tode. Auf beiden Seiten.«

»Er hat gesagt, er würde mich nie verlassen. Das sagen Männer immer. Aber Worte dürfen nicht wertlos sein, man darf sie nicht einfach wegwerfen wie Müll. Falsche Worte werden bestraft.«

»Ich habe festgestellt, dass das Leben die Worte manchmal durchkreuzt. Oder ihre Bedeutung verändert.«

Sie wandte sich ab und marschierte weiter. Er folgte ihr. Aus einem Birkenwäldchen zogen ein Yupik und sein Sohn, beide mit Gewehren, einen abgemagerten Elch, kaum Fleisch genug für eine Familie. Sie sahen zu, wie die beiden ihn durch den Schnee zu ihrer Hütte schleppten.

Schweigend setzten sie ihren Weg fort.

»Das ist der Teich, wo das erste Kind verschwand.« Sie zeigte darauf.

Core wischte sich mit dem Handschuh über die feuchte Nase.

»Haben Sie nichts Wärmeres dabei?«

»Ich hab nicht damit gerechnet, dass es so kalt ist«, sagte er.

»Das ist noch gar nichts, Mr. Core. Ich habe ein paar wärmere Sachen für Sie. Und Vernons Stiefel.«

»Sie sagten vorhin, Ihr Sohn sei krank gewesen.«

»Er war nicht ganz richtig.«

»Bitte?«

»Er wollte nicht mehr zur Schule gehen, seit sein Vater weg war.«

»Das ist normal, denke ich. Kinder mögen die Schule am Anfang nicht. Bei meiner Tochter war es das Gleiche.«

Nur dass seine Tochter erwachsen, lebendig und ihr ganzes Leben lang zur Schule gegangen war. Er machte seine Erschöpfung und die unerträgliche Kälte verantwortlich für diese Gedankenlosigkeit, die unbeholfenen Worte.

»Tut mir leid«, sagte er, »ich meinte nur …«

»Hören Sie auf, sich zu entschuldigen.« Sie zeigte in eine andere Richtung. »Der Wolf kam aus der Mulde im Hügel dort, am anderen Ende des Teichs. Ich habe seine Spuren gesehen und bin ihnen gefolgt. Unser Sohn war in keiner Hinsicht normal.«

Auf dem Teich sah er ein schneebedecktes Rechteck, von dem er annahm, dass es ein Steg war. Im Sommer sprangen dort Kinder ins Wasser, aber sich jetzt ihr Planschen vorzustellen, war unmöglich. Das Tableau dieses Dorfes widersprach jedem Gedanken an Sommer und Licht. Er versuchte sich auszumalen, wie Wärme, Blüte und Wachstum hier aussahen, aber es gelang ihm nicht.

»Das zweite Kind wurde hier geschnappt. Das Mädchen«, sagte sie. Sie liefen einmal um den Teich, hinter eine Reihe von Hütten, wo die Ausläufer der Hügel eine Art Schneise im Eis bildeten. »Die Kinder fahren hier Schlitten, den Hügel da runter.«

Er erinnerte sich an die Zeilen: *So seid gewarnt, ihr Kindelein: Gar tückisch können Wölfe sein.*

»Bailey auch?«

»Bailey ist nie Schlitten gefahren.« Sie hielt inne und legte die Hand auf den Schoß, als berge er Erinnerungen, die sie auf diese Weise spüren konnte. »Er war einfach nicht ganz richtig.«

»Ich verstehe nicht, was genau Sie damit meinen, Ma'am.«

»Er ist nie Schlitten gefahren.«

Sie blickten auf die Hügel. Er stellte sich vor, wie das Tier den Hang hinunterschoss. Der Ausdruck des Schreckens im Gesicht eines Kindes. Von links blies ein Windstoß dicke Flocken herüber und riss an ihren Kleidern. Medora Slone bewegte sich in Wind und Schnee wie andere in der Sonne.

»Wie hat es sich angefühlt, die Wölfin zu erschießen?«, fragte sie.

»Ich war dort, um die Tiere zu beobachten.«

»Und Sie glauben wirklich, was Sie da geschrieben haben? Dass ein Wolf, der ein Kind reißt, Teil der Ordnung der Dinge da draußen ist?« Sie zeigte in Richtung Berge.

»Ja, das glaube ich, Mrs. Slone.«

»Wie hat es sich angefühlt, sie zu erschießen?«

»Ich hatte damals keine große Wahl. Es fühlte sich schlecht an.«

»Aber es war nichts Besonderes?«

»Oh doch«, sagte er. »Die Tiere sind nicht so, wie Sie denken, Mrs. Slone. Was hier passiert ist, passiert normalerweise nicht.«

Sie sah ihn an – ihre Augen waren wie eingefroren. »Es ist mir passiert.«

Er schloss die Augen und widerstand dem Drang zu sagen, was er dachte.

»Sie sind bestimmt hungrig«, sagte sie. »Ich habe Suppe für Sie.«

Als sie wieder vor ihrer Hütte standen, fragte er: »Wo war Ihr Sohn, als der Wolf ihn geholt hat?«

»Gleich da hinten«, sagte sie und deutete mit dem Kinn zur Ecke der Hütte.

»Kann ich mal sehen?«

»Jetzt lieber nicht«, erwiderte sie, nahm seine Hand und führte ihn hinein, eine zärtliche Geste, auf die er sich keinen Reim machen konnte.

Sie wärmte Rentiersuppe in einem kleinen verbeulten Topf auf dem Herd auf. Er saß im Sessel und aß aus dem Topf, bis er sich kaum noch gegen die Müdigkeit wehren konnte. Sie reichte ihm einen Becher schwarzen Kaffee und nahm ihm den Topf ab. Auf einem Regal entdeckte er eine halbleere Flasche Whiskey und fragte, ob er einen Schuss in seinen Kaffee tun könne. Sie goss ihm etwas ein, und als er trank, machte sich die Wärme in ihm breit und füllte die Leere aus.

Dann fragte er, ob sie eine Zigarette und etwas Schokolade für ihn habe. Sie holte beides aus dem Schrank, eine ungeöffnete Tüte Konfekt, die mit Sicherheit dem Jungen gehört hatte, und eine Schachtel filterlose Zigaretten, deren Marke er nicht kannte. Gemeinsam rauchten sie, ohne ein Wort zu wechseln. Bei den ersten Zügen brannte ihm die Lunge, doch dann erinnerte sie sich an das alte Ritual. Er zog den Rauch langsam ein, während ihm die Schokolade am Gaumen klebte. Es war ein angenehmes Gefühl, und er war dankbar dafür.

Jemand klopfte an die Hintertür. Sie stand auf. Es war der Sohn des Yupik-Jägers von vorhin, er gab ihr ein uneingewickeltes Stück Elchfleisch, nicht größer als ihre Hand, und sie bedankte sich.

Als sie zum Sofa zurückkam, sagte Core: »Die Leute hier lieben Sie.«

»Nein«, sagte sie. »Das ist keine Liebe. Das macht man hier so. Jeder teilt mit jedem.«

»Wo ich herkomme, ist das nicht unbedingt üblich.«

»Ich habe Ihnen eine Decke und ein Kissen hingelegt, Mr. Core. Ich sehe Ihnen an, dass Sie müde sind.« Sie stand vom Sofa auf und stellte ihren Becher auf die Küchenplatte. »Danke, dass Sie gekommen sind. Sie wissen, dass ich Sie nicht bezahlen kann.«

»Kein Problem«, versicherte er ihr.

»Erwartet Ihre Tochter Sie?«

»Ich weiß eigentlich nicht, was sie erwartet. Vielleicht rufe ich sie an, wenn ich hier fertig bin. Vielleicht fahre ich auch einfach hin. Danke für die Suppe und den Kaffee.«

Sie warf ein paar Holzkeile ins Feuer. »Wenn das Feuer ausgeht, wird Ihnen bestimmt kalt. Der elektrische Heizkörper da funktioniert, jedenfalls wenn wir Strom haben.

Können Sie gern benutzen, rollen Sie ihn einfach rüber. Ich kann Ihnen auch den Ofen anmachen.«

»Ich komm schon klar«, sagte er.

»Gute Nacht, Mr. Core.«

Sie machte das Licht aus, bevor sie im hinteren Zimmer verschwand. »Schlafenszeit«, hörte er sie sagen, dann ging die Tür zu.

Im Dunkeln unter der Decke spürte er, wie sich die Spalte in ihm langsam schloss. Schlaf war die einzige Möglichkeit, diesem mörderischen Tag zu entkommen. Er war noch desorientiert und versuchte verzweifelt, sich zu erinnern, woher er kam und warum er gekommen war.

Kurz bevor der Schlaf ihn packte und in die Dunkelheit zog, hörte er einen Wolf heulen. Klagend hallte es durch die eisig schwarze Nacht – es klang ungewöhnlich, wie ein Ruf, den er nicht zuordnen konnte: eine Mischung aus Wut, Angst und Verwirrung. Die Wölfin, die er vor so langer Zeit verfolgt und getötet hatte, heulte ihn aus etwa drei Meilen Entfernung an – er wusste, dass es ihm galt –, mitten aus der endlosen, leeren Weite.

Zahllose Nächte lang hatte er damit gerechnet, vom Krachen der Kugel aus dem Traum gerissen zu werden. Und wenn er bis zum Morgengrauen fest durchschlief, wachte er mit einem schlechten Gewissen auf, nicht in seiner Nachtruhe gestört worden zu sein.

Als jetzt der Schlaf heranwehte, meinte er Medora Slone im anderen Zimmer murmeln zu hören, die Beschwörungen einer Hexe, schluchzend geflüsterte Lieder. Er wusste, was es bedeutete, keine Ruhe zu finden. Es sind nicht die Toten, die die Lebenden heimsuchen. Es sind die Lebenden selbst.

Eine Stunde später, inmitten eines unruhigen Traums,

wachte er auf und sah Licht unter der Badezimmertür. Er hörte das Geräusch von fließendem Wasser. Er setzte sich auf dem Sofa auf und lauschte. Sie hatte die Tür nicht ganz geschlossen. In seinen Wollsocken schlich er über den Holzboden, erschrocken über sein eigenes Verhalten. Er hatte Angst, entdeckt zu werden, und doch konnte er nicht widerstehen. Er hörte sie murmeln, und als er sich hinhockte und durch den Spalt spähte, sah er sie in der dampfenden Wanne sitzen und sich grob mit der Bürste abschrubben, einen Ausdruck gequälter Entschlossenheit auf dem Gesicht. Beschämt kehrte er zum Sofa zurück und zog sich die Decke übers Kinn.

Kurz darauf erwachte er wieder und entdeckte Medora Slones nackte Silhouette vor dem Fenster. Sie hatte die Plastikplane weggezogen, stand regungslos da und hielt die Hand gegen die reifüberzogene Scheibe; mondsüchtig, so schien es Core, nur dass kein Mond mehr zu sehen war. Das Feuer war ausgegangen, stattdessen tauchte die blauweiße Nacht sie in ein unnatürlich starkes Licht. Er sah die Falten an ihrer Hüfte, die schweren Brüste, die fleischige Mulde am Ellbogen. Regungslos lag er da, betrachtete sie über seinen zugedeckten Körper hinweg und hielt den Atem an, damit sie ihn nicht bemerkte und er ihre Nachtwache nicht unterbrach.

»Ist er da oben? Oder hier unten?« Ihre Stimme, nicht mehr als ein Flüstern, drang zu ihm wie durch einen leeren Raum.

»Mrs. Slone? Es ist schon spät, Mrs. Slone. Ist alles in Ordnung?«

Sie drehte sich zu ihm um. Er sah nur ihr halbes Gesicht. Hätte er sich aufgesetzt, hätte er die Hand ausstrecken und über die Lehne ihre Hüfte berühren können, ihre Brust, nicht mal einen Meter entfernt.

Er stand auf, um Holz nachzulegen, und schob dann den Heizkörper zum Sofa. Als sie auf ihn zutrat, schlug er instinktiv die Decke zurück und machte ihr Platz. Sie passte nicht recht an seine Seite, das Sofa sank weiter ab, dann deckte er sie beide zu und legte den Arm um ihren bebenden Körper.

Mit dem Rücken zu ihm nahm sie seine Hand und führte sie an ihren Hals, legte sie um ihre Luftröhre, damit er zudrückte. Er wollte die Hand zurückziehen, doch sie hielt sie fest und schob sie dann nach unten zwischen ihre Schenkel auf das weiche flachsblonde Haar. Als er die Arme wieder um sie geschlungen hatte, hielt er sie, bis sie zuckend in einen albtraumhaften Schlaf fiel.

2

Auf Patrouille durch den westlichen Sektor der Stadt sah Vernon Slone Reifenpyramiden in schwarzem Rauch an den Straßenecken brennen. Ein zerbombter, verlassener Markt, Früchte auf den Steinen wie sezierte Mägen, die Gebäude dahinter ein Haufen Trümmer, teilweise kaum noch als ehemalige Häuser oder Geschäfte zu erkennen. Einer von vielen schleichenden Nachmittagen, an denen die kühle Abenddämmerung in unvorstellbarer Ferne lag.

Ihr Fahrzeug kroch vorwärts, blieb stehen und kroch weiter, unentschlossen in einem endlosen Zug von Trucks, der sich durch die Straßen schlängelte. Die Sehnsucht nach der vertrauten Schneelandschaft, dann der vom Feuer tränengetrübte Anblick. Er suchte nach Bewegung, nach Menschen in den Ruinen, nach jeder Form von Leben, das man hätte beenden müssen. Auf der Straße lag der verkohlte Oberkörper eines Mannes, ab der Hüfte durchtrennt, die Eingeweide von Fliegen belagert, ein Arm ausgestreckt, als versuchte er, zur unteren Hälfte zurückzuschwimmen.

Dann das Rattern von Gewehren auf einem Hausdach. Oder aus dem Schlund eines ausgebombten Gebäudes. Eine Kugel war in seine rechte Schulter gedrungen, knapp an der Weste vorbei. Er spürte das Blut, den heißen Honig im Achselhaar. Eine Explosion unter dem Wagen vor ihnen. Die Wucht der Flammen hob ihn seitlich in die Höhe. Ein brennender Soldat hinkte vom Wrack weg, der eine Arm fehlte, mit dem anderen winkte er, damit jemand kam und das Feuer auf seiner Haut löschte. Als niemand kam, fiel er irgendwann um und verbrannte auf der Straße.

Slone ballerte in Ziegelsteine, Türen und einen kampfunfähigen Pick-up ohne Vorderachse. Sobald er auf einem Dach eine Bewegung wahrnahm, feuerte er. Ein Mann mit verhülltem Gesicht und einem Gewehr in der Hand stürzte hinter dem Pick-up hervor und versuchte, die nächste Gasse zu erreichen. Slone streckte ihn nieder. Die Kugeln schlugen ihm in den Rücken, zersplitterten ihm den Schädel und färbten die beige Hauswand rot. Einen Moment lang erinnerte ihn der schimmernde Nebel an eine Abbildung aus einem Kunstband.

Jetzt feuerten auch die Schützen aus den anderen Trucks ihre Maschinengewehre ab. Zu seiner Rechten tauchte hinter einem Trümmerhaufen ein Mann mit verhülltem Gesicht auf. Slone zielte, und kurz darauf hackten die Kugeln ihm wie mit Axthieben Stücke aus dem Fleisch.

Die Druckwelle in seinem Nacken fühlte sich an wie ein Dampf- oder Gasstrahl – Schmerz verspürte er keinen. Als er zusammensank und darauf wartete, dass ihm schwarz wurde, dachte er an Bailey vor dem Fernseher: *Dad, guck mal, da,* während auf dem Bildschirm Trapezkünstler mit ihren unnatürlich biegsamen, aber kräftigen Körpern die Schwerkraft überlisteten und durch die Luft segelten. Dann waren die Trapezkünstler weg, das Zirkusdach flog weg, ging in Rauch auf, und Baileys Gesicht lief eisblau an. Seine Lippen machten langsame Bewegungen, die Slone weder hören noch lesen konnte, aber er stellte sich vor, wie sein Sohn *Vergiss mich nicht* sagte, und streckte vergeblich die Hand nach ihm aus.

Irgendwann später – er hatte keine Ahnung, wie viel Zeit vergangen war, jede Minute war ein Korn in einer Sanduhr – erwachte er auf einer Trage, grobe Hände kümmerten sich um seine Schulter und seinen Hals, ein Korporal grinste ihn an. »Schwein gehabt, du fährst nach Hause.« Als er den Namen seines Sohnes rief, erwiderte der Korporal: »Bald, du Glückspilz, bald siehst du ihn.« Die kleinkalibrige Kugel hatte sowohl seine Speiseröhre als auch die Wirbelsäule verfehlt.

»Nur ein kleiner Knutschfleck, Mann«, sagte jemand, dann stach ihn eine Spritze, und der Schlaf nahm ihn mit in eine wohltuende, traumlose Dunkelheit.

Core erwachte an diesem frühen Wintermorgen noch bevor es dämmerte. Medora Slone schlief nackt neben ihm auf dem Sofa, der Radiator und ihre Körper waren eine angenehme Wärmequelle, die Decke wie eine Glückshaube, unter der er am liebsten geblieben wäre. Er heizte den Holzofen an. Sie zog sich an, machte Essen und sah ihm zu, wie er das AR-15-Gewehr, ein Proviantpaket und Schneeschuhe einpackte. Er trug die Stiefel von ihrem Mann und einen Einteiler aus Rentierfell, von ihr selbst genäht, für die schlimmste Kälte. Das Ende des Gewehrlaufs hatte sie mit Kreppband umwickelt. Core fragte sie, warum.

»Damit kein Schnee reinkommt.«

»In mein Gewehr kommt kein Schnee.«

»Wenn Sie hinfallen, schon.«

»Ich habe nicht vor hinzufallen.«

»Jeder fällt im Schnee hin, Mr. Core. Wenn Sie anfangen zu schwitzen, machen Sie eine Pause, bis Sie wieder trocken sind.«

»Warum darf ich nicht schwitzen?«

»Dürfen Sie, Sie dürfen nur nicht nass werden. Sonst gefriert Ihnen der Schweiß auf der Haut, sobald Sie stehenbleiben.«

»Ich war schon mal in der Kälte unterwegs«, sagte Core.

»Nicht in so einer Kälte.«

Sie machte ihm die Tür auf, und er trat hinaus und hielt das Gesicht in die schräg fallenden, vierteldollargroßen Schneeflocken. Sie lehnte gegen den Türrahmen und zog den Morgenrock zusammen.

»Ich dachte, es wäre zu kalt, um zu schneien«, sagte er.

»Was soll das heißen?«, fragte sie.

»Zu kalt, um zu schneien. Sagt man so, wobei ich das eigentlich nie recht verstanden habe.«

»Vielleicht wo Sie herkommen. Hier ist es nie zu kalt, um zu schneien. Wahrscheinlich stimmt hier irgendwas mit dem Himmel nicht.«

Core sah hoch in die Dunkelheit und fragte sich, was sie gemeint haben könnte.

»Wissen Sie, ob es heute stark schneien wird?«

»Ich kann nicht sagen, wie das Wetter wird, Mr. Core. Das Wetter sagt es mir.«

Core dankte ihr und ließ sie, in ein weiches Licht getaucht, an der Hüttentür zurück.

Durch die schütteren Baumkronen sah er, wie der Himmel heller wurde. Am Rande des Dorfes, wo der Pfad sich den Hügel hochwand, erblickte er durch ein Gewirr von Ästen und Zweigen eine rundgesichtige Yupik-Frau, die etwas in einer rostigen Tonne verbrannte.

Er blieb stehen und wartete. Als sie ihn bemerkte, winkte sie ihn zu sich rüber. Er sah das orangerote Leuchten auf ihren Wangen, ihr uralter Anorak wirkte im Feuerschein speckig und verdreckt und stank wahrscheinlich bestialisch. Füße und Schienbeine steckten in Elchfell-Mukluks. Er konnte nicht erkennen, was in der Tonne brannte. Wahrscheinlich Haushaltsmüll, aber warum um diese Uhrzeit? Tatsächlich wachten alte Menschen auf der ganzen Welt vor Tagesanbruch auf, als wollten sie einen Wettkampf mit der Sonne gewinnen.

»Ich dachte schon, etwas Böses käme daher«, sagte sie.

»Nein, Ma'am«, sagte er. »Ich bin nur auf dem Weg in die Hügel.«

Sie klang wie ein Mann, und ihr fehlten mehrere Zähne. »Um einen Wolfszahn zu holen, hab ich gehört.«

»Ja«, sagte er. »Woher wissen Sie das?«

»Wir sind ein kleines Dorf. Wir hatten schon genug Ärger hier.«

»Die Wölfe. Ich weiß, Ma'am. Tut mir leid.«

»Ach, Sie wissen? Das denken Sie vielleicht. Ich meine, von Anfang an. Bevor irgendjemand von uns hier war. Sie verriegeln die Tür vor dem Wolf, aber warum dann nicht vor Tieren mit den Seelen der Verdammten, oder den Männern, die sich selbst zu Tieren verdammen? Sagen Sie's mir.«

»Bitte, Ma'am?«

»Ich lese die Bücher, die sie mir bringen. Was soll ich sonst machen, in Nächten wie diesen? Also lese ich die Bücher. Ich war noch ein Kind, als die Christen gekommen sind. Die Missionare. Sie haben mir beigebracht, die Bücher zu lesen. Sie haben die Bücher mitgebracht und auch das Virus.«

»Bitte?«

»Das Grippevirus.«

Das Feuer in der Tonne schlug hoch, Core spürte die Hitze aus zwei Metern Entfernung.

»Wissen Sie, wie dieses Dorf heißt?«, fragte sie.

»Keelut.«

»Sagen Sie mir, was es bedeutet?«

»Das weiß ich nicht.«

»Es ist der Name eines bösen Geistes, der sich als Hund tarnt. Oder als Wolf.«

»Warum hat man es so genannt?«, fragte er.

Ihr Zahnfleisch leuchtete halb orange, halb rosa. »Ja, warum. Ich denke, Sie sind der Wolfexperte.«

»Ich heiße Core.«

»Das Mädchen weiß, dass dieser Ort verflucht ist.«

»Das Mädchen? Medora Slone?«

»Ja, sie.«

»Sie hat gerade erst ihr Kind verloren. Sie weiß vor allem, was Kummer ist.«

»Werden die Wölfe heute Nacht wiederkommen?«

»Eigentlich sollten die Wölfe gar nicht herkommen. Weder heute noch sonst irgendwann.«

»Ich habe nicht *sollten* gesagt. Ich habe *werden* gesagt.« Sie starrte ihn an. »Ihre Geister sind verdammt.«

»Das sind hungrige Wölfe, hungrige Tiere. Sonst nichts.«

»Ich meine nicht die Wölfe.«

»Ich gehe jetzt«, sagte er.

»Hütet Euch vor den falschen Propheten, sie kommen zu Euch wie Schafe, in Wirklichkeit aber sind sie reißende Wölfe.«

»Das ist aus dem Matthäus-Evangelium.«

»Ich hab ja gesagt, ich kann die Bücher lesen. Sie haben es mir beigebracht.«

»Warum haben Sie das gesagt?«

»Sind Sie ein Christ?«

»Ma'am, ich weiß ein paar Dinge über die Natur und über Wölfe. Ich schreibe darüber. Ich behaupte nicht, dass ich mich mit irgendetwas anderem auskenne.«

»Wir alle behaupten etwas. Die wissen, wer Sie sind.«

»Ich gehe jetzt«, sagte er und wollte sich auf den Weg machen. »Schönen Tag noch, Ma'am.«

»Sie gehen in die falsche Richtung«, sagte sie, ohne das Gesicht von der Hitze in der Tonne abzuwenden. »Gehen Sie den Weg wieder zurück.« Sie zeigte mit ihrem gekrümmten Finger in Richtung Dorfmitte.

Core ignorierte sie und lief weiter den Pfad entlang, über Steinbrocken und vom Blitz getroffene Fichten.

Er hoffte, im Tal hinter den Hügeln auf ein Wolfsrudel zu stoßen, einen Bau, versteckt im Felsgeröll über der Ebene. Falls er recht hatte, wäre er kurz nach Tagesanbruch bei ihnen, nachdem sie die Nacht über draußen gejagt hatten. Wenn es hier so etwas wie eine Hungersnot gab, dann mussten sie die Beute an den äußersten Rändern ihres Reviers suchen.

Als seine Tochter noch klein war, hatte er ihr erzählt, dass die Wolfsjagd bei den Apachen ein Übergangsritus war. Das Töten eines Wolfs machte aus einem Jungen einen Mann und Anführer und brachte ihm das Wohlwollen der Geister seiner Vorfahren ein. Er erinnerte sich, wie aufgebracht er gewesen war, als sie in der Grundschule das Buch *Peter und der Wolf* mit nach Hause gebracht hatte, wo das Tier als böser Feind dargestellt wurde. Und jetzt jagte Core selbst einen, aus Gründen, die er genauso wenig kannte wie die Frau, für die er es tat.

Die Knochen des Jungen würden nicht in der Höhle sein, es waren inzwischen zwölf Tage vergangen, seit man ihn vermisste. Sie waren von Aasfressern in der Wildnis verstreut worden und von neuem Schneefall bedeckt. Es würde keine Beerdigung geben, seine Eltern würden nicht mit der Vergangenheit abschließen können. Stattdessen würde er, falls möglich, einen halbtoten Wolf erschießen. Er würde ihn Medora Slone bringen und sagen, dies sei das Monster, das ihren Sohn geholt habe. Das Monster, an das sie glauben wollte, das sie als Erklärung für sich brauchte. Ein toter Wolf brachte ihr Frieden – auch wenn er nur eingebildet war. Vielleicht würde sie ihre Nachtwache aufgeben können, wenn sie wusste, dass es einen Wolf weniger auf der Welt gab. Vielleicht auch nicht. Für sie war jeder Tag Nacht.

Trotz der Schneeschuhe versank er fast bis zu den Knien in den Schneewehen. Der Sack mit Proviant und Munition hing schwer an seiner Schulter. Der Himmel klarte auf im Osten, und der Schneefall ließ nach. In der Morgendämmerung erschien ein halber Lichtkranz am Horizont, über den sich gleich darauf große Wolken legten. Gegen Jahresende ging die Sonne in diesen Breitengraden in einem so kurzen Bogen auf und unter, dass man meinen konnte, sie sei zu müde, um es Tag werden zu lassen.

Seine Beine waren schwer. Hinter den Bäumen, auf der anderen Seite der Hügel, lag die unermessliche Weite der Tundra, ein Teppich aus Weiß und Grau. Und überall grimmige Kälte. So wie Trauer ist auch Kälte ein Mangel, der Raum einnimmt. Der Winter greift nach der Seele und bohrt sich in den Körper, um sie zu holen. Was war alles möglich an diesem Ort? Unter dem Schnee versteckt lagen Muster, erkennbare Muster, aber er erkannte sie nicht.

Er lief von einer Felswand zur nächsten, von Anhöhe zu Anhöhe, stampfte in seinen Schneeschuhen über nicht vorhandene Pfade und suchte nach Spuren. Der Horizont verlor immer mehr seine Linie, sodass sich oben und unten vermischten. Nach Stunden blieb er unter einer Felswand stehen, an einem alten Wallberg aus der Eiszeit. Hinter den Wolken flimmerte eine farblose Sonne auf. Das monotone Weiß schmerzte ihm in den Augen, bis ihm die Schutzbrille in seiner Tasche einfiel. Während er geschmolzenen Schnee trank und ein Ei-Sandwich aß, hörte er aus dem Tal, etwa eine halbe Meile entfernt hinter einem Bergrücken, das erste Heulen. Er hatte weder Spuren von Rentieren entdeckt noch von einem Kojoten, Luchs, Elch oder Hasen.

Welch ein Verderben war über diese gewaltige Stille gekommen? Die saftige Erde, Bilder von satten Früchten, die auf sommerlichen Feldern atmeten – all das war wie ausradiert von dieser Mondlandschaft.

Vom Essen gewärmt marschierte er los über die schneebedeckte Ebene. Der peitschende Wind rauschte ihm um die Kapuze, drückte gegen das Futter, blies ihm die Luft wie Kreidestaub entgegen. Er rückte die Schutzbrille zurecht und schob das Kinn tief in den Kragen von Vernon Slones Rentieranzug. Es sah aus, als würde er noch lange so weiterlaufen müssen. Er blickte in den Himmel, doch die Sonne war zu schwach, um die Zeit anzuzeigen. Der nächste Fels war etwa zweihundert Meter entfernt, vielleicht auch dreihundert, vielleicht auch noch ein ganzes Stück weiter, es war sinnlos, hier irgendetwas messen zu wollen. Nur ein Idiot käme auf die Idee, seine Schritte zu zählen, aber er tat es trotzdem. Da die Brille immer wieder beschlug, hörte er irgendwann auf, sie trocken zu reiben.

Als die Ebene zu einem steilen Hang anstieg, fand er die ersten Wolfsspuren: fast fünfzehn Zentimeter Umfang, ein Männchen, eine Schrittweite von knapp einem Meter, um die fünfundfünfzig Kilo, schätzte er. Er kletterte über die Geröllbrocken und stieg über einen schmalen Pass auf den Kamm, unter ihm fielen die Felsen steil ab, die Wolken waren nordwärts gezogen. Zu seiner Rechten stieg Dampf aus einer kupferfarbenen Spalte, vielleicht die heiße Quelle, von der sie ihm am Abend zuvor erzählt hatte. Die Sonne stand tief und breit, der Schnee glänzte wie zerknitterte

Alufolie. Er hockte sich vor die Kammlinie und blickte hinunter ins Tal. Vor den gegenüberliegenden Hügeln sah er sie, ein Rudel von zehn grauen Wölfen.

Durch den Feldstecher entdeckte er einen jungen Wolf oder Kojoten inmitten des Gedränges. Die Zähne ins Fleisch gehakt, die Nackenhaare aufgestellt, rissen und zerrten die beiden größten Tiere von beiden Seiten an ihrem Fang, während der Schnee sich dunkelrot färbte. Core blieb eine ganze Weile dort hocken und beobachtete sie.

Er schritt seitwärts den Hang hinunter, verlor den Halt und rutschte mehrere Meter durch den Schnee, bevor ein Felsblock ihn bremste. Vorsichtig stieg er weiter ab, bis er die Böschung zur Ebene erreichte. Dort ging er erneut in die Hocke und sah durch das Fernglas, wie die Rotte sich über den Kadaver hermachte. Er vergewisserte sich, dass das Magazin voll war, und lud die erste Patrone ins Lager, ohne das Gewehr zu entsichern. Während er langsam den Talboden durchquerte, knirschte der Reif wie vor Schmerzen unter seinen Füßen. Eine Zeit lang verlor er die Wölfe aus den Augen, aber er wusste, wenn der Wind sich westwärts drehte, würden sie ihn wittern. Mit jedem Schritt spürte er die Angst und das geladene Gewehr über seiner Schulter.

An einem normalen Tag in einer normalen Welt fliehen Wölfe vor den Menschen, sobald sie sie wittern oder erblicken. Sie wollen nichts von ihnen. Andererseits hatte er mit angesehen, wie sie Jagd auf Bisons und Rentiere machten, eine Truppe von gerade mal vier Tieren, die mit ihren tödlichen Klauen ein fünfhundert Pfund schweres Tier rissen. Wahrscheinlich war es das, was er wollte. Entmannt und zerlegt werden. *Ein Leben für ein Leben.* Warum war er hergekommen, wegen einer trauernden Frau, die er nie zuvor gesehen hatte? Wozu diese sinnlose Jagd? Er dachte an die Zigaretten und die Schokolade, an ihren Geruch auf dem Sofa.

Er hätte sein Leben zu Hause beenden können. Mit einer Pistole oder einem Seil. Oder einer Rasierklinge. Oder Pillen, falls er die Nerven verloren hätte. Oder in seinem Truck in der geschlossenen Garage, den Gartenschlauch am Auspuff festgeklebt. Aber in dem fast schönen Albtraum in der Nacht, bevor er Medora Slones Brief erhalten hatte, war er von Wölfen gerissen worden, in einer ihm unbekannten eisblauen Landschaft. Ihr Brief war der Ruf, dem er folgte, das Urteil, auf das er schon lange gewartet hatte. Und seine Tochter, die nicht weit von hier in der Stadt arbeitete? Sie war nur bei Licht betrachtet der Grund. Er hatte noch nie etwas bei Tageslicht gesehen, das gegen die Wahrheit der Nacht Bestand hatte. Die Dunkelheit vor dem Morgengrauen kannte keine Lügen.

Er lief weiter bis zu einer kleinen Erhebung. Der Wind blies jetzt so, dass die Wölfe ihn innerhalb kürzester Zeit wittern würden. Aus einer Viertelmeile Entfernung reckten sie ihm mit erhobener Schnauze den Kopf entgegen. Core erwiderte ihren Blick. Er machte ein paar Schritte und blieb wieder stehen. Sie schienen verwirrt und zu keiner Reaktion fähig, als wäre ihr Fluchtinstinkt außer Kraft gesetzt. Stattdessen starrten sie ihn mit aufgerichtetem Schwanz an. Core bewegte sich vorsichtig weiter.

Dann gingen sie zum Angriff über, eine Hälfte von vorn, die andere auf beide Flanken verteilt. Sie wollten ihn umzingeln, er kannte das. Er sank auf ein Knie, zog mit den Zähnen einen Handschuh aus und hielt das Gewehr auf den Leitwolf an der Spitze gerichtet. Er war höchstens sechs Jahre alt und wog keine sechzig Kilo – was nicht viel war. Wenn er ihn niederstreckte, waren die anderen auch keine Gefahr mehr.

Der weiße Staub von zerstampftem Schnee wirbelte zwischen ihnen auf und glitzerte in den Sonnenstrahlen, die hier und da durch die Wolken brachen. War dies der Wolf, der die Kinder von Keelut geholt hatte, dieses tief silberne Tier mit dem zimtbraunen Schimmer und dem makellosen Gang?

Er nahm seinen Schädel ins Visier. In spätestens einer Minute würde das Rudel bei ihm sein, das Leittier ihm an die Kehle springen und die anderen an seinen Armen und Beinen zerren. Lobenswerte Teamarbeit. Sie spürten, dass seine Seele krank war, dass er sich nach genau diesem Moment gesehnt hatte. Oder aber sie waren selbst krank und hielten ihn für etwas anderes als einen Menschen.

Er stellte sich die Szene in Zeitlupe und ohne Ton vor. Er wusste, dass sie es kaum erwarten konnten, sich auf ihn zu stürzen, dass sie kurz vorm Verhungern waren. Er entsicherte und senkte das Gewehr, er ließ sie kommen. Das hier war seine Buße. Die Stille in seinem Wohnzimmer, der Gedanke, noch ein Ölporträt von der Wölfin zu malen, das nächtliche Surren der Mikrowelle – das alles war eine unerträgliche Qual, fast schon ein Tod. Eigentlich sehnte er sich nach ihrer Rache. Vielleicht aber auch nicht. Trotzdem ließ er sie kommen.

Als er das Gewehr im letzten Moment hochriss und kurz über dem Kopf des Leitwolfs in die Luft feuerte, hielt das Rudel inne, und die Tiere blickten einander an. Sie kannten das Geräusch. Als sie weder näher kamen noch sich zurückzogen, drückte er ein zweites Mal ab, erst dann verschwanden sie Richtung Westen zum Ende des Tales, von wo sie gekommen waren. Er sah ihnen nach. Es überraschte ihn fast, keine Tränen zu spüren. Das ganze letzte Jahr über hatte er sich diesen Moment vorgestellt.

Als die Wölfe nicht mehr zu sehen waren, brach er nach

Keelut auf. Er würde Medora Slone erzählen, dass sie verschwunden waren. Und dass man das Geschehene nicht rückgängig machen konnte, dass man Blut nicht mit Blut waschen konnte. Sie musste mit ihrem Los weiterleben. Er wusste keinen anderen Weg.

Den Vormittag und den frühen Nachmittag über wanderte er zurück, der Tag neigte sich bereits dem Ende zu. An der Steinhalde hinter der Ebene legte er eine längere Pause ein, schaufelte Schnee in seine Aluminiumkanne und steckte sie in den Rentieranzug – der Vernon Slone gehörte, wie er sich ständig bewusst machte. Er setzte sich in eine Felsspalte, geschützt vor dem Wind, und aß die Nüsse und die Fleischstreifen, die Medora Slone ihm mitgegeben hatte. Er dachte an Schlaf. Als der Schnee in der Kanne geschmolzen war, trank er ihn und füllte nach.

Danach lief er wie mechanisch weiter, als würde ein äußerer Motor seine Beine antreiben. Er dachte weder an Wärme noch an Essen, noch an seine Frau oder seine Tochter, nur an den jeweils nächsten Schritt, bis er selbst das vergaß. Und so marschierte er in Richtung Dorf, während das Tageslicht nach und nach schwand.

Als er bei der Hütte ankam, spürte er den Raureif schwer auf seiner Lunge. Medora Slone reagierte nicht auf sein Klopfen. Er trat ein und sah, dass ihre Schlafzimmertür offen stand und die Kleider aus dem Schrank hingen und auf dem Teppich ausgebreitet lagen – Jeans, Pullover, ein Negligé aus grüner Spitze. Ein Koffer mit kaputtem Griff lag auf der Seite. Er rief ihren Namen. Sein Gesicht war noch eiskalt, und die Erschöpfung fuhr ihm schubweise durch die Glieder.

Schwaches Licht stach unter der schmalen Tür durch, die er letzte Nacht für einen Wandschrank gehalten hatte.

Als er sie öffnete, schlug ihm die Kälte aus einem unfertigen Erdkeller entgegen. Die abgerundeten Stufen waren aus dort vorhandenen Steinen geformt, die steil abfallende Decke so niedrig, dass er den Kopf einziehen musste – eine Treppe für Bilderbuchzwerge. Eine nackte Glühbirne beleuchtete die enge Höhle. Der Geruch nach Erde und Stein. Holzkisten auf dem Erdboden. Einmachgläser mit undefinierbaren getrockneten Lebensmitteln. In der Ecke gestapelt Bauholz und Plastikplane. Kötel von Nagetieren.

Sein Atem stand vor ihm in der Luft. Bis auf die Treppe waren die Steine schon vor langer Zeit aus der Wand entfernt worden. Jemand hatte mit einer Schaufel oder Spitzhacke eine Nische ins Erdreich geschlagen.

Bis dorthin gelangte das schwache Licht nicht. Er zog einen Handschuh aus und holte sein Feuerzeug aus der Hosentasche. Er trat einen Schritt näher. In der Nische entdeckte er den Jungen – die gefrorene Leiche des sechsjährigen Bailey Slone, an die Wand gelehnt, in Plastikfolie gewickelt, die offenen Augen vereist, der Mund halb offen, als atmete er aus – als wollte er ein letztes Mal protestieren.

Er setzte sich auf einen umgedrehten Spachteleimer in der Ecke und blieb eine Zeit lang dort sitzen. Beine und Rücken schmerzten noch von der Jagd. Am Flughafen hatte er am Tag zuvor in einem Artikel gelesen, der Kosmos bestünde hauptsächlich aus dem, was wir nicht sehen können, aus Energie und lichtempfindlicher Materie. Es klang verrückt, leuchtete ihm aber ein. Dann dachte er daran, wie er die Hand um Medora Slones Hals gelegt hatte, wie sie um Strafe gebettelt hatte, eine Läuterung, die sie sich selbst nicht verschaffen konnte.

3

Russell Core lief brüllend durch Keelut, nach der langen Wanderung hatte er kaum noch Kraft in den Beinen. Es war Essenszeit, und er hämmerte gegen die Türen und schrie seinen Atem gegen die vereisten Fensterscheiben. Die Dorfbewohner traten langsam und misstrauisch aus ihren Hütten, manche mit Gewehren, andere mit Laternen in der Hand. Einige kauten noch, das lodernde Kaminfeuer im Rücken. Manche hatten kleine Kinder auf dem Arm, die ihn mit stumpfem Argwohn beäugten. Ihre wunderbar ockerfarbene Haut glänzte im Licht der Laternen. Alle kamen sie, um ihn zu sehen, den Wolfsboten, den Medora Slone gerufen hatte und dessen Gebrüll die Stille der Nacht zerriss.

»Der Junge«, schrie er. »Der Junge. Bailey Slone.« Er zeigte hinter sich in die Dunkelheit und rief ihnen zu, der Junge sei tot und liege gefroren im Keller. Die meisten schienen ihn nicht zu verstehen oder verstehen zu wollen.

Ein Mann, den sie Cheeon nannten – Vernon Slones Freund seit Kindheitstagen, wie er später erfuhr –, stürzte mit dem Gewehr in der Hand an ihm vorbei, in offenen Schneestiefeln, Flanellhemd und einer Jeanslatzhose, die mit unzähligen Flicken ausgebessert worden war. Andere folgten ihm. Die Hände auf die Knie gestützt, blieb Core keuchend stehen und überlegte, in welchem Alter sein Vater an einem Herzstillstand gestorben war.

Als er wieder einigermaßen Luft bekam, richtete er sich auf und entdeckte sie neben einer Hütte, eher Baracke denn Haus – die verhutzelte Yupik-Frau, der er am Morgen begegnet war. Er humpelte zu ihr rüber, sein linkes Bein kribbelte vor Erschöpfung, und die nackten Hände wurden allmählich taub. Wo waren seine Handschuhe? Er hatte sie im Keller bei der Leiche des Jungen gelassen.

»Sie haben es gewusst«, sagte er. »Als wir heute Morgen gesprochen haben. Sie wussten, was sie mit dem Jungen gemacht hat.«

Sie sah ihn schweigend an.

»Sie wussten es«, wiederholte er.

»Was weiß eine alte Frau schon?«

»Warum haben Sie mir nichts gesagt?«

Über ihnen pulsierte das schwächelnde Licht einer provisorischen Straßenlaterne, von deren Schirm eisige Fangzähne herabhingen. Die alte Frau roch nach Feuerrauch und verdorbenem Essen.

»Gehen Sie«, sagte sie. »Überlassen Sie das Dorf den Teufeln. Lassen Sie uns in Ruhe.«

Core wollte sie am Arm packen und in die Hütte der Slones bringen, damit sie sich den Jungen ansah und begriff, wovon er sprach. Aber sie drehte sich um, wackelte auf einem Pfad durch den Schnee hinter ihre Hütte und verschwand in der Dunkelheit.

Er blieb unter der Laterne stehen, in Vernon Slones Rentieranzug und Stiefeln. Andere Dorfbewohner eilten an ihm vorbei, manche riefen etwas Unverständliches. Ein Motorschlitten donnerte heran, der Scheinwerfer warf einen Lichtkegel in die Nacht. Es roch nach kalten Abgasen.

Er wollte hinterher, aber seine Beine versagten, stattdessen setzte er sich auf die Straße und lauschte auf seinen Atem. Schachmatt von der Kälte und entsetzt darüber, was er entdeckt hatte und wofür er beim besten Willen keine Erklärung hatte.

Als er die Hütte der Slones erreicht hatte, zwängte er sich zwischen den Dorfbewohnern hindurch, die sich vor der Tür versammelt hatten. Er konnte ihr Flüstern nicht einordnen und fragte sich, ob es gegen ihn gerichtet war. Cheeon war in den Keller gestiegen, hatte den Jungen aus seiner Gruft geholt, aus dem Zellophan befreit und auf den Boden gelegt. Er und ein paar andere knieten neben der Leiche und wagten es nicht, sich anzusehen. Ein verwaschener Bluterguss verlief quer über den Hals des Jungen. Er war erwürgt worden.

Dort unten in der abgestandenen Kälte hörte er sich sagen: »Wo ist sie?«

Als niemand antwortete, wiederholte er seine Frage: »Wo ist Medora Slone?«

Cheeon wandte sich ihm zu, sagte aber nichts. Eine wulstige Narbe zog sich wie ein Schrägstrich an seinem Mundwinkel entlang. Sein schwarzes Haar war im Nacken mit einem Stück Wäscheleine zusammengebunden. Schwer zu sagen, was aus dem Gesicht dieses Mannes sprach – eine Mischung aus Wut und Langeweile vielleicht. Cheeon sagte etwas auf Yupik zu dem Jugendlichen, der neben ihm kniete, nahm dann sein Gewehr von einer der Holzkisten und drängte an den anderen vorbei die Treppe hoch. Einige knieten noch kurz bei der Leiche, dann gingen auch sie.

Als Core allein mit dem Jungen war, wurde ihm schwindlig. Kinder stellen viele Fragen, aber sie hinterfragen niemals sich selbst, sie machen sich keine Gedanken über ihr eigenes Leben. Genau wie Tiere sind sie sich ihrer Sterblichkeit kaum bewusst. Am Leben zu sein ist für sie das Natürlichste der Welt. Gleichzeitig fühlen sie sich von alten Menschen abgestoßen und weinen, wenn sie von ihnen auf den Arm genommen werden, als spürten sie deren Nähe zum Verfall.

In einer der Kisten entdeckte Core eine Wolldecke, mit der er den Jungen zudeckte. Während er noch eine Weile bei ihm saß, versuchte er, sich an die Gebete zu erinnern, von denen er sich schon vor langer Zeit verabschiedet hatte.

Wieder oben im Wohnzimmer wartete er darauf, dass jemand mit ihm redete. Vielleicht um ihn zu beruhigen. Aber die Leute blieben unter sich. Die meisten waren Yupik, manche weiß, manche gemischt. Alle betrachteten ihn mit einer Angst, die an ihn gerichtet und doch in der Vergangenheit verwurzelt schien. Ihre Kleidung war ein wildes Durcheinander, eine der Frauen trug eine Fellhose zu einer roten Collegejacke mit dem Namen eines Football-Teams. Irgendwie bekam Core mit, dass jemand die Polizei gerufen hatte. Der Ort war etwa eine Autostunde entfernt, bei dem Schnee und in der Dunkelheit würde man aber länger brauchen.

Er sah den Whiskey auf dem Regal stehen und trank einen Schluck, um runterzukommen. Wo waren die Zigaretten, die Medora Slone ihm gegeben hatte? Er sank in denselben Sessel, in dem er gestern nach seiner Ankunft gesessen hatte. Noch immer redete niemand mit ihm.

Es war ihm nie schwergefallen zu verstehen, warum die Menschen so waren, wie sie waren. Wenn man lange genug auf der Welt ist, stellt man fest, dass Tiere und Menschen ziemlich ähnlich funktionieren. Die meisten werden von Gelüsten getrieben, die sich nicht großartig von denen eines Wolfs unterscheiden. Ein Wolf, der von seinem Rudel ausgestoßen wird, nimmt große Entfernungen in Kauf, um seinesgleichen zu finden, um akzeptiert zu werden. Er will seinen Hunger stillen, sich ausschlafen, ein neues Leben beginnen. Core verstand das. Aber Medora Slone. Wie ließ sich das erklären? Nach und nach verließen die Dorfbewohner jetzt in Zweiergruppen die Hütte. Warum wollten sie nichts mit ihm zu tun haben?

Als er allein war, erhob er sich ächzend aus dem Sessel und trank noch einen kräftigen Schluck Whiskey. Er warf einen Blick durch die Eingangstür hinaus in die ebenholzschwarze Stille und fragte sich, wohin die Leute verschwunden waren. Irgendwo waren Rufe zu hören. Bellende Schlittenhunde. Ein Motorschlitten jaulte zwischen Bäumen entlang. Als Wind aufzog und Schneeschwaden in die Hütte trug, schloss Core die Tür. Er zündete ein Feuer an und wunderte sich fast, dass es ihm mit seinen zittrigen Fingern gelang.

Leicht benommen vom Whiskey und dem langen Marsch schälte er sich aus dem Rentieranzug und setzte sich wieder in den Sessel. Er dachte an Wasser und Essen, aber er konnte sich nicht bewegen. Die Hitze des Feuers flackerte ihm ins Gesicht, und dann fiel ihm ihr Mann ein, Vernon Slone. Er stellte sich vor, auf welchem Weg er von den Geschehnissen erfuhr und was sie bei einem Vater und Ehemann auslösten.

Bevor er sich in den Schlaf blinzelte, erinnerte er sich an seinen eigenen Vater, an damals, als seine Mutter sie verlassen hatte und niemand wusste, warum. Mit seinen zehn Jahren hatte Core geglaubt, sein Vater würde Zuflucht im Alkohol oder bei Jesus suchen. Stattdessen ging er jeden Abend in das kleine Kino mit der Neonanzeigetafel in ihrem kleinen Provinzstädtchen in Nebraska. Oft sah er sich denselben Film zweimal hintereinander an – *Spartacus,*

Exodus, Psycho. Wenn es dunkel war, lief Core an die Ecke Main und Willow Street und suchte nach ihm. Er schlich sich durch den Hinterausgang und fand seinen Vater allein vor den riesigen Gesichtern in seinem Sitz, schnarchend und mit einem leeren Eimer Popcorn auf dem Schoß.

Die Polizei war eingetroffen, drei weiße Männer in Zivil, genauer gesagt, winterlicher Jagdkleidung. Core saß aufrecht in seinem Sessel und wurde wach, als er ihre nassen Stiefel über den Holzfußboden schleifen hörte. Er hatte fast zwei Stunden geschlafen, vielleicht sogar länger. Er wischte sich den Speichel aus dem Bart, stand auf und wandte sich an den Mann, der aussah, als habe er das Kommando: der mit dem Bürstenhaarschnitt, dem rotbraunen Bart und der Zigarette hinterm Ohr.

Donald Marium stellte sich vor, er hatte die weiche Hand eines Barbiers und ein faltenloses Gesicht unter dem Bart. Core redete zu schnell – wer er war, warum er hier war, was er herausgefunden hatte –, und Marium bat ihn, sich erst mal hinzusetzen und Luft zu holen. Zusammen mit seinen Kollegen ging er runter in den Keller, um sich den Jungen anzusehen, kehrte ein paar Minuten darauf zurück und forderte Core auf, ihm seine Geschichte zu erzählen, von Anfang an. Sie saßen am Tisch und rauchten.

Als Core fertig war, sagte Marium: »Erklären Sie mir doch bitte noch mal, warum sie Sie hergebeten hat.«

»Das weiß ich nicht. Nur, dass sie mein Buch gelesen hatte.« Er sah sich im Raum um, konnte es aber nirgends entdecken. Aus der Tasche seines Flanellhemds zog er Medora Slones Brief und schob ihn über den Tisch zu Marium, der ihn schweigend las.

»Und warum genau sind Sie hergekommen?«

»Um zu helfen«, erwiderte Core. »Sie schrieb, die Wölfe

hätten mehrere Kinder aus dem Dorf geholt. Steht in dem Brief. Können Sie nachlesen. Und dass ihr niemand helfen würde. Deswegen bin ich gekommen.«

»Die Wölfe haben hier letzten Monat zwei Kinder geholt. Man hat sie nicht gefunden. Wir waren hier und haben versucht, den Leuten zu helfen, aber ehrlich gesagt weiß ich nicht, wie. Man kann nicht einfach in die Tundra laufen und nach Wölfen suchen.«

»Aber Bailey Slone wurde nicht von einem Wolf getötet«, sagte Core.

Marium drückte seine Zigarette im Aschenbecher aus und stand auf. Core tat dasselbe.

»Das alles werden wir klären müssen.«

»Sind die anderen unterwegs?«, fragte Core.

»Welche anderen?«

»Die anderen. Ihre Kollegen. Um Medora Slone zu finden. Sollten hier nicht noch ein paar Männer mehr sein? Beziehungsweise Ermittler? Im Fernsehen sind doch immer Ermittler.«

»Ermittler? Mr. Core, hier laufen die Dinge ein bisschen anders. Und ganz bestimmt nicht so wie im Fernsehen.«

»Keine Ermittler? Nur Sie?«

»Fürs Erste. Sie müssen sich im Klaren darüber sein, wo Sie hier sind. Wir gehören nicht unbedingt zum Rest der Welt. Und meistens sind wir froh darüber. Aber eins nach dem anderen, bitte.«

»Wie spät ist es? Mitternacht?« Auf einmal merkte er, dass seine Armbanduhr weg war.

»Sechs Uhr abends, Mr. Core. Sie sind noch nicht akklimatisiert. Sie sagten, Sie seien heute gegen Anbruch der Dunkelheit zurückgekommen? Da war es dann halb vier.«

»Das kann nicht sein. Ich bin vor Tagesanbruch losgegangen. So lange kann ich nicht weg gewesen sein.« Er fasste sich ans linke Handgelenk, als könnte er die Uhr wieder zurückreiben.

»Die Sonne geht im Moment um zehn auf, Mr. Core. Wie gesagt, Sie sind noch nicht akklimatisiert.«

»Meine Uhr ist verschwunden. Ich verstehe das nicht.«

»Und eine Frau ist offenbar auch verschwunden.«

Core setzte sich wieder. »Ich habe versucht, mit den Leuten zu reden, aber sie wollten nicht. Haben sie Ihnen etwas erzählt?«

»Nicht viel. Noch nicht«, antwortete Marium. »Wir haben mit einigen gesprochen. Sie reden nicht gern mit einem, wenn man nicht zu ihnen gehört. Gehen wir noch mal runter und sehen uns den Jungen an.«

Im Keller schossen die Männer Fotos von der Leiche und der Aushöhlung in der Wand. Der Dickere kritzelte etwas in ein Notizbuch, ein anderer mit Schnurrbart stand vor einem Laptop auf einer Kiste. Core erklärte, wie er den Jungen gefunden hatte, und dass der Mann namens Cheeon ihn aus der Nische geholt und aus der Plastikfolie gewickelt hätte.

»Er saß da aufrecht drin?«, fragte Marium. »Hineingezwängt?«

Core nickte. »Sehen Sie sich seinen Hals an«, sagte er. »Sie hat ihn erwürgt.«

»Jemand.«

»Sie war es«, sagte Core.

»Bitte, eins nach dem anderen, Mr. Core. Als Sie heute von Ihrem Marsch zurückgekehrt sind, da war sie weg?«

»Richtig. Werfen Sie mal einen Blick in ihr Schlafzimmer. Sie hat gepackt. Ihr Pick-up ist weg. Sie ist weg. Ich glaube, sie wollte, dass ich den Jungen finde.«

»Warum sollte sie das gewollt haben, Mr. Core?«

»Warum? Das müssen Sie mir sagen. Sie sind doch von der Polizei.«

»Wir werden es herausfinden. Wir werden das alles klären.«

»Jemand muss den Vater informieren«, sagte Core.

»Vernon Slone ist im Krieg.«

»Sie kennen Vernon Slone?«

»Wer hier in der Gegend lebt, kennt Vernon Slone.«

»Jemand muss ihn informieren«, wiederholte Core.

»Würde es Ihnen etwas ausmachen, oben zu warten, Mr. Core? Tut mir leid, aber ich muss Sie darum bitten.«

»Ich habe die Decke über ihn gelegt«, sagte er, ohne sich zu rühren. »Ich habe ihn zugedeckt.«

»Wir kümmern uns um den Jungen«, sagte Marium. »Keine Sorge. Wir kümmern uns um ihn.«

Core wollte gehen.

»Ach so, Mr. Core? Bitte setzen Sie sich oben einfach hin. Und fassen Sie bitte nichts an.«

Core ging hoch und setzte sich im Sessel auf seine Hände.

Stunden später legten Marium und seine Kollegen Bailey Slone auf die Pritsche eines Polizei-Pick-ups. Sie liefen durchs ganze Dorf, von Hütte zu Hütte, und suchten nach den Eltern von Medora und Vernon Slone. Core blieb beim Polizeiwagen, passte auf den Jungen auf und beobachtete sie. Er rauchte Mariums Zigaretten und nahm hin und wieder einen Schluck Whiskey, um sich aufzuwärmen. Als er es nicht mehr aushielt, ging er in die Hütte und legte Holz nach.

Er warf einen Blick auf Medora Slones ungemachtes Bett, auf das kleine Kinderbett daneben und die vom Waschen ausgeblichenen Superhelden auf dem Bettzeug. Immer wieder rieb er sich das Handgelenk und dachte an seine

Armbanduhr, irgendwie kam er sich verloren vor, so ganz ohne Uhrzeit.

Als Marium endlich zurückkam, war Core schon fast wieder eingeschlafen.

»Ich fahre jetzt in die Stadt«, sagte er. »Meine Männer bleiben hier. Sie sollten mir hinterherfahren und sich irgendwo ein Motel suchen. Nachts verfährt man sich leicht. Außerdem ist noch mehr Schneefall angekündigt. Sie können hier nicht bleiben.«

»Warum nicht?«

»Ist besser für Sie.«

»Aber warum?«, fragte Core. »Glauben die Leute, ich hätte etwas damit zu tun?«

»Das habe ich nicht gesagt. Aber Sie können hier nicht bleiben.«

»Was haben Sie gefunden?«

»Noch nichts.«

»Ihre Eltern? Oder seine Eltern?«

»Noch nicht. Kommen Sie mit mir.«

»Niemand weiß irgendwas?«, fragte Core.

»Aber wir bald.«

Core startete seinen Pick-up, ließ den Motor warm laufen, sah seinen gefrorenen Atem vom Tag zuvor an der Windschutzscheibe. Neunzig langsame Kilometer folgte er Mariums Rücklichtern, zwei leuchtende Augen in einem durch und durch schwarzen Gesicht. Er musste aufpassen, dass der Wagen auf den ungeräumten Straßen nicht ins Rutschen kam und dass der Schlaf ihn nicht übermannte. Durch das halb offene Fenster schlug ihm die eiskalte Luft ins Gesicht und hielt ihn wach. Im Radio klagte ein aufgewühlter Sänger über Herzschmerzen. Es war schwer zu erkennen, wie nah die Hügel und Bäume der Straße kamen. Und praktisch unmöglich zu sagen, ob sich irgendwo in dieser Dunkelheit Menschen aufhielten. Obwohl er die Strecke am Tag davor gefahren war, konnte er sich an nichts erinnern.

Zu dieser nächtlichen Stunde war es ihm unmöglich, sich ein richtiges Bild von dem Ort zu machen. Er hatte mit einer kleinen Oase inmitten dieser Einöde gerechnet, aber davon konnte nicht die Rede sein. Das Motel lockte im fahlen Neonlicht ohne jedes Willkommensschild. Er folgte Marium auf den Parkplatz und kam dann an sein Fenster, um noch eine Zigarette zu schnorren.

»Wie lange bleiben Sie?«

»Ich weiß nicht«, sagte Core. »Wie lange soll ich denn?«

»Ein paar Tage, würde ich sagen. Mindestens. Bis wir das geklärt haben. Sie erinnern sich nicht, dass sie angedeutet hat, wohin sie gehen wollte?«

»Davon war überhaupt nicht die Rede. Wir haben über Wölfe gesprochen und über die Gegend hier. Das ist alles.«

»Wenn Sie so sicher sind, dass sie es war, können Sie mir dann auch sagen, wie?«

»Mit einem Seil. Keine Ahnung.«

»Ich meinte nicht, womit. Ich meine, *wie*.«

»Ich bin damit überfordert, Mr. Marium. Sie müssen mit den Leuten aus dem Dorf sprechen.«

»Als ich heute Abend dort eintraf und aus dem Wagen stieg, kam eine kleine alte Frau auf mich zu. Sie stand einfach nur da. Dann erzählte sie mir, Medora Slone sei von einem Wolfsdämon besessen. Sie nannte ihn *Tornuaq*. Das kommt dabei raus, wenn man mit diesen Leuten spricht.«

»Ich bin damit überfordert.«

»Sehen Sie die Straße dort?« Er zeigte mit der Zigarette hin. »Die Wache liegt am Ende der Straße, auf der linken Seite. Gegenüber vom Markt. Kommen Sie doch bitte morgen vorbei. Jetzt sollten Sie sich erst mal schlafen legen.«

Er streckte sich auf dem Bett aus und konnte nicht einschlafen. Er war hungrig, aber zu schwach zum Essen. Er stellte sich Medora Slones Gesicht vor, ihr Fleisch, ihren nackten Körper, der sich zitternd an seinen gedrückt hatte.

In der Natur kannte er sich aus.

Ein Viertel aller Löwen sterben durch Kindesmord. Ein Barsch frisst seinen Nachwuchs, wenn der nicht rechtzeitig wegschwimmt.

Weibliche Schweine und Kaninchen ersticken ihre Jungen, wenn sie krank oder zu schwach sind und sie zu wenig zu essen haben. Man nennt das Infantizid.

Präriehunde töten so viele ihrer eigenen Jungtiere, dass es fast schon ein Sport für sie ist.

Ratten fressen ihre Jungen, wenn sie verletzt oder missgestaltet sind. Aber das sind ja auch Ratten.

Wespen. Sandtigerhaie. Seelöwen. Sumpfschwalben.

Von Delfinen, die wir für ihre Intelligenz bewundern, ist bekannt, dass sie ihre Jungen zu Tode rammen, mit der Nase voran, wie Football-Spieler.

Mehr als vierzig Spezies unter den Primaten töten ihren Nachwuchs. Und unsere Vorfahren? Darwin bezweifelte, dass sie sich an dieser Barbarei beteiligt haben, so »abartig« waren sie nicht, schrieb er. Jane Goodall hat Schimpansenweibchen beobachtet, die ihre Babys getötet und gefressen haben.

Bei den Pavianen sterben bis zu dreißig Prozent der Jungen am Infantizid.

Eine Wochenbettdepression kann dazu führen, dass eine Mutter ihr Kind tötet. Wissenschaftler haben allerdings festgestellt, dass Kindesmord bei Menschen meist soziale oder ökonomische Ursachen hat. Die Mütter sind fast immer sehr jung. Wenn man die Wahl zwischen Jungen und Mädchen hat? Ist das Mädchen dran.

Ein Aborigines-Stamm soll ein Kind getötet und es an ein anderes verfüttert haben. In den Highlands von Neuguinea bringen Mütter ihre Töchter um und versuchen danach, Söhne zu bekommen. Bei den !Kung laufen die Mütter mit schwächlichen Neugeborenen in den Wald und kehren allein zurück.

Es gibt keine Kultur auf der Welt, in der nicht ein Elternteil sein Kind umgebracht hat.

Was war an diesem Tag in Medora Slone gefahren, als sie ihrem eigenen Kind im Keller ein Seil um den Hals legte? Du musst den Wald fragen, nicht die Bücher. Die Annalen menschlicher Weisheit verstummen, wenn sie der Bestie in uns begegnen.

Auf seinem Motelbett am Ende der Welt merkte Core, wie Wissen und Glauben allmählich in den Hintergrund rückten.

4

Vernon Slone landete nach Einbruch der Dunkelheit in Alaska, nicht in Uniform, sondern in Jeans, Springerstiefeln, Baseballcap ohne Logo und dem Wollparka eines toten Soldaten aus dem Militärkrankenhaus in Deutschland. Ein Pflaster am Hals, eins auf der Schulter. Lange rotblonde Mähne, ein blonder, mehrere Wochen alter Bart, die Lippen hinter dem Schnurrbart verborgen.

Er war mehrere Tage in Deutschland gewesen, vielleicht auch eine Woche, so genau wusste er das nicht mehr – die Pillen, blau und rosa. Bei einer Operation hatte man ihm das Blei aus Schulter und Hals entfernt, teilweise aus dem Knochen. Dann die undeutliche Erinnerung an den Flug nach Hause, zu einem Stützpunkt in Kentucky, wie es hieß. Die Nachricht von seinem Sohn. Die Nachricht von seiner Frau.

Ein Militärarzt sprach mit ihm. *Hat Sie niemand kontaktiert? Man hätte Sie kontaktieren müssen.* Slone sah sein Gesicht nur verschwommen, seine Stimme klang wie unter Wasser. *Zwei Wochen ist das her* – Er blickte auf die Zettel in seiner Mappe. *Fast schon zwei Wochen. Man hätte Sie informieren müssen.*

Eine Schockwelle, abgedämpft durch Chemie, wieder

blau und rosa. Eine zweite verzerrte Stimme unter Wasser. Diesmal eine Frau, in Zivil. Eine Betreuerin. Ein goldenes Kreuz in die Drosselgrube geschmiegt. Sie saß ihm gegenüber an einem Tisch in seinem Zimmer, neben dem Fenster. Die Worte, die sie benutzte, waren Englisch, aber ihre Sätze erschienen ihm vollkommen fremd. Sie fragte ihn mehrmals, ob er beten wolle. Slone war auf seinem Stuhl zusammengesunken und sah aus dem Fenster auf die Uniformen, die draußen vorbeiliefen. Kurz darauf war er mit der Stirn auf dem Tisch eingeschlafen.

Der Puls jagte durch seinen ganzen Körper, bis in die blutverklumpten oder mit Watte verstopften Ohren. Ein pockennarbiger Offizier, den er noch nie gesehen hatte, sprach von einem Purple Heart, dem Orden für Kriegsverletzte. Von einer Zeremonie ihm zu Ehren. Noch mehr Pillen und der schwere Schlaf der Kranken. Er fiel in ein Niemandsland der Schatten und Dampfschwaden, wo die Gesichter mehr Wesen als Mensch sind und verschwommene Schreie durch die Stille hallen. Den Namen seines Sohnes auf den Lippen.

Draußen in der Sonne. Jemand schob ihn in einem Rollstuhl, obwohl mit seinen Beinen alles in Ordnung war und er keine Schmerzen mehr am Hals und in der Schulter hatte. Ein rothaariges Mädchen in rotweißer Freiwilligenkluft überreichte ihm einen Strauß gelber Rosen, noch in grünem Zellophan – für ihr Alter hatte sie zu große Brüste, ihr Gesicht war mit Sommersprossen übersät, der Mund von einer Zahnspange entstellt, aus deren Klammern ihn das Sonnenlicht blendete. Sie sprach eine Sprache, die er nicht verstand und die ihm niemand erklärte. Er wollte weinen, fand aber nicht die Kraft dazu.

Sonnenstrahlen drangen durch die Fenster und zerlegten den Raum in kryptische Muster. Sie schienen gleichzeitig aus Westen und Osten zu kommen, ein Zustand, der ihm unbegreiflich war. Schatten von Ästen und Zweigen streiften über die Wand wie die Arme eines Skeletts, abends warfen die Lampen beunruhigende Figuren in die Ecken. Sein Sohn sprach im Traum zu ihm, und wenn er aufwachte, merkte er, dass er im Schlaf geschluchzt hatte.

Im Wachzustand kamen ihm die Zeitabläufe seltsam vor. Die Bewohner Alaskas, erklärte man ihm, hätten den verzerrten Tag-Nacht-Rhythmus der Arktis, wo man auf ein halbes Jahr Dunkel und Eis eingestimmt war. Im nebelhaften Halbschlaf sah er seinen Vater, diesen spröden Mann, eine Haut wie Schiefer, gebrochen von Tabak und Kälte. Jedes Mal, wenn er aufwachte, fiel ihm alles von neuem ein.

Vor Tagen hatte ihm jemand eine Kopie des Zeitungsartikels gegeben, mit Schwarz-Weiß-Fotos von Medora und Bailey. Die Bilder waren drei Jahre alt, halb angeschnitten und schlecht gedruckt. Von den Sätzen war nur die obere Hälfte lesbar, als wären sie nur halb wahr – und als wäre es seine Aufgabe, sie zu ergänzen, die Einzelheiten der Geschichte zu vervollständigen.

Bevor er die Maschine nach Hause nahm, hatte er die restlichen Pillen die Toilette hinuntergespült. Allmählich kam er aus seinem Dämmerreich zurück.

Sein alter Freund Cheeon wartete am Gate auf ihn. Slone sah ihn in der bunten Masse stehen – ein Meter dreiundachtzig, halb Yupik, die starre Miene eine Mischung aus Gram und Entschlossenheit. Er erkannte die graubraune Winterkleidung, die Stiefel und den starken Tabakgeruch. Schwarzes Haar quoll unter einer tarnfarbenen Jagdmütze hervor. Seine fünfjährige Tochter war das zweite Kind, das die Wölfe aus dem Dorf geholt hatten, aber das erwähnte er Slone gegenüber nicht.

Die beiden Männer sagten kein Wort, sie reichten sich

nicht die Hand und umarmten sich nicht, sie sahen sich nur in die Augen und nickten. Cheeon nahm Slone die Tasche ab, gab ihm eine Zigarette, sein Zippo und ein Bowiemesser in schwarzer Lederscheide. Slone schritt entschlossen durch den Flughafen, Cheeon an seiner Seite. Sobald sie durch die Tür nach draußen traten, zündete er sich die Zigarette an, steckte das Messer hinten in den Gürtel und sah Cheeon an, der mit einem Nicken zu seinem Pick-up im Parkdeck auf der anderen Straßenseite wies.

Die Temperatur lag unter fünfzehn Grad minus, bis zum Morgengrauen würde sie auf fast minus dreißig fallen. Er konnte seinen Atem sehen und erinnerte sich an den scharfen Geruch des Winters – Vernon Slone wusste, dass er zu Hause war.

In den achtzig Minuten bis zum Leichenschauhaus sprachen sie nicht miteinander. Cheeon fuhr und rauchte und rauchte wieder. Sein Fenster war einen Spalt breit geöffnet. Die helle Narbe an seinem Mundwinkel zeugte von jenem Herbstmorgen, als sie unten im Tal am See angeln gewesen waren. Als Vierzehnjähriger hatte Slone seinen Köder ausgeworfen, nicht aufgepasst und ihm den Haken glatt durch die Lippe gebohrt. Ein kurzer Schrei, und noch bevor Slone ziehen konnte, hatte Cheeon nach der Leine gegriffen. Slone befreite ihn mit dem Seitenschneider, fädelte den Haken heraus und unterdrückte ein Lachen, während das Blut auf ihre Stiefel tropfte und Cheeon ihn mit Blicken und Worten verfluchte.

Die Schweigsamkeit, sowohl Instinkt als auch Ritual, pflegten sie schon ein Leben lang. Als schreiende, gleichaltrige Babys hatten sie sofort Ruhe gegeben, wenn man sie zusammenbrachte; der eine war dem anderen ein Balsam, auf eine Art, die niemand erklären konnte. Auf Elch- oder Hirschjagd standen sie mit Pfeil und Bogen in den Fichten, verbrachten zwölf Stunden in ungestörter Stille und verständigten sich per Handzeichen.

Im Winter musste man bei der Jagd noch leiser sein, wenn die Kälte die Geräusche des Sommers schluckte, das Eis die Erde umwickelte und die Rentiere aus einer Meile Entfernung einen Mann durch den Schnee laufen hörten. Ganze Wochenenden verbrachten sie damit, Königslachse und Forellen zu angeln, ohne am Fluss ein Wort zu wechseln, aus Angst, die Fische könnten sie hören. Den ganzen November durch verbrachten sie die Nächte im Zelt und wärmten sich gegenseitig, ohne sich auch nur einmal über diese natürliche Zuneigung zu wundern.

Auf den Fußmatten in Cheeons Truck lagen ein Hammer, ein zerdrückter Kaffeebecher, eine aufgerissene Packung Kondome, aus dem Aschenbecher gefallene Zigarettenkippen und ein paar .22er Patronen, die jedes Mal hin und her rollten, wenn sie abbogen. Slone lehnte sich in seinem Sitz zurück, sah nach draußen auf die vertrauten Straßen und suchte nach Veränderungen in den Schaufenstern, Straßenschildern und Vorgärten. Alle paar Minuten nahm er einen Schluck aus der Wasserflasche, die Cheeon ihm gegeben hatte. Eine Mutter lief mit ihrem Jungen über einen freigeschaufelten Bürgersteig – Slone rutschte ein Stück vor und drehte sich nach den beiden um. Überall war Elektrizität – Leben unter Beleuchtung. Slone dachte an Protonen, Elektronen, an Stromschläge.

Im halbdunklen Flur des Leichenschauhauses trafen sie auf zwei Detectives, einen Gerichtsmediziner im Laborkittel und Russell Core, den Wolfexperten, der vor zwei Wochen seinen Sohn gefunden und Medora Slone als Letzter gesehen hatte. Core und die Detectives wollten ihm die Hand schütteln und starteten einen lahmen Versuch, ihr

Beileid zu bekunden, aber Cheeon hob den Finger an die Lippen, schüttelte den Kopf und öffnete die Stahltür zum Kühlraum.

Slone trat ein, allein. Er sah seinen Sohn in einem Schubfach liegen, das Tuch bis zur Hüfte zurückgeschlagen. Das Schild an seinem kobaltblauen Zeh war fast so groß wie der ganze Fuß und wie ein Preisschild befestigt. Sein Junge war gewachsen in diesem einen Jahr, das er fort war, die Knochenstruktur im Gesicht hatte sich verändert, entweder weil er gealtert oder weil er tot war. Die Haare länger denn je. Burgunderrote Flecken unter der papiernen Haut am Hals. Dunkle Ringe unter den Augenschlitzen. Er sah unterernährt aus, aber vielleicht lag auch das nur am Tod.

Er atmete unter Schluchzen wie eine Frau unter der Geburt – ein Schluchzen, das aus dem Solarplexus kam und gegen das er sich nicht wehrte, denn dies würde die einzige Gelegenheit sein. Er ließ es kommen und vorübergehen. Wie in Wellen durchströmte es ihn, minutenlang. Dann legte er die Hand auf die blasse Brust und die dünnen Rippen des Jungen und beugte sich zu ihm runter. Der Kopf dicht vom Weinen, ein Druck im Hals und im Gesicht, legte er die Lippen auf die des Jungen und flüsterte: »Vergiss mich nicht.«

Im Aufenthaltsraum roch es nach Kaffee, die Detectives versanken in Kratern auf dem Sofa. Ihnen gegenüber hockten Slone und Cheeon an einem Tisch und rauchten. Links von ihnen lehnte sich Russell Core in einem Sessel zurück und starrte in seine Tasse. Donald Marium hatte ihn hergebeten mit dem Hinweis, er sei die einzige Verbindung zu den Ereignissen im Dorf. An der Wand hing ein Bild von einem Elch mit scharlachroter Perücke und Lippenstift.

Beim Reinkommen hatte Cheeon das Bild aufmerksam betrachtet, als wäre es eine mathematische Gleichung.

Der Polizist mit dem Schnurrbart sagte: »Hast du eine Idee, wo in aller Welt deine Frau sein könnte, Vern? Irgendeine Idee?«

»Wir kriegen sie«, sagte der Dicke. »Sie wird dafür büßen, Vernon. Wir haben Hinweise, mehrere.« Er hielt einen Ordner hoch, ein Bündel Dokumente über Medora Slone, Fotos und Karten, Slone hatte keine Ahnung, was sonst noch.

Der mit dem Schnurrbart sagte: »Wir haben ihr Bild im ganzen Bundesstaat rumgeschickt. Überall, Vern. Die Kollegen suchen die ganze Gegend nach ihrem Wagen ab. Aber es wäre gut, wenn du uns einen Tipp geben könntest. Vielleicht ist sie nach Kanada? Wir stehen in Kontakt mit den Mounties dort. Alles Dumpfbacken, aber wir stehen in Kontakt.«

Der Mann trank aus einem winzig kleinen Styroporbecher, der Kaffee schien ihm nicht zu schmecken. »Was die Frau getan hat, muss verdammt hart für dich sein, Vern.«

Die meisten Menschen im Ort stammten nicht aus der Gegend, sondern waren Wohlstandsflüchtlinge aus den unteren achtundvierzig Staaten. Slone und Cheeon erkannten einen Achtundvierziger sofort. Der Dicke, so nahm Slone an, war aus Nordkalifornien, vielleicht auch Oregon. Der mit dem Schnurrbart wahrscheinlich aus Texas. Hergezogen, um sich in so was wie Polizeiarbeit zu versuchen, wenn sie nicht gerade außerhalb der Saison Elche abschlachteten. Der Wolfsmann kam aus dem Mittleren Westen. Jetzt hatten sie wohl das Gefühl, gebraucht zu werden. Kamen sich wichtig vor. Und nützlich, in dieser Finsternis.

Slones linkes Augenlid zuckte, wie so häufig, wenn er

nicht geschlafen hatte. Im Flugzeug hatte er vergeblich versucht, ein bisschen wegzudösen. Er drückte seine Zigarette aus und musterte Core, sein weißes Wolfsgesicht und den majestätischen Bart. Wie er zusammengekauert und schweigsam in seinem Sessel saß.

»Sie haben meinen Jungen gefunden?«, fragte Slone.

Core schaute zu ihm rüber, nickte und sah wieder weg. Slone deutete ebenfalls ein Nicken an, es war seine Art, danke zu sagen. Core blickte auf seine Füße, auf die vom Salz befleckten Stiefel, die Vernon Slone gehörten und die Medora Slone ihm bei seiner Ankunft vor zwei Wochen geliehen hatte. Als ihm das klar wurde, errötete er und versuchte, einen Stiefel hinter dem anderen zu verstecken, wusste aber, dass es sinnlos war.

»Deine Frau hat Mr. Core zu Hilfe gerufen«, sagte der dicke Polizist. »Das Miststück hat ihm erzählt, dein Sohn sei von einem Wolf gerissen worden. Kannst du dir das vorstellen?«

Mit zwölf hatte Slone in den Bergen über Keelut einen Wolf erschossen. Als lebendes Ziel, zum Üben, aus Angst und aus Spaß. Als sein Vater davon erfuhr, nahm er ihm das Gewehr weg und schlug ihm ins Gesicht, dass ihm die Spucke aus dem Mund flog. Die Hand hatte sich wie Schmirgelpapier auf seiner Wange angefühlt.

Dann gab sein Vater ihm einen frischgeborenen Husky in Obhut, »um dir deine Herzlosigkeit auszutreiben«, wie er sagte. Und Slone kümmerte sich fast zehn Jahre lang um das Tier, bis ihm Geschwüre wuchsen und es seine Lebenskraft verlor. Auf Wunsch des Vaters tötete er ihn selbst mit seinem Gewehr und begrub ihn in den Hügeln von Keelut in der Nähe der Schlucht. Er war sicher – damals mit zwanzig –, dass er in seinem Leben nie wieder solchen Kummer erleiden würde. Er sah den Hund überall, roch ihn an seiner Kleidung, hörte ihn, träumte von ihm. Sehnsucht und Verlust, das hatte er damals gelernt, waren eine gnadenlose Kombination.

Der mit dem Schnurrbart sagte: »Wir dachten, du hättest vielleicht ein paar Fragen an Mr. Core, Vern, zumal er da war und sie als Letzter gesehen hat. Vielleicht kann er dir helfen.«

Slone sah wieder zu Core in seinem Sessel rüber und trank einen Schluck Kaffee. Er betrachtete seine Knöchel, seinen Ehering und unter einem Fingernagel ein Blutbläschen, das ihn irritierte. Jeder einzelne Finger schien ein Wunderwerk zu sein.

»Können Sie Tote zum Leben erwecken?«, fragte er schließlich.

»Nein, Sir, das kann ich nicht«, antwortete Core.

»Dann habe ich keine weiteren Fragen an Sie.«

»Ich hätte gern eine Zigarette«, sagte Core.

Slone sah ihn an. Er verstand nicht.

»Könnte ich eine Zigarette von Ihnen haben?«, fragte er.

Slone reichte ihm die Schachtel, und Core nickte zum Dank und fummelte eine heraus – dieselbe unbekannte Marke, die Medora Slone mit ihm geraucht hatte, als er nach Keelut gekommen war, ein schwarzer Dolch als Logo. Er lehnte sich wieder zurück, zündete sie mit Slones Feuerzeug an und blickte auf die Glut.

»Du hast keine Ahnung, wo deine Frau hin ist, Vernon? Nicht die geringste?«, fragte jetzt der Dicke. »Verwandte oder Freunde vielleicht? Hat die Frau überhaupt Freunde?«

Slone stand genervt auf, und Cheeon folgte ihm. Core blieb mit seiner Zigarette sitzen, er schwitzte, und seine Glieder schmerzten von einer Grippe, die nicht enden wollte. Das sprudelnde Medikament, das er vor einer Stunde getrunken hatte, hatte das Fieber kein bisschen gesenkt.

Die Detectives standen auf. Der Dicke sagte: »Wir brauchen eine Aussage, Vernon, und dann ist da noch ein Haufen Papiere, die unterschrieben werden müssen. Am besten, wir gehen auf die Wache, wenn ihr alle bereit seid. Don Marium ist auch da, du kennst Don, oder? Er meinte, wir sollten uns hier mit dir treffen und dich dann mit auf die Wache nehmen, wenn du nichts dagegen hast. Je eher, desto besser wahrscheinlich.«

Slone starrte den Polizisten an und sagte nichts.

»Verdammt, wir wissen, dass du gerade erst angekommen bist, Vern. Das Ganze tut uns verdammt leid. Aber je länger wir warten, desto weiter kommt sie, oder? Wie gesagt, wir haben Hinweise, ein paar davon würden wir gern auf der Wache mit dir durchgehen. Wir haben eine Karte aufgehängt. Ich weiß, es ist spät.«

Cheeon stand wieder vor dem Bild, inspizierte den Elch mit Perücke und Lippenstift und konnte nicht verstehen, warum man es witzig fand, so etwas in einem Leichenschauhaus aufzuhängen. Er selbst fand es abscheulich. Als Russell Core in seinem Sessel zu schnarchen anfing, drehten sich alle vier Männer nach ihm um.

Auf dem unbeleuchteten Parkplatz hinter dem Leichenschauhaus standen Slone und Cheeon am Polizei-Pick-up und sahen zu, wie Core in die Nacht hinausfuhr, welches Schicksal auch immer ihn erwarten mochte. Im Scheinwerferlicht Schneegestöber, das sich beim ersten Tageslicht zu einem weißen Vorhang verdichten würde.

Sie drehten sich um, pinkelten Schulter an Schulter in die Böschung und beobachteten, wie der gelbe Strom in den festen Schnee klatschte. Die Lichter der Stadt leuchteten weiß und orange, und jenseits der Gleise blinkte das rote Auge des Funkturms.

Hinter ihnen fing der Dicke an zu reden: »Und, Jungs, kommt ihr mit rüber? Gibt guten Kaffee da, der wird euch aufwärmen. Einen Schuss Bourbon, und schon seid ihr wieder fit.«

Slone zog den Reißverschluss seiner Hose hoch und nahm Cheeon im Dunkeln den .45er ab. Er drehte sich um und feuerte dem Dicken aus einem Meter Entfernung ins Gesicht.

Dem anderen verpasste er eine Kugel in die Stirn.

Beide brachen neben ihrem Wagen zusammen. Slone stand über ihnen, schoss jedem noch einmal ins Ohr und steckte sich die Pistole in den Gürtel. Cheeon reichte ihm eine Taschenlampe. An der Wagentür klebten Fragmente von Knochen und Gehirn. Slone bückte sich in den Lichtschein, sammelte Medoras Dokumente auf – darunter ein Schwarz-Weiß-Foto von ihr, mit Blut und nassem Schnee bespritzt – und schob sie zurück in den Ordner. Er warf noch einen Blick auf die Toten und auf die Blutklumpen, die wie Rubine verstreut auf einer weißen Leinwand lagen.

Cheeon nahm ihm die Taschenlampe und den Ordner ab und startete den Truck. Slone ging noch einmal über den Hintereingang ins Gebäude – einen Gang entlang, in dem nur der rote Schriftzug »Exit« leuchtete. Kurz darauf tauchte er mit einem Leichensack wieder auf, den er in den Armen trug wie eine Braut. Cheeon hatte die Heckklappe runtergelassen und hielt den Jungen an der einen Seite fest. Liebevoll legten sie ihn auf die Ladefläche, wo er mehrere Zentimeter tief in das Schneepolster sank.

Auf der einstündigen Fahrt nach Keelut wechselten die Männer kein Wort. Cheeon rauchte am Steuer, während Slone sich zurücklehnte und den Blick über die vertraute bleiche Welt draußen schweifen ließ: Häuser, Holzhütten und dann unzählige Morgen Land, meilenweit nicht der Hauch eines Lichts in dieser tiefschwarzen Stille.

Die Erinnerung an den Sand, an die sengende Sonne – der Gedanke daran erschöpfte ihn. Vom Singen der Reifen auf dem Asphalt ließ Slone sich in den Schlaf wiegen.

In jenen ersten Tagen waren die Orte oder Sektoren einer Stadt ständig am Schwelen. Flugzeuge brachten Verderben. Danach rollten die Einheiten durch die Straßenzüge und suchten nach allem, was noch atmete. Von einem brennenden Gebäude zum nächsten krochen sie durch den nachtschwarzen Qualm, in dem die Sonne aussah wie der Mond. Die Männer, nach denen sie suchten, waren nie da, wo sie sein sollten. Die meisten trugen keine Uniform. Man wusste nie genau, wer schießen würde und wer erschossen werden sollte. Familien saßen zusammengekauert in ihren Kellern. Traumatisierte Straßenhunde, nicht mehr als Knochengerippe. Schüsse vom nächsten Block, ob östlich oder nördlich, war schwer zu sagen.

Slone drehte sich um und sah, dass er von den anderen getrennt war. Er hockte in einem Hauseingang und rang nach Luft. Gierig trank er aus seiner Feldflasche und wischte sich den Schweiß und Schmutz von der Stirn. Stimmen, Amerikaner, aus einer mit Trümmern verstopften Gasse. Der Rauch stand wie Mauern in den Straßen.

Vom Eingang aus sah er durch das glaslose Fenster von einem Raum in den nächsten: ein Soldat mit honigfarbenem Flaum auf dem Kopf, in Slones Farben gekleidet, seine Flagge, vielleicht aus seiner Kompanie, vielleicht auch nicht – Slones Augen brannten noch vom Schweiß und Rauch. Unter dem Mann auf einem Tisch ein Mädchen, der untere Teil ihres Kleides zur Seite geschoben. Ein tätowierter Kolben zwischen ihren Beinen.

Slone schlich ins Haus wie ein Voyeur. Und sah zu. Das Mädchen war jung, sechzehn oder siebzehn. Umbrabraune Haut, die von ihrem und seinem Schweiß schimmerte. Sie wehrte sich nicht. Sie schrie nicht. Sie konnte nicht wegsehen. Sie musterte das Gesicht des Soldaten, als müsste sie es sich für später einprägen. Oder sie stand einfach unter Schock und fasste es nicht, dass ein solcher Teufel honigfarbenes Haar und so ebenmäßige Zähne haben konnte. Wären nicht ihre lautlosen Tränen gewesen, hätte man fast meinen können, sie läge freiwillig dort.

Wieder Schüsse auf der Straße. Schnelle Explosionen ganz in der Nähe, die das ganze Haus erbeben ließen. Zischender Dampf, von dem er keine Ahnung hatte, woher er kam.

Dann war Slone hinter ihm. In den Bizeps des Soldaten waren ein paar sinnfreie Hieroglyphen geätzt. Im Nacken ein mittelalterliches Kreuz, darin die Frage: *Warum hast du mich verlassen?*

Er zog das Messer aus der Scheide im Gürtel. Die Hand, der Arm und die Schulter – sie brauchen den Kopf nicht, um ihr Ziel zu erkennen. Er stach ihm das Messer durchs rechte Ohr. Die Spitze stieß etwa einen Zentimeter aus der linken Schläfe. Slone spürte, wie der Mann zusammensackte. Er hielt den schlaffen Körper an der Klinge aufrecht, damit er nicht auf das Mädchen kippte. Dann warf er ihn mit einem Ruck nach hinten und riss gleichzeitig das Messer heraus. An der gezackten Seite klebten Knochen und Hirn. Sein Blut bildete eine fast schwarze Pfütze auf dem staubigen Steinboden. Die sinnlose Frage in seinem Tattoo war mit ihm gestorben.

Warum hat er dich verlassen? Frag ihn doch selbst.

Das Mädchen kam hoch, aus ihrer Mitte tropfte Blut. Sie bedeckte sich halbwegs, schlug die Beine auf dem Tisch übereinander und starrte Slone aus ihren blaugrünen, aufgerissenen Augen an. Keinen halben Meter entfernt, die blutige Klinge noch fest umklammert. Er hatte nicht damit gerechnet, dass die Menschen hier so helle Augen haben konnten. Offenbar war sie unsicher, was er sonst noch mit dem Messer vorhatte. Ob jetzt noch ein flachsblonder Mann sich in ihr zu schaffen machen würde.

Ich will dir nicht wehtun, dachte er. *Hab keine Angst.* Und sie schien seine Gedanken lesen zu können, etwas in seinem Gesicht zu sehen, das sie in dem anderen nicht hatte sehen können. Sie zitterte nicht und versuchte auch nicht zu fliehen. Ihre Tränen waren weniger geworden, und sie konnte den Blick nicht von ihm abwenden. Slone wischte das Messer an seiner Hose ab und hielt es ihr mit dem Griff zuerst entgegen.

Sein Blick sagte: *Nimm nächstes Mal das hier. Wer immer dir etwas antun will, töte ihn.* Sie nahm ihm das Messer ab, führte es an die Nase und roch an der Klinge und am Griff. Dann stieg sie vom Tisch herunter und steckte es in ihr verschmiertes Gewand. Sie warf einen Blick auf den Toten zu ihren Füßen und spuckte auf ihn. Griff nach Slones blutverklebter rechter Hand, drehte sie um und betrachtete die Innenfläche. Mit dem Zeigefinger zeichnete sie einen unsichtbaren Buchstaben oder ein Zeichen hinein, was genau, würde nie jemand außer ihr erfahren.

Dann humpelte sie barfuß hinten aus dem Haus und verschwand in den Rauchschwaden.

Russell Cores Motelzimmer roch nach zwei Wochen Krankheit, ein »DO NOT DISTURB«-Schild hielt eifrige Zimmermädchen vom Türknauf fern. Take-away-Verpackungen vom einzigen chinesischen Restaurant im Ort. Feuchte Handtücher über den Stühlen, das Bett ungemacht. Zeitungen auf dem kahlen Boden verstreut. Zerknitterte Wasserflaschen im Müll. Zerrissene Medikamentenpackungen, zusammengeknüllte Taschentücher, Becher mit Tee gegen das Brennen im Hals. Auf der Kommode die angeschlagene Keramikfigur einer grinsenden Hawaiianerin in Bastrock und Blumenkranz – Core war nicht sicher, ob das ein Scherz sein sollte.

Sein Rücken und seine Beine hatten noch drei Tage nach seiner Jagd so sehr geschmerzt, dass er kaum auf die Toilette gehen konnte – was ihm nachdrücklich seine mangelnde Fitness und sein Alter vor Augen führte. Er schlief lange und fiebrig. Wenn er aufwachte, wusste er nicht, welcher Tag war, anfangs nicht mal, welcher Monat. Nach mehreren reglosen Minuten erinnerte er sich dann: der tote Junge, Medora Slone, seine eigene Frau, die nicht mehr sie selbst war. Eine Tochter, die er besuchen musste.

Nachdem er den Jungen gefunden hatte, hatte er zwei Wochen auf Vernon Slones Rückkehr gewartet. Und auf einen Anruf, in dem man ihm endlich den Tod seiner Frau mitteilen würde. Aber niemand wusste, wo er steckte. Er verschlief die kurzen Tage, erdrückt vom Grau des Himmels und von der Frage, was ihn hierhergeführt hatte.

Als er jetzt aus dem Leichenschauhaus zurückkam, wurde ihm klar, dass er umsonst gewartet hatte. Die Telefonnummer und Adresse seiner Tochter steckten zusammengefaltet in seiner Brieftasche wie eine Einladung, die an den Falschen verschickt wurde. Es gab nichts, das Vernon Slone von ihm wissen wollte, nichts, mit dem er die Schrecken dieser Familie hätte mildern können.

Und wenn Slone ihn nach einer Erklärung gefragt hätte? Wäre er willens gewesen sich anzuhören, was Core über die Wildnis wusste? All das, was er gelernt hatte, bot hier keine Hilfe – weder für Slone noch für ihn selbst. Wenn er nachts dalag und der Gedanke an Medora Slones Geruch ihn nicht losließ, betrachtete er durch das Fenster die Sterne. Was Medora getan hatte, konnte man auch in der Natur beobachten. Er selbst hatte es bei den hungernden Wölfen im Norden erlebt. Es war etwas, das er kannte. Womit sich das hier aber nicht erklären ließ.

Das muffige Motelzimmer und jetzt das Ende oder der Beginn von etwas Neuem, eine Richtung, von der er nicht sagen konnte, wohin sie führen würde. Core entriegelte das Fenster, ein achtsprossiges Relikt aus Eisen mit Farnwedeln aus Eis auf der Scheibe. Er schwenkte es auf in die Dunkelheit, ließ die reinigende Kälte ins Zimmer und ging auf die Knie. Die Tränen verfingen sich in seinem wirren Bart. Er wollte beten, aber die Worte waren wie weggeblasen. Und so weit er sich von den Worten entfernt hatte, so gewiss zählte er zu den Verdammten. Er blieb vor dem offenen Fenster stehen, bis die nächtliche Kälte sich in Novocain verwandelte und er erschöpft genug war, um zu schlafen.

Hinter den Hügeln von Keelut, am Ende eines Friedhofs, der auf einer Lichtung zwischen zwei Waldflächen versteckt lag, gruben Slone und Cheeon ein Loch. Weit weg im Tal klagte ein Wolf, und von den niedrigen Ästen der Zedern sahen ihnen Eulen bei ihrem nächtlichen Werk zu. Mit Schaufeln und Spitzhacken schlugen sie seitlich ein Grab in die Schneedämme. Die Erde ließ sich ohne die entsprechenden Gerätschaften unmöglich aufbrechen. Sie arbeiteten im Licht der Scheinwerfer, und der Schnee wirbelte durch die Strahlen wie Insekten im Sommer vor einer Lampe. Die Dunkelheit dahinter war mehr als nur Nacht, es war die bewusste Negation des Tages.

Als sie jung waren, hatten sie hier im Herbst und Winter

gejagt, Luchse und Raufußhühner, obwohl ihre Väter ihnen verboten hatten, bei den Toten zu wildern. Mit einer richtigen Beerdigung für den Jungen mussten sie warten, bis es getaut hatte und die Erde aufgeweicht war. Fürs Erste war sein Platz hier auf diesem alten Fleck Erde bei seinen Ahnen. Sein Großvater, Slones Vater, lag nur ein paar Meter entfernt in einer Grube, die die beiden Männer in den Grund gestemmt hatten. All die Gräber und Grabsteine waren von frischen Schneewehen bedeckt.

Und so schwangen sie ihre Hacken in den Schnee. Seite an Seite standen sie da wie Eisenbahner, die ihren Rhythmus einander angeglichen hatten. Sie tranken kein Wasser und rauchten nicht, dafür war keine Zeit. Slones Wunden an Hals und Schulter schmerzten mit jedem Schlag. Der Junge lag im Schnee in seinem Sack, ein stummer Zeuge.

Als sie sich halbwegs durch die dickste Schicht gearbeitet hatten, überließ Cheeon den Rest Slone und ging zum Truck, um den Sarg zu zimmern. Drei Platten Sperrholz, Säge und Hammer, ein Maßband, ein Päckchen Nägel, Bleistift hinterm Ohr und die Petroleumlampe auf dem Werkzeugkasten. Was er da innerhalb kürzester Zeit fertigte, war nur eine einfache Kiste, aber sie war eben und fest, und mehr war im Moment nicht möglich.

Als er eineinhalb Meter tief gegraben hatte, hörte Slone auf. Er kletterte aus der Höhle und trank einen Schluck aus der Thermoskanne, die Cheeon aus dem Wagen geholt und ihm zugeworfen hatte.

Sie holten den Jungen aus dem Sack und legten ihn in die Kiste. Slone strich ihm übers Gesicht, wandte sich ab und drehte sich gleich darauf wieder um, um ihn ein zweites Mal zu berühren. Dann legte er den Deckel drauf und schlug ihn mit zweiundzwanzig Nägeln fest. Über den Sarg hinweg griff Cheeon nach Slones linkem Arm, krempelte den Ärmel bis zum Ellbogen hoch und fuhr ihm mit einem Taschenmesser quer über den Unterarm. Er drückte zu, bis das Blut eine kleine Lache auf dem Kopfteil der Kiste gebildet hatte, und malte dann mit dem nackten Finger eine Figur hinein, halb Wolf, halb Rabe – ein Symbol, das seine Yupik-Mutter ihm gezeigt hatte. Slone fragte nicht, was die Zeichnung zu bedeuten hatte, was sie abwenden oder befördern sollte, vertraute aber darauf, dass sie den Jungen beschützte.

Sie trugen und schoben die Kiste in ihr Kämmerchen, griffen wieder zu den Schaufeln und schütteten sie zu.

Sein Zuhause, das Holzhaus, das er selbst gebaut hatte, war mit Absperrband gesichert. Slone stand in der Tür und sah hinein. Die Turnschuhe seines Sohnes neben der Heizung, dahinter die kleinen Schneestiefel. Seine Winterjacke am Haken. Die Glühbirne über ihm flackerte. Er trat ein, die Holzbohlen knarrten unter seinen Füßen, steif von der Kälte, von der Abwesenheit menschlicher Wärme. Er schaltete das Heizgerät an, holte von der Veranda hinterm Haus Holz unter der Plane hervor und stapelte es im Kamin. Dann machte er Feuer und blies die Glut an, bis er seinen Atem nicht mehr sehen konnte.

Noch in der Jacke ging er zum Sofa. Ein Taumeln und Schaukeln auf halb tauben Füßen. Das dunkle Knacken der Glühbirne. Slone ließ sich fallen und war eingeschlafen, bevor er spüren konnte, wie das Sofa ihn auffing.

Er wachte vor dem Morgengrauen auf und goss kochendes Wasser über den gefriergetrockneten Kaffee. Beim ersten Tageslicht würde man die Toten hinter dem Leichenhaus finden, und dann würde es nicht lange dauern, bis die Polizei hier auftauchte. Drei, vier Stunden bei dem Wetter, allerhöchstens fünf. Er stand im Keller und sah sich das Loch an, wo der Schreiberling seinen Jungen gefunden hatte. Er ging näher heran, berührte die Erde und atmete die Kälte ein.

Zum Frühstück aß er ein paar alte Eier und hartes Brot – schmecken tat er sowieso nichts – und sah sich dabei den Ordner über Medora an. Ein verblasster Polizeibericht. Fotos von seinem Jungen auf dem Boden im Keller. Hinweise, wo ihr Chevy Blazer eventuell gesehen wurde. Eine Karte vom Highway zwischen den Städten und dann ostwärts in Richtung Yukon, eine einzelne Asphaltader, von der befestigte und unbefestigte Straßen abgingen wie Kapillaren.

Ein paar rote Punkte auf der Karte zeigten die mögliche Fahrtrichtung an. Viele der Straßen trugen keine Bezeichnung, da weder die Polizei noch die Leute in der Stadt sie kannten, die meisten waren gerade mal Pfade, die man durch ein Birkenwäldchen gehauen hatte und aus der Luft nicht sehen konnte. Medora und er waren praktisch schon als Kinder dort unterwegs gewesen, seitdem sie auf Motorschlitten, Quads und Geländemaschinen fuhren. Wo auch immer sie jetzt hinwollte, sie würde dort langfahren. Er zündete den Ordner an einer Ecke an, blies in die Flamme, bis sie groß genug war, und warf ihn in den Kamin.

Aspirin gegen die Schmerzen in der Schulter, dann noch mehr Kaffee. Er stand am Schreibtisch seiner Frau und drehte jedes Blatt Papier um, jeden Briefumschlag. Aus dem Korb mit der schmutzigen Wäsche zog er Strümpfe und Unterwäsche, hielt sie sich vor die Nase und atmete ihren feuchten Geruch ein. Ganz unten lag Baileys T-Shirt, das mit dem roten Rennwagen und dem lächelnden Stoßstangengesicht – es roch noch immer nach ihm. Slone steckte es in die Jackentasche. Im Schlafzimmer leerte er ihre Kommode und zog das Bett ab. Unter ihrem Kissen lag eine Schamanenmaske der Inuit aus Treibholz und Pelz – das Gesicht eines Wolfes.

Er saß auf Baileys Bett, schaute und schaute weiter, ohne zu blinzeln. Draußen brach der Morgen an, ohne ihn.

Er fing an, Taschen zu packen. Socken und Handschuhe, Thermowäsche und Overalls. Ein Jagdmesser, Munition, Ladestreifen, Patronen. Pfeil und Bogen und Köcher. Maglite und Seil. Feldstecher. Aus dem Bad: Ibuprofen, Antibiotika, Aspirin, Verbandsmaterial, Wasserstoffperoxid, Rasierklingen, Abführmittel. Im Hohlboden vom Wandschrank ein Fach mit Feuerwaffen: eine 9-mm-Handfeuerwaffe, ein 12er Selbstlader, eine Remington, die seinem Vater gehört hatte. Neben der Hintertür entdeckte er die halbautomatische AR-15, das Gewehr, das Core mit auf seine Jagd genommen hatte.

Cheeon hatte seinen Ford Bronco unter den Schneemassen freigegraben, die Batterie ausgewechselt, den Tank aufgefüllt und den Motor in eine Heizdecke gewickelt, um ihn wieder zum Leben zu erwecken. Slone lud die Taschen und Waffen in den Kofferraum. Außerdem Decken, ein Kissen, zwei Benzinkanister, Schneestiefel. Spitzhacke, Schaufel, Kettensäge. Eine Tüte unverderblicher Lebensmittel, Erdnussbutter, Cracker, Schokolade. Der Wagen sprang sofort an, Slone ließ den Motor aufheulen und warmlaufen und stellte die Front- und Heckscheibenheizung an. Er lud seine Pistole, steckte sie in den Gürtel, und legte das Jagdgewehr unter den Sitz.

Dann machte er sich auf den Weg zu der alten Frau.

Die Dorfstraße war so kurz nach Tagesanbruch leer. Während seiner Abwesenheit hatte sich offensichtlich nichts verändert. Die Männer und Jungen waren schon zur Jagd aufgebrochen oder sahen nach den Leinen in den Löchern, die sie in den See gebohrt hatten. Die Frauen kümmerten sich in den Hütten um ihre Kinder und die Hausarbeit. Ein paar Schlittenhunde, die vor einem Haus angepflockt waren, erhoben sich lautlos, als sie ihn bemerkten, und legten sich dann wieder hin. Die Hütte der alten Frau stand schon immer an ihrem Platz hinter dem Brunnenhäuschen – ein Ort, den sie als Kinder gemieden hatten.

Als er eintrat, saß sie aufrecht in einem Schaukelstuhl vor dem Feuer und schaukelte zwischen Spinnrad und Schutt, zwischen Brennholz, Fellen und Stapeln von in Leder gebundenen, wie Möbel aufgestellten Büchern. Die Hütte hatte nur einen Raum, es roch nach Feuerrauch, gekochtem Elch und ungewaschenem Fleisch. An der hinteren Wand ein altes, zerknittertes Poster von einem Fußballspieler beim Schuss. Keine Haushaltsgeräte, nur der Holzofen und oben drauf ein Teekessel und ein Topf. Slone schloss die Tür vor der Kälte und zog sein gezacktes Messer aus dem Stiefel.

»Vernon Slone«, sagte sie. »Du bist nach Hause gekommen.« Sie musterte das Messer in seiner Hand. »Und jetzt willst du die alte Hexe bestrafen. Aber ich bin keine Hexe. Ich wusste, dass du kommen würdest. Du bist jetzt zu Hause, Vernon Slone.«

Er trat auf sie zu und betrachtete ihren faltigen Hals, das Licht des Feuers in ihren Augen, die Wangen, in die sich ein Kindheitsleiden gefressen hatte.

Sie zeigte auf eine umgedrehte Kiste vor ihren Stummelfüßen. »Setz dich«, sagte sie, und er gehorchte – nah genug, um zu riechen, wie dreckig sie war.

»Du denkst, ich hätte den Jungen retten können, ich, eine alte Frau? Du denkst, ich wusste es? Ich habe Dinge gewusst, da war dein Vater noch gar nicht geboren. Aber nichts davon hat eine Rolle gespielt. Geh zum Grab deines

Vaters und frag ihn selbst. Frag die Geister. Geh mit deinem Zorn zu den Göttern, zu den Wölfen, aber nicht zu einer alten Frau. Oder geh in dich selbst, wenn du dich davon befreien willst, Vernon Slone.«

In den Händen hielt sie eine Stoffpuppe, ohne Nase und Mund – er konnte sich vorstellen, was sie damit machte.

»Das Schicksal des Jungen stand im Eis geschrieben. Ihres auch, von Anfang an. Dagegen kann eine alte Frau nichts tun. Bestrafe dich selbst. Euch beide. Du bist in den Krieg gezogen, Vernon Slone. Du hättest dort sterben sollen. Im Sand. Das war dein Schicksal. Aber du wolltest dich ja nicht damit abfinden. Jetzt siehst du, was dich hier erwartet.«

Sie hielt ihm die Puppe entgegen, schüttelte sie und legte sie dann auf einen Stapel Bücher neben sich. Im Kamin knackte Holz, die Flammen spiegelten sich in seiner Klinge. Sie zeigte auf einen Tisch neben ihm. »Meine Pillen«, sagte sie. Er reichte ihr ein Fläschchen mit einem Medikament, das ein Arzt aus der Stadt einmal im Monat brachte. Ihre Hände zitterten, als sie die Flasche öffnete, sich eine Pille auf die Zunge legte und sie ohne Wasser herunterschluckte.

»Das war nicht das erste Mal, dass die Wölfe nach Keelut gekommen sind. Die Älteren erinnern sich genauso gut daran wie ich. Wir waren Kinder. Vor den Wölfen kam das, was der weiße Mann Spanische Grippe nannte. Wir nannten es *peelak*. Das halbe Dorf ist daran gestorben. Wirklich. Diese Krankheit, sie geht ins Gehirn, in die Lunge und in den Bauch. Hat dir niemand diese Geschichte erzählt, Vernon Slone, deine eigene Geschichte?«

Er saß da und sagte nichts.

»Es war Winter, und einige, wie mein Vater, die sich noch an das Leben an der Küste erinnerten, bauten Iglus hinter dem Hügel. Dort brachten wir die Toten hin. An die hundert Leichen. Vielleicht zweihundert. Niemand hat uns geholfen. Niemand hat sich getraut herzukommen. Jeden Morgen wachten wir auf, und es lagen neue Tote in den Hütten. Die Menschen ertranken. Sie ertranken in ihrer eigenen Körperflüssigkeit. Ihre Lungen waren von der Krankheit zerfressen. Das Gehirn vom Fieber verbrannt. Die Därme liefen ihnen aus. Tag und Nacht liefen die Menschen aus und waren zu schwach, um sich zu bewegen.«

Sie beugte sich in ihrem Schaukelstuhl vor.

»Wir konnten sie riechen. Mein Vater sagte, ich sollte mich fernhalten, aber ich habe gesehen, wie er einen Mann getragen hat, er war fast tot, der Mann, er hat ihn zu einem Schlitten getragen. Und wie er den Schlitten um den Hügel zu den Iglus gezogen hat. Aber der Mann war nicht tot. Er hat mich zitternd angesehen, und in seinen Augen war Leben. Mein Vater und andere, sie haben ihn ins Iglu zu den Toten gesteckt. Er ist dort schnell gestorben. Er ist bei den Toten gestorben, hat stöhnend in der Kälte bei den Toten gelegen. Ich konnte ihn hören von der anderen Seite des Hügels.«

Als sie auf den Wasserkrug auf dem Boden deutete, reichte Slone ihn ihr mit dem Griff nach vorn.

»Das Stöhnen war schlimm. Wir lagen im Bett und konnten nicht schlafen, meine Schwester und ich, aneinandergeschmiegt lagen wir da und hörten ihn klagen. Die Decke über die Köpfe gezogen, gegen die Krankheit. So haben wir gelauscht, ja. Einmal, als mein Vater versuchte, eine Frau zu retten, da hat er meine Schwester und mich an den Bach geschickt, damit wir Eis holen zum Trinken. Also sind wir losgelaufen. Bei Kälte und Dunkelheit sind wir zum Fluss gelaufen. Weißt du, was wir gehört haben?«

Slone betrachtete ihr Gesicht, die dünnen, spröden Lippen, blass waren sie und nach innen gestülpt.

»Wir haben sie heulen gehört. Weit hinten im Tal haben sie geheult in dieser Nacht. Wir haben uns beeilt und das Eis geschmolzen, so wie mein Vater es gesagt hatte. Er blieb bei der Frau, bis zum Morgen, und er hat ihr das Wasser gegeben. Er sagte, das Wasser würde sie retten. Wenn sie immer weiter trank, dann würde sie das retten. Aber im Morgengrauen schlief sie ein und wachte nicht mehr auf. Sie ist nie mehr aufgewacht. Mein Vater hat sie auf den Hundeschlitten zu den anderen Toten gepackt und sie zu den Iglus hinter dem Hügel gebracht.«

Slone, immer noch auf ihr Gesicht konzentriert, fuhr sich langsam mit der Klinge über die schwieligen Hände.

»Am nächsten Morgen sahen mein Vater und die anderen, was in den Iglus passiert war. In der Nacht waren die Wölfe da gewesen und hatten die Leichen auseinandergenommen. Sie haben das Fleisch von Bergen von Toten verschlungen, an die hundert Leichen. Das gefrorene Blut und die Knochen lagen überall herum. Keine einzige haben sie verschont. An ihren Spuren erkannte mein Vater, wie groß das Rudel war. Es waren mehr als zwanzig Tiere. Ein Schicksal, noch tragischer als die Grippe. Dann sammelten sie die Knochen in Körben ein, sie sammelten alle, die sie finden konnten, damit man sie anständig beerdigen konnte, wenn das Eis aufbrach. Aber nach so etwas gibt es keine anständige Beerdigung.«

Sie nahm wieder die Puppe in die Hand und streichelte ihr über den Kopf, als wäre sie lebendig.

»Das ist unsere Geschichte, Vernon Slone. Du kannst einer alten Frau nicht die Schuld daran geben.«

Wenige Minuten später trat Slone hinaus in den strahlenden Tag, an seiner Hand klebte das Blut der alten Frau.

Langsam atmete er die kalte Luft ein. Selbst wenn die Dorfbewohner wussten, dass er zurück war, kamen sie nicht aus ihren Hütten, weder um ihn willkommen zu heißen, noch um ihn zu verurteilen. Auf der anderen Straßenseite wurden Vorhänge auf- und zugezogen. Er ging zu seinem Pick-up und warf einen letzten Blick auf sein Zuhause.

Dann fuhr er los, die eisigen Wege entlang, die man nicht Straßen nennen konnte – Pfade, schon lange vor seiner Zeit in die Wildnis geschlagen.

5

An diesem frühen Dezembermorgen hinter dem Leichenschauhaus sah Donald Marium die Eiskristalle auf dem frisch gefallenen Schnee glänzen, die Verwehungen wälzten sich auf einen graubraunen Horizont zu. Er konzentrierte sich auf die Gesichter der Männer, die die Toten begafften – erschossen, steif gefroren und verdreht lagen sie neben ihrem Pick-up. Man hatte den Schnee von ihren Leichen gebürstet, darunter waren Spritzer und Rinnsale von glasigem Blut zum Vorschein gekommen. Hinter dem offenen Gelände am Stadtrand, nördlich, in Richtung Gebirge, sah er schneebehangene Bäume, gebeugt wie Büßer. Der Morgen war wie aus Musselin, die Sonne nicht mal ein schmutziger Fleck. Der rauschende Wind trug den Geruch von Kiefern herüber und warf kurz darauf den Schnee wie feinen Nebel in die Höhe.

Jeder der Polizisten hatte schon mal Hirsche, Rentiere und Wölfe in diesem Zustand gesehen, Marder oder Bisamratten, Schneeschafe, erst weiß, dann rot. Manche von ihnen auch Männer, die erfroren im Hochwasser der Flüsse trieben oder im freien Fall von einer Gipfelwand gestürzt waren. Der eine oder andere hatte vielleicht versucht, ein Kind zu retten, das die Strömung unter einem gekenterten Kanu auf den Grund zog. Aber Marium war sich darüber im Klaren, dass etwas wie das hier bisher offenbar kaum einer erlebt hatte. Er selbst war erst ein Mal Zeuge eines solchen Gemetzels geworden, und das nicht an diesem Ort.

»Wie sieht's im Haus aus?«, fragte er den Polizisten, der hinter ihm stand.

»Noch ein Toter. Frank, der Gerichtsmediziner, glauben wir.«

»Glaubt ihr?«

»Scheiße, Don, wir kommen nicht nah genug ran. Er liegt in einer riesigen Blutlache in seinem Büro.«

»Wie, tot?«

»Durch und durch tot, würde ich sagen.«

»Habt ihr die Hülsen gefunden?«, fragte er.

»Die was?«

»Patronenhülsen. Was glaubst du, wie die Männer ermordet wurden? Denkst du, man hat sie totgekitzelt? Also grabt bitte nach den Hülsen.«

»Woher willst du wissen, dass es hier war?«

»Die Schüsse wurden aus nächster Nähe abgegeben. Siehst du das Sternmuster im Einschussloch? Auf dem Gesicht von dem Mann da? Du stehst praktisch auf den Patronenhülsen.«

»Was kann das bloß gewesen sein?«

»Die Frage ist eher, wer das gewesen sein kann. Und jetzt such nach den Hülsen, bitte.«

»Für mich fühlt es sich wie ein *Was* an. Erst das Kind aus dem Dorf und jetzt das hier. So ein beschissener Jahresausklang. Weißt du, dass der Junge weg ist?«

»Wie, weg?«

»Seine Leiche, sie ist weg. Sie haben sie mitgenommen. Hast du so was schon mal erlebt?«

»Nicht annähernd, nein. Und jetzt besorg mir bitte diese Hülsen.«

Während die Männer weiter ihre Arbeit machten, rauchte Marium in der Kälte eine Zigarette. Der Krankenwagen stand still und überflüssig da, die Lichter drehten sich sinnlos im Kreis. In seinen Träumen letzte Nacht hatte es keinerlei Hinweis auf all das gegeben.

Die gebohnerten Flure quietschten unter den nassen Stiefeln. Die Polizisten standen halbmondförmig um die Blutlache des Gerichtsmediziners herum. Er lag mit dem Gesicht nach unten. Marium sah die Stichwunde seitlich am Kopf, die durch ein Ohr ging und bis zur anderen Seite reichte.

»Wartet ihr darauf, dass Frank aufsteht und euch erzählt, wer das war? Wischt das auf, bitte, und seht, ob ihr Stiefelabdrücke findet.«

»Was ist mit der Spurensicherung, Don?«

»Was meinst du?«

»Die Jungs aus der Stadt.«

»Habt ihr Fotos gemacht von dem Raum?«

»Bestimmt um die hundert.«

»Dann seid ihr und der Wischlappen fürs Erste die Spurensicherung. Und wenn ihr einen Stiefelabdruck seht, hört ihr sofort auf, okay?«

»Ich dachte, dass die Kollegen aus der Stadt kommen. Oder die State Trooper oder so. Wie zum Teufel sollen wir das hier in den Griff kriegen?«

Marium lächelte. »State Trooper. Machst du Witze? Ich wüsste nicht, dass die überhaupt je von uns gehört hätten. Betrachten wir das Ganze vorläufig als unsere Angelegenheit. Und bitte nichts anfassen.«

Sein Lachs-Rührei stand zu Hause halb aufgegessen auf dem Küchentisch. Er dachte an Kaffee, an Susan, seine Frau, im Bademantel ohne was drunter, die Fußnägel in seinem Lieblingsrosa. Sie war zwölf Jahre jünger, rothaarig und schlank, und früher Balletttänzerin gewesen. Sogar direkt nach dem Aufwachen roch ihr Atem frisch. Sie war wie der frühe Morgentau. Sie wollte Kinder und nahm Marium dementsprechend ran, betörte ihn regelmäßig spät nachts mit ihrem animalischen Geruch. Und er war endlich bereit dafür, mit seinen achtundvierzig Jahren.

Am Ende des Flures gelangte er in den Aufenthaltsraum. Er roch den Zigarettenrauch in den Vorhängen und klopfte auf die Schachtel in seiner Jackentasche. In den Sofapolstern waren tiefe Sitzkuhlen. Dann weitere Räume, in einem zweiten Flur Büros, ganz am Ende der metallische Kühlraum. Im Laufe der Jahre war er Dutzende Male hier gewesen – um Papiere zu unterzeichnen für alte Leute, die an einer Krankheit gestorben waren, oder junge Leute, die aus Dummheit gestorben waren. Aber er war noch nie im Kühlraum gewesen. Und hatte auch kein Interesse gehabt.

Er zog einen Latex-Handschuh an, öffnete die Tür und trat, von einem gewissen Aberglauben gehemmt, vorsichtig ein. Das Schubfach war leer, das Tuch beiseitegeworfen. Auf dem Fußboden lag ein Schild mit blauer Schrift. Er hockte sich hin, hob es auf und las den Namen Bailey Slone samt dazugehöriger Angaben.

Sieht aus, als wäre dein Vater zurück, mein Junge.

Cheeon hörte es klopfen, er öffnete die Haustür und blieb im Türrahmen stehen, einen glühenden Zigarettenstummel in der Hand und die Hitze des gusseisernen Herdes im Rücken. Marium hatte die Jacke offen, um ihm zu zeigen, dass er keine Waffe in seinem Unterarmholster trug. Als er Cheeons Zigarette sah, nahm er sich auch eine aus der

Schachtel in seiner Tasche. Rauchend lehnten sie an der Tür und blickten auf die vier Polizeifahrzeuge, die fünfzig Meter von Cheeons zweistöckigem Holzhaus entfernt in ihre Richtung zeigten. Die Männer trugen schusssichere Westen und Helme und hielten die Gewehre nach unten, manche nippten an ihrem Kaffee, den sie sich noch schnell unterwegs besorgt hatten.

»Hab mich schon gefragt, wann ihr hier auftaucht.«

»Ich hab ihnen gesagt, ich würde versuchen, mit dir zu reden, Cheeon. Dass ich dich vielleicht dazu bewegen könnte, ohne großes Theater mitzukommen. Ich behaupte nicht, dass ich dein Freund bin. Das nicht.«

»Wenn du es sagst.«

»Aber immerhin haben wir uns hin und wieder unterhalten, wenn du in der Stadt warst. Und den einen oder anderen Kaffee getrunken, falls ich mich richtig erinnere. Jedenfalls hatten wir nie Ärger. Soweit ich weiß, kannten sich unsere Väter. Und deine Frau und deine Tochter waren immer nett zu mir. Auch zu Susan, meiner Frau. Würdest du mir da zustimmen?«

»Wenn du es sagst.«

»Und das muss doch etwas bedeuten.«

Cheeon spuckte aus, halb in den Schnee, halb auf seinen Stiefel.

»Wenn du es sagst. Ich glaube nur nicht, dass es das bedeutet, was du dir gerade wünschst, dass es bedeutet, mein Freund. Nicht ansatzweise.«

Ein Windstoß hob den Schnee von den Dächern und wanderte in einem weißen Wirbel über das offene Gelände. Die Vormittagssonne war nur ein pfirsichfarbener Fleck.

»Ich komme genauso von hier wie du.«

»Nicht aus diesem Dorf.«

»Nein, das nicht, aber aus der Nähe.«

»Bist du gekommen, um mir deine Lebensgeschichte zu erzählen, Mann?«

»Wir haben hinter dem Leichenschauhaus in der Stadt zwei ermordete Polizisten gefunden, Cheeon. Und drinnen den Gerichtsmediziner mit einem Messerstich durch den Kopf. Außerdem fehlt die Leiche eines Jungen. Deswegen sind wir hier, Cheeon.«

Er nickte und zog an seiner Zigarette, ohne Marium anzusehen.

»Hast du die jetzt nach Wichtigkeit aufgelistet? Hier bei uns sind ein paar tote Cops eher ein Grund zum Feiern.«

»Nein, habe ich nicht. Ich behaupte nicht, dass tote Polizisten etwas Besonderes sind, besonderer als irgendein anderer Toter. Tot sein ist insgesamt nichts Gutes, wenn du mich fragst.«

»Mir fallen direkt ein paar Scheißkerle ein, die der Welt einen großen Gefallen täten, wenn sie tot wären.«

»Klar. Da will ich dir gar nicht widersprechen. Ich will nur verhindern, dass es hier heute noch mehr Tote gibt, wenn möglich.«

»Sieht allerdings so aus, als hättest du damit gerechnet, wenn ich mir die ganzen Cops dahinten anschaue.«

»Wie gesagt, ich hab ihnen erzählt, dass ich erst mal versuche, mit dir zu reden. Einfach um Schlimmeres zu verhindern.«

»Ich soll freiwillig mitkommen, meinst du? So heißt es doch bei euch, oder? Freiwillig mitkommen.«

Wieder schwiegen sie und rauchten.

»Cheeon, die Kollegen da vorne, das sind nicht die Redneck-Jungs aus dem Ort. Das sind FBI-Leute, aus der Großstadt, die haben einen Haufen Waffen dabei und kein Problem, Gebrauch davon zu machen.«

»Waffen habe ich auch, und Gebrauch mach ich ebenfalls gern davon.«

»Das weiß ich. Deswegen reden wir hier, Cheeon. Dein Vater wurde ein paar Mal wegen illegalen Waffenbesitzes eingelocht. Du kennst ja den Spruch vom Apfel und dem Stamm.«

»Nee. Ich weiß nichts von einem Apfel. Aber wenn du schlau bist, solltest du meinen Vater aus dem Spiel lassen.«

»Okay. Kommt nicht wieder vor. Entweder du oder Slone, einer von euch hat die Männer getötet und den Jungen mitgenommen. Vielleicht auch ihr beide zusammen. Ich weiß, dass ihr früher ziemlich eng wart.«

»Vernon ist in der Wüste. Da ist Krieg. Hörst du manchmal Radio?«

»Vernon Slone ist zu Hause. Das weißt du. Und du hast ihm geholfen. Ich war eben in seiner Hütte. Sieht aus, als hätte ich ihn um fünf, sechs Stunden verpasst.«

»Wenn du es sagst.«

»Pass auf, Cheeon. Was immer da passiert ist, wir müssen das untersuchen. Die Polizisten wurden mit einer 45er Springfield erschossen. So eine ist auf dich registriert.«

»Ich hab auch noch andere, die nicht registriert sind.«

»Das habe ich mir gedacht. Frank, der Gerichtsmediziner, wollte sich dieses Jahr zur Ruhe setzen und nach San Diego gehen, glaube ich. Verdammt, er war nicht mal ein richtiger Gerichtsmediziner. Nur ein Arzt, der diesen Job für uns gemacht hat, weil niemand sonst da war.«

»San Diego, sagst du? Noch nie gehört.«

»Jemand hat ihm ein Messer durch den Kopf gerammt. Mittendurch, von links nach rechts. Wer macht so was?«

»Sag du es mir.«

»Du kannst dir vorstellen, dass für seine Familie jetzt nichts mehr so ist wie vorher.«

Cheeon nickte wieder, rauchte, lächelte fast. Seine Fingernägel waren pissgelb vom Tabak.

»Tja«, sagte er. »Das kommt hier in letzter Zeit häufiger vor.«

»Wo ist Vernon Slone, Cheeon?«

Cheeon sah Marium direkt an, Rauch strömte ihm aus den Nasenlöchern. Seine Miene – gekräuselte Stirn, ein Anflug von einem Grinsen – schien zu sagen: *Du bist dümmer, als du aussiehst, wenn du glaubst, dass ich dir das sage.*

»Gut, okay«, sagte Marium. »Vielleicht verrätst du mir dann, wo die Leiche von dem Jungen ist. Das ist Beweismaterial.«

»Bitte was?«

»Beweismaterial.«

»Der Junge geht euch gar nichts an. Der ist nicht mehr von dieser Welt. Schlag dir den Jungen aus dem Kopf, sonst verfolgt er dich noch im Traum, Mann.«

»Wo ist Medora Slone?«

»Man wird sie finden. Allerdings weder du noch deine Kollegen.«

»Was war mit ihr? Warum macht eine Frau so etwas?«

»Woher zum Teufel soll ich das wissen? Ich bin keine Frau.«

Wieder eine Zeit lang Schweigen. Cheeon trat seine Zigarette mit der Stiefelspitze im Eis aus und zündete sich eine neue an.

»Wie kalt ist es heute?«, fragte er. »Fühlt sich an wie Februar, dabei ist noch nicht mal Januar.«

Marium zeigte auf die Wand. »Laut Thermometer minus achtzehn.«

Cheeon blickte auf das Thermometer draußen vor dem Küchenfenster.

»Das ist kaputt. Steht schon das ganze Jahr auf minus

achtzehn, sogar im Sommer.« Er zog den Rauch ein. »Vielleicht ist es auch nicht kaputt. Keine Ahnung.«

»Mussten die Polizisten deshalb sterben?«, fragte Marium. »Damit niemand außer Vernon Medora findet? Damit ihm niemand in die Quere kommt? Ihm seine Rache nimmt, was auch immer er vorhat. Und Frank, nur weil er im Weg stand?«

»Sehe ich vielleicht so aus, als würden mir deine ganzen beschissenen Fragen Spaß machen, Mann?«

»Ich weiß, dass deine Tochter von einem Wolf geholt wurde. Ich weiß, dass du sie nicht begraben kannst und dass es nichts Schlimmeres gibt als das.«

»Das weißt du also, ja? Für jemanden, der das weiß, warst du wirklich eine große Hilfe. Du fährst wegen einem Kerl wie mir eine Stunde durch diesen gottverdammten Schnee, aber wenn ein paar Kinder tot in den Hügeln liegen, kommt keiner.«

»Wir sind gekommen.«

»Ihr seid gekommen, und dann seid ihr wieder weggefahren und nicht mehr wiedergekommen. Ihr Jungs aus der Stadt seid ungefähr so nützlich wie ein Stück Scheiße. Wobei man mit Scheiße immer noch düngen kann, stimmt's? Was könnt ihr?«

»Wir sind nicht aus der Stadt, Cheeon, das weißt du.«

»Aber ganz sicher seid ihr das. Ich fahr schon mein ganzes Leben da hin, ich weiß, was die gottverdammte Stadt ist.«

»Wir sind eine Stunde näher an Anchorage als ihr. Deswegen sind wir nicht die Stadt. Fünftausend Leute sind noch keine Stadt, sage ich mal.«

Cheeon krümmte sich vor Lachen und fing dann an zu husten. Seine Zähne hatten dieselbe Farbe wie seine Finger.

»Bist du gekommen, um mit mir darüber zu streiten, was

eine Stadt ist, ja? Hast du wirklich nichts Wichtigeres zu tun?«

»Ich streite nicht, Cheeon. Niemand streitet. Ich rede nur. Und ich sage: Wir sind nicht so viel anders als ihr hier.«

»Da irrst du dich. Das ist einer der Punkte, in denen du dich irrst. Du warst auf dem College und bist trotzdem dümmer als Hundescheiße.«

»Alles klar. Ich bin dumm und irre mich, das streite ich gar nicht ab. Ich mein ja nur. Wir sind nicht alle schlecht. Vor fünf oder sechs Jahren haben wir euch geholfen, die Wasserleitungen zu verlegen. Und das Dorf ans Stromnetz angeschlossen.«

»Und jetzt wollt ihr einen Orden, weil die Leute bei sich zu Hause aufs Scheißhaus gehen können. Ihr seid wirklich großartig.«

»Ich will gar nichts, Cheeon. Ich sage nur, wie es ist.«

Sie sahen sich eine halbe Minute lang in die Augen, bis Marium den Blick abwandte. Was er in Cheeons Gesicht gelesen hatte, war mehr als eine Mischung aus Zorn und Kummer. Es war eine grundlegende Andersartigkeit, die ihn erschreckte.

»Einige der Hütten haben noch kein Wasser.«

»Ein paar von den Alteingesessenen wollten weder Strom noch Wasserleitungen. Das ist nicht unsere Schuld, Cheeon.«

»Fühlt sich gut an, das zu sagen, was? *Es ist nicht unsere Schuld*. Toll, wirklich.«

»Okay. Ich weiß, das ist alles ziemlich schlimm gerade. Da gebe ich dir vollkommen recht.«

»Du weißt wirklich eine Menge, das muss ich dir lassen. Aber es ist sehr viel mehr als schlimm. Gibt es ein Wort für ›sehr viel mehr als schlimm‹? Lernt ihr so was nicht am College?«

»Vielleicht gibt es eins für ›lass es uns nicht noch schlimmer machen‹. Du hast eine Frau, die dich wahrscheinlich braucht, denk ich mal.«

»Die ist weg.«

»Sie wird zurückkommen. Ist doch ihr Zuhause, oder?«

»Sie kommt nicht zurück. Niemand hat Lust zurückzukommen, nach dem, was hier passiert ist. In einem Jahr ist dieses Dorf eine Geisterstadt, wart's ab.«

Wieder Stille, ein Feuerzeug, das sie sich teilten, der Rauch zwischen ihnen, dicht und weiß in der Kälte.

»Das alles tut mir leid, Cheeon. Wirklich.«

»Ich habe nachgedacht. Wegen der toten Scheißkerle im Leichenschauhaus, genau solche Arschlöcher wie du und ich. Wenn uns jemand tötet, dann stirbt die Vergangenheit, aber die Vergangenheit ist schon tot, spielt also keine große Rolle. Aber wenn jemand ein Kind tötet, dann stirbt die Zukunft, und ohne Zukunft gibt es kein Leben. Oder?«

»Wir haben eine Zukunft.«

Ein kurzer Blick, mehr Grinsen als Lächeln. »Siehst du, da irrst du dich wieder. Unsere Zukunft endet heute. Der Rabe folgt dem Wolf, und der Wolf ist hinter uns beiden her. Da.« Er zeigte auf eine eingeschneite Fichte, auf deren Ast ein Rabe saß, ein Tintenklecks mit Augen.

»Du kannst ein paar ausgehungerten Wölfen die Schuld am Tod deiner Tochter geben, aber keinem Menschen.«

»Man kann immer einem Menschen die Schuld geben. Die Welt besteht aus nichts anderem als Menschen, und jeder einzelne von ihnen hungert nach irgendwas.«

Hinter dem Bollwerk aus Fahrzeugen spähten Polizisten mit Ferngläsern hinüber. Einer am Satellitentelefon. Ein Scharfschütze in weißer Tarnkleidung lag auf dem Boden unter den herabhängenden Flügeln einer schneebehangenen Kiefer. Wieder minutenlanges Schweigen und Rauchen.

»Die Jungs da sehen aus, als wüssten sie nicht, ob sie scheißen oder pissen sollen.«

»Ich will dir nichts vormachen, Cheeon. Die meisten waren noch nie an so einem Einsatz beteiligt, jedenfalls nicht dass ich wüsste. Aber das ist nicht gut für dich, sondern schlecht. Denn wer Angst hat, verhält sich dumm. Und im Zusammenhang mit Waffen ist das gefährlich.«

»Dumm sind sie sowieso, darauf wette ich. Was bitte habt ihr erwartet? Dass ich mit erhobenen Händen rauskomme? So was in der Art?«

»Ich versuche nur, hier so viele Dummheiten wie möglich zu verhindern. Wenn du jetzt mitkommst, sorge ich dafür, dass alles fair abläuft. Darauf kannst du dich verlassen.«

»Dass alles was?«

»Fair abläuft.«

Sein Lachen war ein nasales Geräusch zwischen Glucksen und Schnauben. Er betrachtete seine Zigarette und sah, dass sie bis auf den Filter runtergebrannt war.

Als kleiner Junge hatte Cheeon zu seinem Vater gesagt, er wolle eines Tages Arzt werden. Er konnte sich an die Ärzte erinnern, die damals aus dem Ort nach Keelut kamen, wenn man sie rief, frisch und gesund, den Stirnspiegel wie ein Diadem auf dem Kopf. Er erinnerte sich an ihre Autorität, ihr gottgleiches Auftreten. Mit vierzehn wurde er von den Kopfschmerzen einer Meningitis geplagt – einer Krankheit der Weißen. Der Arzt, ein Weißer mit der geflochtenen Mähne eines Indianers, stieß ihm eine riesige Spritze in die Wirbelsäule und saugte die milchige Flüssigkeit ab. Eine Woche lang kam er jeden Tag und spritzte ihm Medikamente und Nährlösungen, ein rotes B12-Präparat, von dem er high wurde und ein Brennen im ganzen Körper verspürte.

»Ich komm nicht mit dir mit, Mann. Das kannst du vergessen.«

»Es wird ein langer, zäher Tag für uns werden, Cheeon. Bis in den Abend und in die frühen Morgenstunden vielleicht. Ein Telefonat nach dem anderen. In diesem Augenblick räumen die Kollegen die Hütten hinter deiner und auf der anderen Seite.«

»Das glaube ich kaum. Diese Leute weichen keinen Zentimeter für euch Wichser.«

»Na ja, wir versuchen es. Außerdem sitzen welche in den Bäumen und hinterm Haus. Ich weiß nicht, wie es dir geht, aber ich bin verdammt müde heute, hab beschissen geschlafen letzte Nacht. Meine Frau hat mich die ganze Nacht auf Trab gehalten, weil sie unbedingt ein Baby will. Ich beschwer mich nicht, ich sag nur, wie es ist.«

»Tja, ich schlafe jede Nacht beschissen. Und danach verschlaf ich den halben Tag.«

»Was ist mit Arbeit?«

»Scheiße, hier gibt's keine Arbeit. Hier schließt jede Mine im Umkreis von fünfzig Meilen, das weißt du doch. Vor einer Weile waren wir zwei Wochen am Stück mit dem Schleppnetz unterwegs und haben nicht einen verdammten Heilbutt gefangen. Einen Turnschuh hatten wir im Netz.«

»Das wird sicher wieder besser.«

»Letzten Monat hab ich ein paar Klafter Holz in den Ort geschleppt. Ein einziges Mal. Hier herrschen Zustände, wie ich sie noch nie erlebt habe.«

»Ich hab nie verstanden, warum du nicht mit Slone zur Armee gegangen bist. Ihr habt doch von Geburt an sonst alles zusammen gemacht.«

»Sehe ich aus wie jemand, der Befehle entgegennimmt?«

»Man verdient immerhin Geld.«

»Sehe ich aus, als würde ich gern in die Wüste gehen? Weil, wer in den letzten zehn Jahren zur Armee gegangen ist, der musste in die Wüste, Mann.«

»Slone hat das nicht gestört.«

»Na ja. Vernon ist anders als du und ich. Er hat so was ... ich weiß nicht, wie ich es nennen soll. Er hat so was Gerissenes. Eine Art, dass man denkt, er macht, was man ihm sagt, und in Wirklichkeit zieht er sein eigenes Ding durch. Aber so gerissen bin ich nicht.«

Er holte einen Flachmann aus der Jackentasche und nahm einen Schluck, dann reichte er ihn Marium, der trotz der frühen Stunde ebenfalls trank und ihn dann Cheeon zurückgab.

»Wo ist deine Frau, Cheeon?«

»Spielt keine Rolle. Nicht mehr.«

Marium zündete sich noch eine Zigarette an.

»Ich war mal bei einem Einsatz dabei, unten bei den Gletschern, in der Nähe von Juneau. Bevor ich endgültig wieder herkam, nachdem meine erste Ehe den Bach runterging. Ein Typ hatte seine Frau in der Jagdhütte erschossen. Er wollte nicht rauskommen. So ein reiches Arschloch aus der Stadt. Hatte eine eigene Firma, Mobilfunkmasten, glaube ich. Nachdem wir zwei Tage am Stück um die Hütte herumgelungert hatten, fing er irgendwann an, auf uns zu schießen, wie ein Irrer. Wir mussten den Kasten abfackeln. Eine Zeit lang haben wir zurückgeschossen, dann haben wir ihn einfach abgefackelt. Als wir reingingen, waren die beiden nur noch ein Häufchen Asche.

»Ein reiches Arschloch und seine reiche Schlampe, beide tot. Und schon ist die Welt ein bisschen besser.«

»Weißt du, was mich die ganze Zeit am meisten genervt

hat? Diese tödliche Langeweile. Zwei ganze Tage lang da rumzuhängen. Mit Blutvergießen kann ich umgehen, falls nötig, aber Langeweile ertrag ich nicht.«

»Keine Sorge«, sagte Cheeon. »Du kriegst dein Blutvergießen, lange bevor dir langweilig wird.«

Marium ließ die brennende Zigarette in den Schnee fallen. Er zog den Reißverschluss seiner Jacke bis zum Hals hoch, die Handschuhe an und die Wollmütze über die roten Ohren. »Tut mir leid, dass es so kommen muss, Cheeon.«

»Mir nicht.«

»Denk über mein Angebot nach, bitte.«

»Und du denk an den Anruf, den deine Frau heute kriegt. Stell sie dir am Telefon vor, wenn sie es erfährt, die Hand auf dem Bauch. Keine Macht der Welt kann diesen Anruf jetzt noch verhindern. Denk daran, Mann.«

Er ging zurück in die warme Hütte, ohne die Tür zu verriegeln.

6

Slone kam in ein ehemaliges Bergarbeitercamp, inzwischen nur noch eine namenlose Schattenstadt, eine Kommune, die man mit der Reißzwecke an den Fuß eines Felsens gesetzt hatte, mit dem Auto praktisch unzugänglich. Dahinter lagen so viele Meilen Tundra, dass ganze Länder in die eisige Weite gepasst hätten.

Den ganzen vorigen Tag war er durch die Wildnis gekrochen, auf Schleichwegen unter Pappeln und Birken, deren Kronen den Großteil frischen Schneefalls trugen. Gerade mal fünfzehn Zentimeter lagen am Boden, aber selbst im Allradmodus mit Schneeketten kam er nur schleichend vorwärts. Offensichtlich waren erst vor kurzem noch andere Dorfbewohner hier unterwegs gewesen: in Pick-ups, auf Motorschlitten und Quads. Stunden nach Einbruch der Dunkelheit hatte er abseits des Weges geparkt und den Motor laufen lassen, um nicht zu erfrieren. Er aß etwas von den Sachen, die er zu Hause eingepackt hatte, trank geschmolzenen Schnee und wünschte, er hätte daran gedacht, Whiskey mitzunehmen. Auf der Rückbank, in eine Decke gehüllt, drückte er sich das T-Shirt von seinem Sohn ins Gesicht, atmete seinen Geruch ein und schlief, bis es hell wurde.

Als er am nächsten Tag das Camp erreichte, war es fast dunkel, und der Schnee fiel schräg und dicht. Der Steilhang verdeckte die untergehende Sonne und sorgte dafür, dass es früh dämmerte. Plötzlich wurde eine Erinnerung in ihm wach: wie er mit seinem Vater hier war, wozu, wusste er nicht mehr, und auch nicht, ob es sich um ein reales Bild handelte. Er parkte den Pick-up zwischen einer Planierraupe und einem Tausend-Gallonen-Tank auf vier Beinen, der aussah wie ein Weißes Nashorn. In den primitiven Hütten und Holzbauten wurden Feuer angezündet.

Auf den waffelförmigen Reifenabdrücken im Schnee lief er die ungeräumte Hauptstraße entlang. Vorbei an mehr oder weniger zerlegten Motorschlitten, Rollwagen mit vom Rost verformten Rädern und aufeinandergeschichteten Lastwagenreifen. Zu Feuerholz gestapelte Paletten. Aufgehängte Luchsfelle, eine Pyramide von Autobatterien, Schlitten aus Birkenholz, das Brunnenhaus zu seiner Rechten. Überall standen Benzinfässer. Auf der anderen Straßenseite eine eingestürzte Wellblechhütte, daneben ein Schulbus, dessen morgendliches Gelb zu Beige verblasst war, die Fenster zerschmettert wie eingeschlagene Zähne.

Petroleumkanister standen unter dem Vordach einer zweistöckigen Pension. Drinnen ergoss sich ein tiefschwarzer Schatten durch die Räume. Slone klopfte mit dem Fingernagel gegen die Glasscheibe in der Tür, dann noch mal. Die Frau winkte ihn herein, ohne auch nur einen Blick darauf zu verschwenden, wer da an diesem finsteren Winterabend hereinspaziert kam.

Sie stand nach vorn gebeugt vor einem Holzofen. »Ziemlich spät in der Saison für Reisende«, sagte sie und drehte sich erst jetzt nach ihm um.

Sie trug Männerschneestiefel und seltsam gemusterte Klamotten mit Motiven von Murmeltieren, Rentieren und

Wölfen. Ihr sprödes wallendes Haar fiel bis auf die Hüfte, und in ihrer Brille fehlte ein Glas. Mit einem Schürhaken stocherte sie in der Glut herum. Dosenmilch, Fünfzig-Kilo-Säcke Zucker, Mehl und Reis, Eimer mit Apfelkraut und Spinat in Schrumpffolie stapelten sich die halbe Wand hoch. An der gegenüberliegenden Wand haufenweise Munition, .22er und .223er Patronen, Vogelschrot und Rehposten. An einem Nagel hing ein Modell von einem menschlichen Skelett aus dem Anatomie-Unterricht – mit Weihnachtsmannmütze und Zigarette zwischen den Zähnen.

»Ich war schon mal hier«, sagte Slone. »Als Kind.«

Die Frau ging rüber zur Pinnwand hinterm Tresen, an der massenweise Fotos hingen, die meisten über die Jahrzehnte sepiafarben verblasst, die jüngeren noch in kräftigeren Farben.

»Na, dann haben wir ja vielleicht ein Bild von dir. Wir fotografieren nämlich jeden, der hier absteigt. Welches Jahr denn?«

»Ich war als Kind mit meinem Vater hier. Warum waren wir hier?«

»Wahrscheinlich hat er nach Gold oder nach Silber gesucht. Die meisten von uns sind deswegen gekommen, es sei denn, man war Wissenschaftler oder Jäger oder Trapper. Die Wissenschaftler kommen seit etwa zehn Jahren regelmäßig auf dem Weg nach Norden vorbei. Jede Woche erzählen sie im Radio etwas von schmelzenden Gletschern und Erderwärmung. Weißt du, was ich zu denen gesagt habe? Letztes Jahr hatten wir hier minus fünfundvierzig Grad und das Jahr davor minus fünfzig, und ihr könnt mir glauben, Freunde, das spürt man in der Lunge.«

»Das ist mein Vater.« Er zeigte auf einen bärtigen Mann, dem man weder ansah, woher er stammte, noch wie alt er war. In seinen Augen keine Spur von dem Blau, an das Slone sich erinnern konnte. Es war lange her, dass sein Vater ihn das letzte Mal im Traum besucht hatte. Manchmal dachte er Wochen oder sogar Monate lang nicht an ihn. Ohne dass ihm etwas gefehlt hätte.

Sie holte das halb verdeckte Foto von der Pinnwand. »Wenn das dein Vater ist, dann musst das daneben du sein. Hübscher Junge.«

Sie reichte Slone das Bild. »Müsste etwa fünfundzwanzig Jahre her sein«, sagte sie. »Dem Film nach zu urteilen. Die werden nicht mehr hergestellt, schon eine ganze Weile nicht mehr, im Katalog hatten sie jedenfalls keine mehr. Wirklich schade.«

Es war so lange her, dass er das Gesicht seines Vaters gesehen hatte, und auch sich selbst als Kind, dass ihm das traurige Paar auf dem Foto vorkam wie ein Hologramm, ein Geisterstadt-Zwillingspaar ihrer selbst. Er spürte ein Ziehen im Magen. Nur mit Mühe erkannte er Bailey in seinem eigenen kindlichen Blick.

»Darf ich das haben?«

»Ist ja eher deins als meins«, sagte sie. »Ich hab nur auf den Auslöser gedrückt. Dein Gesicht gehört dir. Ist ein hübsches Gesicht.«

»Das da auch?« Er zeigte auf das neueste Bild, rechts unten in der Ecke.

»Kennst du die? War gerade hier. Du hast sie um eineinhalb Wochen verpasst. Sie ist ein paar Nächte geblieben. Komisch war nur, dass sie aufgeschrien hat, als ich das Foto gemacht habe. Ist mir bisher noch nicht passiert. Was hast du mit ihr zu schaffen?«

»Wir sind eine Familie.«

»Merkwürdige Familie, so weit draußen und dann getrennt unterwegs, wenn ich das sagen darf. Aber du kannst das Bild gerne haben. Ich mach mir einen neuen Abzug. Ich war Fotografin, bevor ich hier gelandet bin. Woher kommst du?«

»Keelut.«

»Von da gibt's keine Straße hierher. Jedenfalls nicht direkt.«

»Nein, nicht direkt.«

»Ich bin seit mehr als dreißig Jahren hier, und ich kann dir sagen, hierher führt keine einzige vernünftige Straße. Mein Mann und ich sind aus dem Süden gekommen, um nach Gold zu suchen. Und jetzt sind wir immer noch hier. Die meisten anderen sind weg, wir sind gerade mal noch knapp über zwanzig. Aber uns gefällt's hier. Die anderen sind los nach Öl bohren, soll ja angeblich das neue Gold oder Silber sein. Wenn du mich fragst, Edelmetalle kann man mit nichts vergleichen. Wir haben hier alles leer geschürft, aber es war eine gute Zeit, das kannst du mir glauben.«

»Warum war sie hier?«

»Wenn man in dieser Gegend unterwegs ist, landet man zwangsläufig bei uns. Aus irgendeinem Grund wollte sie zu unserem Indianerjäger. Wir nennen ihn so, den Indianerjäger, aus Spaß, eigentlich heißt er John. Er ist auf dem Yukon groß geworden, bei einem Flussvolk. Soweit ich weiß, war er schon hier, bevor auch nur ein einziger Goldgräber aufgetaucht ist. Und er ist immer noch da.«

»Wo ist sie hin?«

»Dein Mädchen? Keine Ahnung. Falls sie es gewusst hat, hat sie es mir nicht gesagt. Ich rede gern, wie du dir vielleicht vorstellen kannst, wenn man in dieser Einöde lebt, aber sie wollte nichts davon hören. Die ist die meiste Zeit in ihrem Zimmer geblieben. Ich hab ihr was zu essen gekocht, aber sie hat nur aus dem Fenster gestarrt, als würde sie darauf warten, dass irgendwas kommt und sie schnappt. Ein hübsches Mädchen. Aber ein bisschen seltsam, wenn ich das sagen darf, nichts für ungut. Sie hatte dieselbe Haarfarbe wie du. Und die Nase auch, glaube ich. Wirklich hübsch, aber seltsam, wie gesagt.«

Das Foto in seiner Hand – ihr Gesicht gerade mal eine Woche alt, ein sehnsüchtiger Blick und noch etwas anderes, das er nicht benennen konnte, riesige Pupillen. Den grünen Rollkragenpullover hatte sie vor zwei Wintern gestrickt. Die Haare waren auf Kinnhöhe abgeschnitten – es war hüftlang gewesen, als Slone gegangen war. Als er wieder zu der Frau hochblickte, sah er direkt ins Blitzlicht ihrer Kamera.

»Du bist ein attraktiver Kerl«, sagte sie, richtete sich das Haar und rieb sich Lippenbalsam auf den Mund. Ihre Lippen waren so schmal, dass man sie kaum sah, die Augenbrauen ein Strich, und an ihrem Kinn sprossen Härchen.

»Heute Nacht soll wieder ein Sturm aufziehen. Oder morgen früh, haben sie im Radio gesagt. Bleibst du über Nacht?«

Slone nickte und blinzelte sich das Blitzlicht aus den Augen.

»Ich muss dich leider warnen, ich hab kein Brot mehr. Das Flugzeug war seit zwei Wochen nicht da. Wir rechnen jeden Tag mit Hank, sobald der Sturm sich etwas beruhigt. Letztes Mal, als er versucht hat, bei dem Wetter zu landen, hat er die Landebahn verfehlt und ist gegen den Felsen gekracht. Wir nennen es Landebahn, letztendlich ist es nur eine planierte Trasse.«

Er sah sich wieder Medoras Foto an.

»Natürlich gibt es ein paar Pisten, aber mit einem Lastwagen kann man die nicht befahren. Und man sollte gut mit dem Schnee zurechtkommen, wenn man nämlich auf einem dieser Schleichwege im Sturm stecken bleibt, finden sie einen frühestens am nächsten Morgen. Also warten wir brav auf Hank und sein Flugzeug. Hank liefert an die abgelegensten Orte, auch solche, wo man mit dem Wagen überhaupt nicht mehr hinkommt. Er ist wirklich ein guter Kerl, das kannst du mir glauben.«

»Ich will dasselbe Zimmer wie sie.«

»Es gibt oben nur zwei Zimmer. Du hast freie Auswahl. Brauchst dich mit niemandem drum streiten. Ehrlich gesagt, hab ich das Bett nicht frisch bezogen, ich hoffe, das macht dir nichts aus.«

Slone antwortete nicht, er starrte immer noch auf das Foto.

»Ich weiß ja nicht, was für eine Batterie dein Wagen hat, aber vielleicht willst du ihn lieber in die Garage da drüben stellen. Wir nennen es Garage, weißt du, eigentlich ist es ein Wellblechhangar auf einer Betonfläche. Aber es steht ein Gasofen drin, damit die Trucks nicht einfrieren, und für fünfundvierzig Grad minus ist es ganz schön warm da. Was fährst du?«

Sie beugte sich zum Fenster vor und wischte mit dem Ärmel die Feuchtigkeit weg.

»Ist das ein Ford? Schwer zu erkennen. Ich hatte mal einen Ford, ich bin immer nur amerikanische Wagen gefahren, und dann sagt mein Mann eines Tages zu mir, *Wir sind keine Amerikaner mehr, wir sind jetzt in Alaska.* Letztes Jahr im Frühling fuhr er mit dem Ford in die Stadt und kam eine Woche später mit einem Japaner zurück, einem Nissan Pick-up, oder eins von diesen SUV-Dingern. Ist ziemlich geräumig, besser als der Ford, das muss ich sagen, ich fahr ja nicht so oft damit.«

»Wie teuer ist das Zimmer?«

»Hast du irgendwelche Zeitschriften?«

Slone sah sie fragend an.

»Zeitschriften«, wiederholte sie. »Hast du keine Zeitschriften dabei? Zum unterwegs mal drin blättern?«

»Was für Zeitschriften?«

»Da bin ich nicht wählerisch«, sagte sie. »Irgendwas mit Bildern. Ich les alles gern. Normalerweise bezahlt man mich mit Zeitschriften.«

Oben im Zimmer – einem beengten Rechteck aus Holzlatten mit dem kalten Geruch von Stillstand – zog er die Schubladen auf, warf einen Blick in den Schrank und dann unters Bett. Er schlug die Armeedecke zurück, kniete sich hin und drückte sein Gesicht in das Laken, auf dem Medora geschlafen hatte. Ein gerade noch erahnbarer Fleck in der Mitte der Doppelmatratze – sie schlief immer nackt, egal zu welcher Jahreszeit –, und sofort glaubte er, sie riechen zu können. Er atmete tief ein und leckte mit der Zunge über den Fleck.

Er zündete die Petroleumheizung unter dem Fenster an und dimmte die Flamme runter. Obwohl er Hunger hatte, zog er sich aus, legte sich auf das knarrende Bett und versuchte, seinen Körper in die Mulde zu drücken, die sie hinterlassen hatte. Als könnte er so in den Sumpf ihrer Träume eindringen und herausfinden, wohin sie wollte. Er befriedigte sich unter der Decke, das erste Mal seit Wochen, und schlief ein, bevor er sich die Hand abwischen konnte.

Eine gottlose Nacht in einem ausgedörrten Dorf östlich der Hauptstadt, immer noch über dreißig Grad, Stunden nach Einbruch der Dunkelheit. Er war seit zehn Monaten und zwei Tagen in der Wüste. Ein Haufen Männer, zusammengetrieben, Schulter an Schulter vor der Mauer eines von Sand und Zeit abgeschmirgelten Gebäudes. Um die zwanzig bärtige Ghule, die Hände mit Kabelbindern auf dem Rücken festgebunden, schmutzige nackte Füße, Zehennägel wie eingeklemmte Maiskörner. Das blendende Scheinwerferlicht der Fahrzeuge warf ihre Schatten schwarz wie Teer an die Wand.

Komplett nassgeschwitzt und übermüdet saß Slone auf den Stufen vor einem Hauseingang, während die anderen weinende Frauen fernhielten, Häuser durchsuchten oder mit vorgehaltener Waffe Männer bewachten. Ein unfähiger Übersetzer bellte den Gefangenen irgendein Kauderwelsch entgegen, und sie schüttelten wütend den Kopf und bellten zurück. Alte Gewehre, eingesammelt und auf einen Haufen geworfen. Gackernde Hühner auf der Straße, eine Ziege an einem Pfosten festgebunden. Irgendwo schrilles Kindergeschrei, und hinter dem brutalen Scheinwerferlicht finsterste Wüste.

Ein Chaos aus widersprüchlichen Berichten und ungefilterten Informationen. Ein Korporal am Funkgerät, der auf einem Kaugummi kaute und keine Antwort bekam, jedenfalls keine, die sie hören wollten. Es konnte sein, dass die Männer, nach denen sie suchten, unter den Gefangenen waren, aber das wussten sie nicht, genauso wenig, ob sie schuldig waren oder nicht. Mit geschlossenen Augen lehnte Slone sich gegen die Lehmziegelmauer und ließ den Schweiß fließen.

Ihr unterbesetzter, zweiundzwanzig Mann starker Zug war von Anfang an eine umherirrende Bruderschaft, die Leichen und Tage zählte. Die Hälfte waren wegen Drogen oder Körperverletzung verurteilte Verbrecher, die Haftterlass bekommen hatten, um in die Armee einzutreten. Sie machten sich über die traumatisierten Kameraden lustig, von denen man in den Nachrichten hörte, sie würden zu Hause in den Staaten von Ärzten betreut. Die als gebrochene Männer zurückkehrten und nur noch ein Schatten ihrer selbst waren. Auch nach zehn Monaten hier wàr Slone weit davon entfernt, ein gebrochener Mann zu sein, keine Albträume, kein Zittern am Morgen. Und ihm war klar, dass es dabei bleiben würde. Dass das Dunkle in ihm schon immer da gewesen war. Er schlief den gesunden Schlaf der Erschöpften.

Seine verkorksten Gefährten spürten, wozu Slone fähig war – die Mordlust, die sich hinter seiner Gelassenheit verbarg –, und fürchteten ihn wie kaum jemanden zuvor. Seine bloße Gegenwart schien ihren Zerstörungswillen anzustacheln.

Auf dem Boden neben seinem Stiefel, halb versteckt zwischen den Steinen, entdeckte er eine zerbeulte Mundharmonika. Slone pustete die Steinchen aus den Luftkanälen und führte sie an die Lippen. Hinter den Scheinwerfern feuerte der Maschinengewehrschütze auf die Reihe der Gefangenen, die vom Einschlag der Kugeln herumgerissen wurden, während die Mauer hinter ihnen sich rot färbte und die Frauen im Dreck kniend aufschrien. Blut strömte über den Boden, aus Löchern so groß, dass eine Faust hineinpasste.

Slone wollte ein Lied in die Mundharmonika hauchen, aber es war nur ein verstopftes Schnarren zu hören. Er warf sie zurück in den Sand und versuchte, inmitten des Geschreis etwas Schlaf zu finden.

Als Slone in der eiskalten Nacht erwachte, sah er Feuerschein hinter dem Fenster leuchten. Am anderen Ende des Lagers loderten Flammen vor der Felswand. Er zog sich im Dunkeln an, tastete sich die Treppe hinunter – seine geschwätzige Wirtin war weder zu sehen noch zu hören – und lief dann durch die klirrende Kälte die Straße entlang, vorbei an Hütten und Holzhäusern. Teilweise waren die Behausungen nicht mehr als Höhlen, die man in den Fuß des Felsens geschlagen hatte, eine mit einer Ofentür als Fenster, andere mit ovalen, von Elchfellen verhüllten Eingängen.

Slone erkannte den Jäger, fünfzig, fünfundfünfzig Jahre alt, abgehärtet durch jahrzehntelanges Wandern und Schürfen – das sah er an seiner Haltung. Der Jäger stand mitten im Schein der Flammen, hinter ihm brannten Paletten, Kisten, Kästen, Teile von Bäumen. Er war komplett in Wolfsfell gekleidet und sah mit seiner weißen Haut und dem ungepflegten, trotz seines Alters dunklen Haar aus wie ein falscher Schamane. Der Schwanz hing noch am Wolfsgewand, den Kopf samt Zähnen hatte er als Kapuze über den eigenen gezogen.

Als er Slone bemerkte, grinste er und hieß ihn am Feuer willkommen. Seine Zähne sahen aus wie Flusskiesel im Vergleich zu den stattlichen Fängen des Wolfes, den er getötet hatte.

»Ich dachte mir, dass dich das anlocken würde. Maud meinte, wir hätten heute Nacht einen jungen Gast. Ich wusste, dass du das bist.«

»Du bist kein Indianer.«

»Offiziell nicht.«

»Du bist auch kein Priester.«

»Auf meine Art schon, so wie du und jeder andere auch.«

»Ich bin kein Priester.«

»Wie du meinst.«

Lange glänzende Narben prangten auf Stirn und Gesicht – die Warnung eines Grizzlys. Die Bestie hatte sich als Andenken ein Stück von seiner Nase und Oberlippe mitgenommen.

»Warum war sie bei dir?«

»Komm näher. Tut nicht weh, das Feuer. Ich mach das immer gern, wenn der Frost einsetzt. Zur Erinnerung, weißt du. Ist noch lange hin, bis es taut.«

Auf einem Spieß hing die Lende von einem Luchs oder Wolf, die er an einem Skistock drehte. Über ihnen verdeckten tiefhängende Wolken den Blick auf die Sterne. Bei Tagesanbruch würde ein neuer Sturm aufziehen. Das Feuer machte die Nacht um sie herum noch dunkler. Als das Fett der Lende in den Flammen knackte, machte sich Slones leerer Magen bemerkbar. Der Wind fuhr in das Feuer, und die Funken flogen umher wie glühende Insekten.

»Ich wusste, dass du ausgehungert sein würdest nach der Fahrt aus Keelut. Maud sagte, du hättest nichts gegessen. Es gibt im Moment kein Brot mehr. Hank war noch nicht wieder mit seinem Flugzeug da. Aber immerhin haben wir Fleisch. Fürs Erste.« Er drehte am Spieß. »Die Beute ist knapp diesen Winter. Hab ich so noch nicht erlebt. Bist du hungrig?«

Slone betrachtete das Fleisch in den Flammen, sagte aber nichts.

»Ich hab uns auch ein paar Kartoffeln gekocht. Nimm dir gern eine.«

Der fettige Bratgeruch brachte Slone vor Hunger fast ins Straucheln. Mit einer Heugabel lud der Jäger die Lende auf ein fettverschmiertes Stück Sperrholz.

»Komm mit«, sagte er.

Seine Höhle war mit Maschinen in den Fels gegraben worden. Petroleumlampen warfen teuflische Schatten an die gewölbten Wände, es roch nach dem Rauch von brennendem Holz. Sein Ofen bestand aus einer aufgeschweißten Eisentonne, von der aus sich vier Meter Ofenrohr zum Eingang schlängelten – Slone musste sich beim Eintreten ducken –, befestigt mit Draht und mit verzinkten Nägeln in den Stein gehauen. Trockene Saunahitze erfüllte die Höhle.

Der Jäger wohnte zwischen gestapelten und hängenden Knochen jeglicher hier heimischer Tiere, braune und schwarze Felle lagen übereinander wie Teppiche auf dem Markt. *National Geographic*- und *Playboy*-Hefte, jahrzehntealt, türmten sich neben einer angenagten Matratze. Eine Ken-Puppe hing in einer Schlinge an einem Haken. An einer Wand die aufgerissenen Backen einer Bärenfalle. Massenweise Wolfsschädel. Dutzende mit Ocker gefärbte Wolfsmasken aus Treibholz blickten von den Wänden und der gewölbten Decke auf ihn herab. Sie sahen genauso aus wie die, die er unter Medoras Kissen gefunden hatte.

Der Jäger zog sich bis auf Strümpfe und Unterhose aus, sein nackter Körper war muskulös und mit Narben übersät. Er hatte den Brustkorb eines Schwimmers, auch wenn aus seinem Gesicht jeder Tag seiner fünf Jahrzehnte sprach. Slone schwitzte schnell in der Hitze des Feuers und zog seinen Parka aus. Er setzte sich dem Jäger im Schneidersitz gegenüber auf ein Grizzlyfell und aß eine verkohlte Kartoffel und Luchsfleisch von einem Tonteller.

Neben dem Bett standen Medoras Stiefel, Leder und Fell, Schuhgröße acht, letztes Jahr vor dem Frost aus einem Katalog bestellt. Der Jäger sah, wie Slone die Stiefel musterte.

»Ich hab ihr ein neues Paar gemacht, Mukluks aus Elch und Wolfsfell, wasserdicht, kniehoch, beste Qualität. Die hier taugen nichts, da, wo sie hinwill.«

Slone kaute und nickte. Zwei Repetiergewehre und eine einläufige Schrotflinte ragten aus einer Holzkiste, auf einem Baumstumpftisch lagen mehrere Jagdmesser.

»Sie weiß, dass du hinter ihr her bist. Sie hat es mir gesagt. Sie hat mir auch gesagt, was sie getan hat. Deswegen ist sie zu mir gekommen, um deine Frage zu beantworten. Man könnte sagen, sie wollte sich Rat holen. Sie hat eine Maske von mir. Ich weiß nicht woher. Ich gebe sie an irgendwelche Leute, die gerade hier vorbeikommen, und offenbar landen sie bei denen, die sie brauchen. Auf dem einen oder anderen Weg. Du kannst gerne eine haben. Sie lässt den Wolf in uns heraus, mein Junge. Den Wolf, den wir alle in uns haben.«

Schweigend aßen sie weiter.

»Wie kommt es, dass du aus dieser Gegend stammst und so blond bist? Du siehst aus wie ein Skandinavier. Deine Frau auch. Sie hat die gleichen Haare, nur ein bisschen weißer, und auch dein Gesicht, würde ich sagen. Ist dir schon mal aufgefallen, dass die Leute sich immer ähnlicher sehen, je länger sie zusammenleben? Deswegen lebe ich allein. Ich will nicht wie jemand anders aussehen.«

»Du hast sie gehen lassen.«

»Was sie getan hat, geht mich nichts an. Es gibt kein Gesetz in diesem Land. Das Recht reicht nicht bis hierher. Ich helfe dem, der mich fragt. Was die Menschen herbringt und wo sie hinwollen, geht mich nichts an. Ich habe viele Mütter gesehen, die ihre Kinder getötet haben. Das gibt es oft hier.«

Er reichte Slone einen Holzkrug mit Wasser, trotz der Wärme im Raum fühlte er sich kühl an. Slone trank ihn halb aus und gab ihn zurück.

»Ich erinnere mich an dich, Reisender. Ich erinnere mich auch an deinen Vater, als er damals mit dir hier war. Du warst ein kleiner Bengel, vielleicht fünf oder sechs. Erinnerst du dich nicht?«

»Warum sind wir hergekommen?«

»Meinetwegen. Dein Vater wollte Öl von einem Wolf. Aber er wollte ihn nicht selbst schießen. Also kam er zu mir. Das Öl war für dich. Wusstest du das? Dein Vater sagte, du wärst nicht normal. Du hättest etwas Unnatürliches an dir. Das war der Ausdruck, den er benutzte, *unnatürlich*. Eine Indianerin aus deinem Dorf, eine Hexe, hatte ihm erzählt, das Öl eines Wolfes könnte dich heilen, dich normal machen. Hat es geklappt? Bist du jetzt normal? Ich habe ihm das Öl gegeben.«

Er schnitt noch etwas von dem Luchsfleisch ab und legte es auf Slones Teller.

»Was meinte dein Vater? Was an dir ist unnatürlich, mein Junge? In meinen Augen siehst du ganz gesund aus.«

»Mein Vater ist tot. Ich lebe.«

»Ich auch. Meine Vorfahren auf dem Yukon haben den Wolf als einen Gott verehrt, wusstest du das?«

»Deine Vorfahren sind weiß, so wie meine.«

»Nach außen hin, ja.«

»Seltsame Menschen, die ihren Gott schlachten.«

»Töte deinen Gott, und du wirst dein eigener Gott. Zum Überleben, nicht als Sport, natürlich. Schau dich um.«

»Ich sehe Sport.«

»Ich tausche die Pelze bei Hank ein. Er kann sie in der Stadt verkaufen, hauptsächlich Luchs und Marder. Die bringen ihm gutes Geld ein, mehr als Vielfraß und Wolf. Er bringt mir dafür Lebensmittel mit, was immer ich brauche. Das nennt man Lebensunterhalt und nicht Sport, würde ich sagen.«

»Wo ist sie?«

»Das kann ich dir nicht sagen. Ich gebe den Leuten Essen und Kleidung, aber ich mische mich nicht ein. Das können andere tun. Bei uns gibt es so was nicht. Die Tiere und das Wetter haben ihre Gesetze, und denen gehorche ich.«

Sie beendeten ihr Mahl schweigend. Der Jäger stopfte Tabak in eine Pfeife und reichte sie Slone. Aus einer Kanne goss er selbstgebrannten Schnaps, der wie Benzin aussah und roch. Als Slone davon trank, zerfraß das Zeug ihm das Brustbein und breitete sich wie eine Flamme in seinem Magen aus. Sie rauchten still. Slone betrachtete das große Fell, das hinter ihm hing, diese Form, Struktur und Farbe hatte er noch nie gesehen, es war weder Bär, noch Elch oder Rentier. Er fragte, woher es stammte.

Der Jäger grinste, zwischen seinen Zähnen klebten Fleischstückchen. »Lust auf eine Geschichte, Reisender?«

»Lieber die Wahrheit.«

»Die Wahrheit. Jede Geschichte ist die Wahrheit.« Er lachte den Rauch aus der Nase. »Okay. Ich erzähle sie dir. Es war '85, früher Winter, kurz vor Frosteinbruch. Ungefähr eine Meile westlich von hier, ich kam einen Bergrücken runter in eine Schlucht. Alles war mit Schnee bedeckt, aber noch nicht die schlimme Januarkälte. Im Bach unten floss noch Wasser. Vom Kamm her sah es aus wie ein Braunbär. Die stellen sich gern auf die Hinterbeine, um an einen Baum ranzukommen. So hab ich ihn da stehen sehen. Aber dann ging der Pfad bergab und um die Kurve, und als ich ihn das nächste Mal sah, vielleicht acht Minuten später, stand er immer noch da. Kein Braunbär bleibt so lange stehen. Durch das Fernglas sah ich sein Gesicht, wie ein Gorilla, aber dann auch wieder nicht. Ein Scheitelkamm wie die Neandertaler aus dem *National Geographic*. Im Großen und Ganzen an die dreihundert Kilo, und die Körperform eines Menschen. An der Haut da hinter dir kannst du sehen, dass er über zwei Meter groß war.«

Slone drehte sich um und gab dann dem Jäger die Pfeife zurück.

»Aber am meisten beeindruckt haben mich die Augen. Es waren die Augen eines Menschen. Größer natürlich, aber in jeder Hinsicht menschlich. Der Blick, meine ich. Er war bewusst, seiner selbst bewusst. Das war ein Kushtaka.

Als Jugendlicher hatte ich immer wieder davon gehört, und jetzt stand er vor mir, so klar wie der helle Tag. Er hatte ein Junges dabei. Oder eher sie, es war ein Weibchen, ich konnte die Zitzen sehen. Das Junge war etwa eins fünfzig, weniger Haare. Ein Gesicht wie ein Kind. Kleine Affennase. Aber schon ziemlich muskulös. Rundum Muskeln, und noch so klein. Die beiden standen am Wasser und tranken. Es kam mir vor, als wollte sie dem Kleinen etwas beibringen. Über Fische, dachte ich. Dann zeigte sie hoch in den Baum zu den Vögeln, was für welche, hab ich nicht gesehen. Aber das Mistvieh konnte sprechen. Sehr merkwürdig.«

Er hob die Pfeife und zog den Rauch tief ein.

»Ein einmaliges Erlebnis, wie du dir vorstellen kannst. Ich war gute fünfundzwanzig Meter entfernt, aber auf dem Bauch im flachen Schnee und gut getarnt in Wolfsfell. Das bisschen Wind da unten wehte mir entgegen, sie konnten also nichts riechen. Ich hatte damals eine .308 Winchester, weißt du, das beste Gewehr, das je gebaut wurde. Das Ding hat dem Kleinen den halben Kopf weggeblasen. Die Mutter hat es gesehen, bevor sie es gehört hat. Dann fing sie an zu jaulen. Das war ein Klang, sag ich dir. Nicht wie ein Wolf, eher wie ein Mensch. Ganz merkwürdig. Stand halb im Wasser, hat versucht, den Kopf des Jungen zusammenzuhalten, wie um ihn wieder heilzumachen. Hat natürlich nicht funktioniert. Also heulte sie weiter und sah sich um und nach oben, als wäre der Kleine vom Blitz getroffen worden. Da hab ich sie dann erlegt, mit dem Jungen in den Armen, direkt ins Herz. Eine bessere Chance kriegt man nicht.«

Er kramte noch ein bisschen Tabak aus einem Beutel.

»Ich hatte oben auf dem Kamm einen Schlitten stehen, aber da passten sie nicht beide drauf. Bei dem Gewicht hätte ich eh nicht beide zusammen schleppen können. Als ich abends noch mal hin bin, den Kleinen holen, hatten ihn die Wölfe zum Abendessen verspeist. Von der Mutter hab ich den ganzen Winter gegessen. Schmeckte ein bisschen nach Schwein, würde ich sagen, jedenfalls nicht nach Elch oder Bär. Und auch nicht nach Wild wie ein Wolf. Dieses Fleisch gab mir eine Kraft, ich hab regelrecht den Geist des Kushtaka in mir gespürt … ich kann es nicht erklären. Ich hatte Orgasmen, einfach so, ohne mich anzufassen oder so, nichts. Ich stand einfach nur da. Die Augen hab ich auch aufbewahrt, phantastische Augen. Müssen hier irgendwo liegen.«

Slone trank noch einen Schluck aus dem Krug, dann rauchten sie den letzten Rest Tabak. Schließlich stand er auf und ging rüber zu Medoras Stiefeln. Er hockte sich hin, nahm einen in die Hand und atmete den derben Fellgeruch ein.

»Kannst du haben. Wirklich, nimm sie mit. Ich misch mich da nicht ein.«

Slone stellte den Stiefel wieder hin und stand auf. Auf einem kleinen Tisch lag zwischen Munition und Werkzeugen Medoras Wagenschlüssel an einem Schlüsselanhänger, den Bailey in der Schule gemacht hatte: ein lächelndes Herz aus gebranntem Ton, scharlachrot glasiert. Slone hielt den Schlüssel hoch und ließ ihn im flackernden Licht des Feuers baumeln.

»Ja. Wir haben die Wagen getauscht. Sie hat meinen Ford. War ein gutes Geschäft für mich, der Chevy. Aber der Ford ist auch gut. Ich schätze, sie wollte nicht, dass man ihren Wagen erkennt. Also hab ich ihr meinen angeboten, ein fairer Tausch. Plus die Stiefel, die ich ihr gemacht habe.«

Slone entfernte den Schlüsselanhänger, spürte das Gewicht in der Hand, strich über die polierte Fläche und ließ ihn ohne ein Wort in die Tasche gleiten.

Langsam schlich er an der geriffelten Höhlenwand entlang und betrachtete die wie in einem Museum aufgereihten, teuflisch bis tollwütig wirkenden Wolfsmasken.

»Nimm dir eine mit. Such dir eine aus. Es geht mich zwar nichts an, aber ich sehe, dass du ein wenig den Wolf in dir rauslassen solltest. Wann hast du das letzte Mal das Monster in dir gezeigt, mein Junge?«

Slone entschied sich für eine schwarze Maske mit länglicher Schnauze und übergroßen Fangzähnen. Mit den Lederstreifen band er sie um seinen strohblonden Haarkranz.

Der Jäger stand über den Ofen gebeugt und legte ein Stück Holz nach. Als er sich umdrehte, schien er etwas sagen zu wollen. Aber Slone hatte die Maske auf und hielt ein Messer mit der Klinge in der Hand, den Griff auf den Jäger gerichtet.

So standen sie sich gegenüber, und das Feuer warf ihre Schatten an die Höhlendecke. Sekunden später bohrte sich die funkelnde Klinge bis zum Griff in die Brust des Jägers, direkt über der Aorta. Röchelnd blickte er auf den Schaft in seiner Brust und dann auf das Tier, das ihm gegenüber aufrecht in der Höhle stand. Er schien noch etwas fragen zu wollen, hatte aber die Sprache verloren.

Mit beiden Händen zog der Jäger die Klinge heraus. Aus der dunklen Münzschlitzwunde drang kein Blut. Erst nachdem er eine Weile fast bewundernd das Messer betrachtet hatte, fing es langsam an zu tropfen. Keuchend starrte er auf das Monster in der Maske. Er machte ein paar Schritte auf das Grizzlyfell zu, brach rücklings darauf zusammen und erwartete sein weiteres Schicksal.

Slone stürzte sich auf ihn, die Pistole auf seinen Haaransatz gerichtet. Sein feuchter Atem verfing sich im Wolfgesicht. Durch die Augenschlitze sah er den Jäger blinzeln und atmen, ein asthmatisches Schnaufen. Die Lippen bewegten sich, ein paar letzte Worte, an welchen Gott auch immer gerichtet. Slone jagte ihm eine Kugel in den Kopf und sah zu, wie der schwarzrote Saft aus dem Loch sickerte.

Mit Medoras Stiefeln unterm Arm und der Maske vor dem Gesicht trat er hinaus in die eisige Polarnacht.

7

Cheeon fing an zu schießen, kaum dass Marium die Fahrzeugreihe vor seiner Hütte erreicht hatte. Er wusste nicht, mit welcher Art von Gewehr Cheeon da oben hinter dem Dachfenster stand, aber es schoss ohne Unterbrechung und riss bechergroße Löcher in die Wagen. Es war ihm ein Rätsel, warum ein Mann wie Cheeon eine solche Waffe besaß und wie er dazu kam. Er schaute zu einem Kollegen rüber und wollte ihm sagen, er solle sich ducken, tiefer ducken, im nächsten Augenblick sah er einen Teil von seinem Gesicht und Schädel unter dem Helm zu Sorbet zerspringen. Dann duckte er sich und fiel tot um.

Die Kugeln kamen schneller, als er es je gesehen oder gehört hatte. Er konnte die Flamme aus dem langen Lauf im Dachfenster sehen. Die Waffe war auf einem Stativ befestigt und fuhr gleichmäßig auf und ab, von links nach rechts. Cheeon lud nicht nach. Weil er nicht musste. Windschutzscheiben und andere Wagenfenster zersplitterten. Scherben flogen Marium und den anderen um die Ohren und übersäten den Boden. Luft zischte aus zerschossenen Reifen. Kugeln prallten auf Motorblöcke, dumpf aber laut wie Hammerschläge.

Als Cheeon das Gewehr in die Kiefern hielt, brachen die

Äste weg, und die Kugeln zerhackten die Rinde. Schnee regnete von den Zweigen. Die Männer auf den Bäumen stürzten tot zu Boden. Marium hörte niemanden von seinen Leuten auch nur einmal zurückschießen. Sie kauerten am Boden, die Hände über dem Kopf, obwohl sie Helme trugen. Die es noch nicht erwischt hatte, konnten nicht begreifen, wie ihnen geschah. Beziehungsweise, dass so etwas an so einem Ort überhaupt möglich war.

Er kroch rüber zum nächsten Wagen und legte sich unter die Stoßstange. Dort wartete er mit seinem Karabiner darauf, dass Cheeon nachlud. Aber es ging jetzt schon länger als eine Minute so und schien kein Ende zu nehmen. Wahrscheinlich würde bald einer der Trucks Feuer fangen und in die Luft gehen, und sie würden alle verbrennen oder Schlimmeres. Von seiner Position aus konnte er auf das Dachfenster zielen. Er feuerte los und sah das Holz zersplittern. Vielleicht hatte die eine oder andere Kugel sogar ihr Ziel getroffen. Er wusste es nicht.

Für kurze Zeit setzten Cheeons Schüsse aus, dann nahm er Mariums Truck ins Visier. Wie schnelle Hammerschläge schlug das Blei in die Karosserie. Er fragte sich, wie der Tank das verkraftete. Um ihn herum wirbelte der Schnee hoch. Er verstand immer noch nicht, zu welchem Zweck, wenn nicht genau diesem, ein Mann wie Cheeon eine solche Waffe im Haus hatte.

Er robbte ein Stück weiter, hockte sich hinter ein Rad, sah einen Mann zu einer Fichte rennen, wo ein anderer schreiend mit den Armen ruderte. Auf halbem Wege erwischte es ihn, sein Blut spritzte in einem leuchtenden Bogen über das Weiß, bevor er zur Seite kippte. Dampfend verteilten sich die rosaroten Innereien im Schnee.

Noch eine Minute, dann stellte Cheeon das Feuer ein. Ob zum Nachladen oder weil er sich einen Blick über die

Lage verschaffen wollte, das konnte Marium nicht sagen. Links von der Hütte feuerte ein Mann im Schutz der Bäume auf den Alkoven. Wahrscheinlich aus seiner Dienstpistole – nach dem Trommelfeuer eben klang es wie ein jämmerliches Ploppen. Marium brüllte ihm zu, er solle das Feuer einstellen. Ihm war klar, dass Cheeon, sobald er sah, woher die Schüsse kamen, die Fichten niedermähen würde und mit ihnen den Schützen.

Die Fahrzeuge waren durchlöchert, als wären sie aus Alufolie. Er rief den Kollegen zu, sie sollten in Deckung bleiben. Einen Meter weiter lag jemand hinter dem Auspuff mit dem Gesicht nach unten in einer Blutlache. Marium drehte ihn um und sah, dass die Kugeln durch seine schusssichere Weste in den Hals gedrungen waren. Der Mann war auf der Stelle tot gewesen. Marium hörte sich erneut brüllen – jemand müsse per Funk, per Satellitentelefon oder sonst wie Verstärkung anfordern. Keiner antwortete.

Die Männer hatten Angst, sich bemerkbar zu machen. Einer von ihnen, den er nicht sehen konnte und dessen Stimme er nicht erkannte, rief nach einem Arzt. Ein seltsames Anliegen, dachte er, zumal keiner von ihnen Arzt war und auch keiner kommen würde. Es gab keinen Arzt, der hier irgendetwas hätte unternehmen können. Dann schlug eine Kugel an der Stelle ein, wo der Mann lag, und die Stimme verstummte abrupt.

Er sah Arnie mit seinem Karabiner am Boden liegen, robbte zu ihm rüber und rief seinen Namen. Arnie sah Marium an, als überlegte er, wer er war. Oder was er mit diesem seltsamen Druck zu tun hatte, den er jetzt verspürte. Er sagte noch mal Arnies Namen, dann merkte er, dass er unter Schock stand. Schock sah immer gleich aus – eine Mischung aus Überraschung und Schläfrigkeit.

Arnie antwortete nicht. Marium schlug ihm ins Gesicht, so hart, dass ihm der Schnodder aus der Nase flog. Peinlich berührt wischte Arnie sich mit dem Handschuh übers Gesicht, worauf der Rotz zu einem weißen Streifen gefror. Als er zu blinzeln und zu schlucken anfing, wusste Marium, dass er gleich zu sich kommen würde.

»Hörst du mich jetzt, Arnie? Arnie, verdammt, sieh mich an.«

»Ich hör dich.«

»Siehst du die Steine da?«

Er zeigte auf eine Reihe von Felsbrocken neben ein paar verschneiten Fichten. Arnie sah sich um und nickte.

»Da läufst du jetzt hin und gehst dahinter in Deckung. Ich gebe dir Feuerschutz. Hörst du mich?«

»Ja, Don. Ich hör dich.«

»Lauf erst los, wenn ich schieße, aber dann bitte schnell. Wenn du da bist, bleib unten in der Senke, zwischen den beiden größten, siehst du die? Siehst du, was ich meine, Arnie? Sieh bitte hin, verdammt.«

»Ich seh doch hin.«

»Okay, dann los, und sobald du hörst, dass ich nicht mehr schieße, richtest du dein Gewehr auf das Fenster und lässt den Abzug erst los, wenn ich bei der Hütte bin, auf der rechten Seite. Rechts. Hast du mich verstanden?«

»Hab verstanden, Boss.«

»Ist dein Magazin voll?«

»Ja, Boss.«

»Bitte kontrollier das. Und zwar jetzt.«

»Es ist voll.«

»Hast du noch andere in der Weste?«

Arnie tastete seine Weste ab, als suchte er nach seiner Brieftasche. »Ja, hab ich«, sagte er. »Sind hier drin.«

Marium sah, dass sein Schoß urindurchtränkt war. Auf

der Motorhaube stand ein unversehrter Becher Kaffee, dampfend, ohne Deckel, und wartete darauf, dass jemand einen Schluck daraus nahm.

»Fertig, Arnie? Bist du bereit?«

»Ja. Ja, bin ich.«

»Sobald ich loslege, schwingst du deine Hufe in Richtung Felsen, und wenn du da bist, feuerst du auf den Wichser und hörst bitte erst auf, wenn du siehst, dass ich an der Hütte bin. Halt das Fenster unter Beschuss, aber achte um Himmels willen auch auf mich, okay, damit du siehst, ob ich bei der Hütte bin, bevor du aufhörst. Hast du das verstanden?«

»Ich hab verstanden. Genau so mach ich's, Boss.«

»Mach das, Arnie. Die Kugeln gehen nicht durch Stein, verstehst du? Also bleib hinter den Felsen.«

»Mach ich.«

Marium gab denen, die noch übrig waren und ihn sahen, ein Zeichen, nicht zu schießen. Er kroch unter die Stoßstange des zweiten Wagens und nahm das Fenster unter Dauerfeuer. Er hoffte, es reichte, damit Arnie es bis zu den Felsen schaffte. Die paar Sekunden, die es dauerte, ein neues Magazin zu laden, konnten Arnie das Leben kosten. Die Schüsse fegten den Schnee vom Hüttendach, wie ein Vorhang aus Puder rieselte er zu Boden.

Nach einer Minute war sein Magazin leer. Cheeon wusste das und eröffnete das Feuer auf ihn. Die Kugeln krachten laut gegen den Radkasten, nur ein kleines Stück von Mariums Gesicht entfernt. Während er rückwärts kroch, schlug die nächste Ladung gegen die Hinterachse. Als er in Sicherheit war, sah er nach, ob er blutete.

Von den Felsen aus schoss Arnie jetzt auf die Hütte. Cheeon wartete ab, bis er fertig war. Währenddessen sprintete Marium los, sodass er vom Dachfenster aus nicht zu sehen war. Er rutschte aus, fiel auf Eis und Schnee, schlug auf beiden Ellbogen auf, wobei der Gewehrschaft sich in seinen Magen drückte. Er rang nach Luft. Durch eine Lücke zwischen den Trucks sah er, wie Arnie aufhörte zu schießen. Marium hielt den Daumen hoch, wusste aber nicht, ob Arnie ihn sehen konnte. Und dann nahm Cheeon Arnie ins Visier. Funken sprühten, als die Kugeln in die Felsen einschlugen und kleine Steinscherben mitrissen, in einer dünnen Wolke aus Schnee und Steinstaub.

Von dieser Seite der Hütte aus sah er die Straße, die durch das Dorf führte. Überall heulten Schlittenhunde in ihren Zwingern. Menschen standen vor Haustüren und Fahrzeugen. Er gab ihnen ein Zeichen, wieder reinzugehen. Sie rührten sich nicht. Es hätte ihn nicht gewundert, wenn einer von ihnen sein Jagdgewehr geholt und auf ihn geschossen hätte.

Die Hintertür war verschlossen. Marium wartete, bis Cheeon wieder Feuer gab, dann stieß er mit dem Ellbogen durch die Scheibe. Drinnen quietschten seine nassen Stiefel auf dem Holzboden. Er blieb stehen und streifte sie auf der Fußmatte ab. Da entdeckte er im schwachen grauen Licht etwas, das aussah wie eine Angelschnur, die etwa dreißig Zentimeter über dem Boden quer durch den Raum gespannt war. Durch eine Augenschraube an der Fußleiste lief sie an der Wand hoch zur Deckenleiste. Von dort über eine andere Schraube zu einer Flinte mit Pistolengriff, Kaliber zwölf, die in der Ecke über der Tür angebracht und auf seinen Hinterkopf gerichtet war. Die Stolperschnur war am Auslöser befestigt.

Der Anblick der Waffe, zu wissen, wie knapp er dem Tod entgangen war, fühlte sich eher bedrückend als befreiend an. Als er die Schnur mit der Schere seines Schweizer Messers durchschnitt, war er sicher, dass man ihn in einem Sack aus dieser Hütte tragen würde.

Er hockte sich hin und versuchte vergeblich, tief durchzuatmen. Über ihm hörte und spürte er das Maschinengewehr. Das Rattern vibrierte durch Wände und Deckenbalken und drang ihm bis in die Knochen. Womöglich fielen draußen gerade noch weitere Männer. Er dachte an Cheeons Worte, den Anruf bei Susan, den er ihm versprochen hatte. Eine Weile überlegte er abzuhauen. Oder auf Verstärkung zu warten. Oder diese verdammte Hütte niederzubrennen.

An etwas anderes denken konnte er nicht. Er hatte mit Kollegen über einen solchen Moment gesprochen. Kollegen aus der Spezialeinheit in Juneau damals. Kollegen aus der Armee, die Erfahrungen damit hatten. Und alle hatten dasselbe gesagt: Du kannst noch so stolz darauf sein, was du denkst, wenn du am Ende dem Teufel begegnest, zählt nur noch, was du fühlst.

Während er so dahockte, versuchte er das Zittern in seinen Gliedern unter Kontrolle zu bekommen. Schließlich schlich er auf der Suche nach der Treppe leise auf Strümpfen voran. Das Reiben der Nylonjacke unter den Armen machte ein kratzendes Geräusch. Er zog sie aus und ließ sie fallen. An einem Haken hing ein rosa Mädchenanorak mit irgendeiner weiblichen Comicfigur, die ihn angrinste.

Durch das vordere Fenster sah er die Kugeln den Schnee aufwirbeln und hörte, wie Blei auf Metall traf. Bis oben waren es zehn Stufen. Für jede einzelne brauchte er länger, als er sich erlauben konnte. Er kam sich komisch vor in seinen Strümpfen, als müsste ein Mann in so einer Situation Stiefel tragen. Die Stufen durften auf keinen Fall knarren. Cheeon hatte aufgehört zu schießen – nirgends war auch nur ein Laut zu hören.

Er hatte noch drei Stufen vor sich, als er Cheeon durch das Geländer sah. Er stand am Fenster und rauchte. Die Waffe war auf ein am Boden festgeschraubtes Dreibein montiert – ein M60-Maschinengewehr, dachte Marium, wie man sie in Hubschraubern benutzte, oder in Humvees. Daneben ein eineinhalb Meter hoher Haufen Munition, genug, um den ganzen Tag nonstop zu schießen, bis in die Nacht, wenn er wollte. Der Raum war niedrig und das Dach spitzwinklig, der Geruch der Waffe hing in der Luft. Ein bisschen wie Frischöl auf einem neuen Motor, fast angenehm. Hunderte Patronenhülsen lagen auf dem Boden verstreut, viele davon waren in Richtung Treppe gerollt. Er hatte immer noch keine Antwort darauf, woher und warum der Mann diese Waffe hatte.

Marium war jetzt auf gleicher Höhe mit Cheeon, auf der obersten Stufe, den Karabiner auf seinen Rücken gerichtet. Er sagte seinen Namen. Cheeon schien nicht überrascht, er zuckte nicht zusammen und drehte sich auch nicht gleich um. Er stand da und rauchte, nickte und begutachtete sein Werk. Er ließ sich Zeit.

»Haben sich nicht sonderlich gut geschlagen, die Jungs da unten.«

»Dreh dich um, Cheeon. Ich will deine Hände sehen. Und zwar sofort.«

»Meine Hände? Deine Stimme klingt so merkwürdig, Mann. Alles okay?«

»Umdrehen, Cheeon. Die Arme hoch.«

Ich schieß dich in den Rücken, du Arschloch, dachte Marium. Ehre, irgendein wie auch immer gearteter Kodex – das alles spielte jetzt keine Rolle.

Dann drehte Cheeon sich um, ohne die Arme zu heben. In der einen Hand die Zigarette, die andere in der Gesäßtasche seiner Jeans. Marium hatte mit einem verzerrten, verschwitzten Gesicht gerechnet. Aber er sah genauso aus wie vorhin, als sie vor der Tür geredet hatten. Wie ein Mann, der sich in sein Schicksal ergeben hat. Ein Mann, der gerade zehn oder mehr Menschen getötet hatte und damit leben konnte, egal auf welche Stufe ihn diese Wahrheit vor seinem Anti-Erlöser-Gott stellte.

Marium wusste, dass Cheeon diese Hütte nicht lebend verlassen würde. Seine Beine hörten auf zu zittern, denn ihm wurde klar, dass er selbst nicht hier sterben würde.

»Den Anruf bei deiner Frau hast du für heute verhindert«, sagte Cheeon. »Aber irgendwann kommt er, stimmt's? Irgendwann kommt er immer.«

»Die Hände, Cheeon. Hoch. Jetzt.«

Als Cheeon die rechte Hand langsam aus der Hosentasche zog, sah Marium das Nickel der Pistole glänzen. Cheeon richtete sie nicht auf ihn. Er zeigte sie ihm nur. Er ließ sie an der Seite baumeln und klopfte dagegen wie zu einer erfundenen Melodie. Die andere Hand war noch mit der Zigarette zwischen seinen Lippen beschäftigt. Durch den Qualm blinzelte er Marium zu.

Marium drückte ab. Der Feuerstoß warf Cheeon zurück und vor das offene Fenster. Pistole und Zigarette fielen ihm vor die Füße. Marium nahm ihn weiter unter Beschuss, bis er fiel und im Schnee vor seiner Tür landete. Er ging zum Fenster und sah Cheeon auf dem Rücken liegen. Er hatte die Augen geöffnet, den Blick nach oben in einen bleichen Himmel, der ihn nicht aufnehmen würde.

Weitere Männer trafen ein – die meisten kannte er, manche nicht. Sie durchsuchten das Dorf nach Slone, nach einem Hinweis, doch die Bewohner schwiegen. Sie entdeckten eine alte Frau, tot im Schaukelstuhl, ein Messerstich glatt durch die Kehle. Aber niemand in Keelut wollte ihnen irgendetwas über sie sagen. Sie fanden keine Papiere, keinen Hinweis auf Namen oder Alter, wer sie war beziehungsweise gewesen war.

Im ganzen Dorf keine einzige Spur. Als sie zur Hütte der alten Frau zurückkehrten, um die Leiche abzutransportieren, war sie wie weggezaubert. Wahrscheinlich hatte man sie verschwinden lassen, um die Tat zu verschleiern. Ein anderer Grund fiel Marium nicht ein. Wieder durchsuchten sie das Dorf von vorne bis hinten, fanden aber weder die Frau noch die Täter. Er erinnerte sich, dass Cheeon ihm vor gerade mal einer Stunde erzählt hatte, sie hätten nichts gemeinsam – weder sie beide noch das Dorf und die Stadt. Jetzt wusste Marium, dass Cheeon recht hatte, und fragte sich, womit er sonst noch recht hatte.

Stunden später, als es schon dunkel war, herrschte in der kleinen Klinik im Ort Aufregung. So etwas hatte bisher noch niemand gesehen. Marium war fast froh, dass man nichts mehr tun konnte, das Personal wäre dazu sowieso nicht in der Lage gewesen. Die Toten waren schlimm zugerichtet und inzwischen festgefroren, man musste sie mit Schaufeln von der Erde kratzen oder mit Spitzhacken herausbrechen. Marium und die anderen Männer hatten die Leichensäcke auf zwei Pick-ups geladen. Die eine Hälfte hatten sie ins Krankenhaus gebracht, die andere ins Leichenschauhaus, ein Durcheinander, das er zu lichten versuchte.

Nicht alle waren schon aus Keelut zurück. Angehörige der Polizisten liefen durch die Krankenhausflure und versuchten zu erfahren, wer noch lebte und wer nicht. Ehefrauen heulten. Geschwister sahen Marium in quietschenden Stiefeln in die Notaufnahme kommen und bedrängten ihn mit Fragen.

»Himmel, Don«, rief jemand, »sie haben uns gesagt, du seist tot.«

Er hatte keine Ahnung, wen der Mann mit *sie* meinte, zeigte aber auf sich, um ihn vom Gegenteil zu überzeugen.

Arnies Frau war auch da. Marium konnte sie beruhigen, und sie bedankte sich und umklammerte seine Hand, als wäre er allein dafür verantwortlich, dass ihr Mann noch lebte. Manche der Anwesenden musste er ins Leichenschauhaus schicken, andere sollten auf der Wache warten, ihre Männer würden in Kürze dort eintreffen.

Auf der Herrentoilette kniete er sich hin, hielt sich am Waschbecken fest und brach in Tränen aus. Er beugte sich über einen Wasserspender und trank gierig, minutenlang. Das kalte Wasser lief ihm über den Hals. Unter seinen Stiefeln lösten sich die blutigen Eisstücke aus den Sohlen und schmolzen zu rosa Pfützen.

Hinter einer Schar von Krankenschwestern und Ärzten entdeckte er ihr goldbraunes Haar. Als die Gruppe sich auflöste, sah er sie auf einer Bank sitzen und an die Wand starren, das Gesicht von Kummer gezeichnet, Spuren von Wimperntusche auf den Wangenknochen. Nur noch sie beide waren jetzt hier an diesem Ende des Flurs. Offenbar spürte sie seine Anwesenheit, denn plötzlich drehte sie sich um. Ein kurzes Schnauben, dann lächelte sie, lachte fast, schüttelte kurz den Kopf und wandte sich schluchzend ab.

Er setzte sich zu ihr und legte den Arm um sie. Sie sagte nichts. Er vergrub sein Gesicht in ihren Haaren, während sie auf seine Brust und Schultern trommelte und nicht mehr aufhörte.

»Ich hab versucht, dich anzurufen. Ich konnte dich nicht erreichen«, sagte er.

»Verdammt, wir brauchen dich.«

Er wusste sofort, wen sie mit *wir* meinte, und er hielt sie fest und sagte: »Ich bin hier.«

Später am Abend, als sie im Bett lag und schlief, saß er in seinem Sessel am halboffenen Fenster, rauchte und betrachtete sie im Halbdunkel. Er war nicht sicher, ob sie träumte und wie sie sich fühlte, jetzt wo sie ein neues Leben in sich trug. Auf jeden Fall war es das Beste, was ihnen nach diesem Tag passieren konnte. Von anderen hatte er gehört, dass sie sich wie betäubt gefühlt hatten, aber davon spürte er nichts. Er war todmüde und hatte einen dicken Kopf, als kündigte sich eine Erkältung an. Aber betäubt war er nicht. Dann hätte er wenigstens schlafen können, doch ein solcher Frieden schien ihm vorerst nicht vergönnt. Es war eine Folter, so müde zu sein und nicht schlafen zu können. Eine ganze Stunde lang saß er da, rauchte und wartete vergeblich auf ein Gähnen.

Die alte Frau im Dorf in ihrem Schaukelstuhl: Slone hatte ihr die Kehle bis zur Wirbelsäule durchgeschnitten. Und daher rührte Mariums Angst, als er seine schlafende Frau betrachtete. Die Angst, dass es auf dieser Welt Kräfte gab, die man nicht begreifen oder auch nur ansatzweise erahnen konnte.

In der Stille des Schlafzimmers hielt ihn ein Flüstern wach. Er glaubte, dass es Cheeon war. Er hatte nicht gewollt, wozu Cheeon ihn gezwungen hatte. Einen Menschen zu töten kann für den Täter mehr bedeuten als für den Toten. Cheeon hatte die Pistole in der Hand baumeln lassen, oben in der Hütte, die er mit derselben Hand gebaut hatte. Er wollte, dass Marium sie sieht, musste sie nicht einmal auf ihn richten – er hatte genau gewusst, was passieren würde. Alles hatte sich genau so abgespielt, wie er es geplant hatte. Marium hatte ihm gegeben, was er wollte. Und dafür schämte er sich.

8

Ein erfrischender Spätsommerregen läutete das Ende des Vormittags ein. Slone und Bailey liefen mit freiem Oberkörper und barfuß durch den Schauer, auf schmalen Hügelpfaden hintereinander, auf den breiteren Seite an Seite. Sie schlängelten sich den Weg hoch und runter bis zu den schattigen Felsen am Ufer des Flusses. Das Wasser war angestiegen und hatte sich in einen tosenden Strom verwandelt. Die Moskitos waren vor dem Sturm geflohen. Die beiden saßen auf einem Felsvorsprung und ließen die Beine knietief im Wasser baumeln. Schon nach ein paar Minuten drangen nur noch vereinzelte Tropfen durch die dichten Baumkronen, und es kehrte Stille ein.

»Mama meint, du gehst weg«, sagte der Junge.

»In ein paar Monaten. Jetzt noch nicht.«

»Mama sagt, für lange.«

»Ein Jahr, vielleicht ein bisschen weniger. So lange dauert so ein Auslandseinsatz. Weißt du noch, was das ist?«

»Nein.«

»Das bedeutet Arbeit. Es bedeutet Geld für uns.«

»Brauchen wir Geld?«

»Ja.«

»Mama sagt, Geld ist egal.«

»Wir brauchen nicht viel. Aber ein bisschen schon.«

»Sie sagt, du kannst auch hier Geld verdienen.«

»In letzter Zeit nicht. Niemand kann das. Es ist meine Pflicht, dort hinzugehen.«

»Was ist Pflicht?«

»Es bedeutet, wenn man gut in etwas ist, und etwas getan werden muss, dass man es dann tut.«

»Wenn ich Geburtstag hab, werd ich sieben.«

»Ich weiß. Es kommt einem lang vor. Aber so lang ist es gar nicht. Ich bin zurück, wenn du siebeneinhalb bist.«

Normalerweise konnte man bis auf den sandigen Grund sehen, aber jetzt, wo das Wasser flussabwärts rauschte, war es dunkel und undurchsichtig. Ein Ast schnellte an ihnen vorbei, wie ein Arm, der sich hilfesuchend nach ihnen ausstreckte. Als Bailey danach greifen wollte, hielt Slone ihn an der Gürtelschlaufe fest.

»Ich kann schwimmen.«

»Ich weiß, dass du schwimmen kannst. Das Wasser fließt nur ziemlich schnell heute.«

»Mama sagt, Menschen töten sich im Krieg.«

»Ja, das müssen sie.«

»Du hast auch schon mal jemanden getötet. Als ich noch in Mamas Bauch war.«

»Wer hat dir das erzählt?«

»Jemand.«

»Aha, jemand. Welcher jemand?«

»Jemand.«

Ein Donnerschlag und dann das langsame Grollen, dumpf und entfernt, vielleicht irgendwo über dem Yukon oder ähnlich weit weg im Herzen Kanadas.

»Menschen töten ist böse, aber Rentiere nicht.«

»Ja. Rentiere erhalten uns am Leben. Aber manchmal

ist es auch notwendig, einen Menschen zu töten, um am Leben zu bleiben.«

»Was bedeutet notwendig?«

»Wenn man keine andere Wahl hat.«

»Du hattest keine andere Wahl.«

»Nein.«

»Du hast es getan, damit wir am Leben bleiben?«

»Um uns zu beschützen, ja.«

»Wen hast du getötet?«

»Einen Mann, der Mama und dir wehtun wollte.«

»Aber er hat uns nicht wehgetan?«

»Nein. Ich habe ihm zuerst wehgetan.«

»Und hat ihn keiner vermisst?«

»Das weiß ich nicht. Es war nicht meine Aufgabe, danach zu fragen. Nur dich und Mama zu beschützen.«

»Und niemand hat dich verraten?«

»Nein, niemand hat mich verraten. Das würde niemand wagen. Das Dorf ist unsere Familie. Verstehst du, was das bedeutet?«

»Ja.«

»Wirklich?«

»Ja.«

»Es bedeutet, dass du dich auf sie verlassen kannst. Wenn du ein Problem hast oder ein Geheimnis, das niemand erfahren darf, dann kannst du dich darauf verlassen, dass die Leute dir helfen. Das bedeutet es.«

»Wem?«

»Wem was?«

»Wem hast du wehgetan?«

»Einem Mann, der in unser Dorf gekommen ist. Ein Rumtreiber.«

»Was ist ein Rumtreiber?«

»So wie Treibholz. Siehst du das da? Das Stück Treibholz? Es bedeutet so etwas wie ein Wanderer ohne Zuhause.«

Der schnelle kühle Strom an ihren Waden war fast wie eine Massage. Der milchige Himmel ließ das Grün um sie herum schärfer erscheinen.

»Wie?«

»Wie ich ihm wehgetan habe, meinst du?«

»Ja.«

»Mit einem Messer.«

»Du magst dein Messer, oder?« Er drehte sich zu seinem Vater um und lächelte. Dann schlug er mit einem Stock ins Wasser, und Slone hielt ihn wieder an der Gürtelschlaufe fest.

»Mama sagt, dass Cheeon dir geholfen hat.«

»Ja, Cheeon hat mir geholfen.«

»Gehört er zur Familie?«

»Ja.«

»Ist er mein Freund?«

»Auf jeden Fall. Du stellst ganz schön viele Fragen heute.«

Auf der anderen Flussseite liefen ein Bock und sein Reh durch die tropfenden Erlen. Slone zeigte in ihre Richtung. Schweigend sahen sie ihnen zu, bis die Tiere im Gehölz verschwanden.

»Es war ein gutes Gefühl, als ich das erste Mal ein Reh geschossen habe«, sagte der Junge.

»Du bist ein guter Schütze.«

»Es war gleichzeitig ein gutes und ein schlechtes Gefühl.«

»Du musst dich deswegen nicht schlecht fühlen. Du hast an dem Abend zwei Familien satt gemacht.«

»Meine Lehrerin hat gesagt, Menschen sind nicht wie Wild, weil alle Menschen gleich sind. Sie hat gesagt, einen Menschen zu töten ist immer falsch.«

»Das wirst du noch oft zu hören bekommen.«

»Meine Lehrerin hat das gesagt.«

»Ich weiß. Das sagen sie alle. Es ist eine Lüge.«

»Es ist keine Lüge.«

»Es gibt gute Menschen, die dir nicht wehtun, und es gibt schlechte Menschen, die tun es. Frag deine Lehrerin, ob die alle gleich sind, ob gut und schlecht gleich sind.«

»Ist es gut, schlechte Menschen zu töten?«

»Wenn es sein muss, ja.«

»Wie den Mann, der Mama wehtun wollte?«

»Zum Beispiel, ja. Der Fluss ist kalt heute.«

»Meine Füße sind kalt.«

Zu diesem Felsen am Wasser würde der Junge von nun an kommen, um an seinen Vater zu denken.

»Ich bin bei dir, auch wenn ich weg bin. Weißt du, was das bedeutet?«

»Ja.«

»Wirklich?«

»Nein.«

»Es bedeutet, auch wenn wir nicht zusammen sind, bin ich trotzdem bei dir. So wie jetzt.«

Er legte dem Jungen zwei Finger auf die schmale, blasse Brust. Die Haut war fast durchsichtig.

»Wenn du weg bist, bist du trotzdem bei mir?«

»Ja.«

»Nein, bist du nicht«, sagte der Junge. »Du lügst.«

Dann setzte der Regen wieder ein.

Der Landstreicher tauchte eines Winternachmittags in Keelut auf, woher, wusste niemand. Vielleicht ein Vertriebener von der Pipeline oder von einer stillgelegten Mine oder einem geplatzten Highway-Bau. Ein Schmarotzer, der immer noch davon träumte, in einer unentdeckten Schlucht Gold zu finden. Erdfarbener Rucksack und Decke. Windgegerbte Haut und Vokuhila-Mähne, grobe Hände, wie man sie vom Wetter in dieser Wildnis bekam. Schuhwerk aus einem unbekannten Leder, mit Bindfaden geschnürt.

Sein lehmverkrustetes Gesicht war von den Mühen des Winters gezeichnet, doch in den Augen unter den strohigen Brauen brannte noch das Feuer der Jugend, in einem namenlosen wässrigen Farbton zwischen Blau und Grün. Schwer zu sagen, wie alt er war, bei so einem Patchwork-Gesicht. Über der Schulter trug er einen alten Unterhebelrepetierer mit Zielfernrohr an einem mit Klebeband befestigten Lederriemen. Seine zerrissenen Kleider sahen teilweise aus wie mit Zahnseide genäht.

Vor dem ersten Schneefall stand er bei den Fichten am Dorfrand, man sah gerade mal seinen Atem. Abends schien sein Lagerfeuer durch die Bäume, und im ersten Tageslicht lungerte er im Dorf herum, als wartete er darauf, dass man ihm Fragen stellte oder ein Stück Fleisch gab.

Am zweiten Tag setzte er sich zwanzig Meter von der Hütte der Slones entfernt auf einen Stein und starrte auf ihre Tür. Vernon und Medora beobachteten ihn vom Fenster aus, Medora im achten Monat, kugelrund und bereit, das Kind zur Welt zu bringen. Jeden Morgen wachte sie im Bewusstsein ihres veränderten Körpers auf. In dem Bewusstsein, was auf sie zukam, und dem Zweifel, ob sie es schaffen würde. Der Angst, was es mit ihr machen würde.

»Irgend so ein Rumtreiber«, sagte sie. »Wahrscheinlich unterwegs in Richtung Westen.«

»Aber noch nicht westlich genug.«

»Er sieht hungrig aus.«

»Der ist nicht nur hungrig.«

»Bring ihm etwas, Vern. Ein bisschen Brot und Käse können wir ja wohl entbehren.«

»Der Kerl hat ein Gewehr. Sieht ganz danach aus, als könnte er selber jagen.«

Eine ganze Weile standen sie so da, während das Baby im Mutterleib strampelte.

»Bring ihm etwas, damit er geht.«

Slone ging mit ein paar Scheiben Käse und Brot in einer Tüte auf den Landstreicher zu. Von nahem bemerkte er die verfärbten Hautpartien an Fingern und Nase, die Narben von den Frostbeulen, die teils wie Blutergüsse, teils wie Brandwunden aussahen. Die Hände waren von der permanenten Kälte geschwollen. Er roch penetrant nach Lagerfeuer, nach Verbranntem. Die Hosen waren aus Robbenfell, wie man sie an der Küste herstellte, aus einer anderen Zeit, an einigen Stellen abgenutzt, Zeugnis Tausender zurückgelegter Meilen. Über dem zerlumpten Parka hing ihm ein loser Kragen aus Wolfshaar um den Hals, darunter eine Kette mit einem Pferd auf weißem Runenstein.

»Interessiert dich wohl, unser Haus?« Slone hockte sich auf Augenhöhe vor ihn hin und reichte ihm die Tüte mit dem Essen. Der Mann legte sie in den Schoß, ohne hineinzusehen.

»Nächsten Monat wird ein Junge geboren«, sagte er.

Seine Zähne sahen aus wie Würfel aus zerschlagenem Sicherheitsglas, schief und krumm, als stammte jeder Zahn aus einem anderen Schädel.

»Hat dir jemand gesagt, dass es ein Junge wird? Uns nicht.«

»Ich hab das Gefühl, es wird ein Junge.«

»Du solltest mit deinen Gefühlen besser weiterziehen. Hier ist etwas Brot und Käse. Wird ziemlich kalt heut Nacht, bald fällt der erste Schnee.«

»Aber nicht heute Nacht. Das dauert noch ein, zwei Tage.«

»Bist du auch noch Wetterexperte, ja?«

»Man könnte sagen, ich verstehe ein bisschen was vom Wetter, und auch von ein paar anderen Dingen. Hast du einen Namen?«

»Mein Name hat dich nicht zu interessieren.«

»Nicht deiner. Ob du einen Namen für den Jungen hast.«

»Auch das geht dich nichts an.« Er lehnte sich vor. »Du isst jetzt das Brot und den Käse, und dann verschwindest du mit deinem Gewehr. Es ist mir egal, wohin, Hauptsache, du verschwindest. Wenn du in den Ort musst oder in die nächstgrößere Stadt, dann stellst du dich am besten an die Straße. Irgendjemand fährt bestimmt bald in die Richtung. Du hältst einfach den Daumen raus, dann nimmt dich jemand mit.«

»Sieht warm aus da drinnen«, sagte er, ohne Slone anzusehen.

»Dann solltest du dir mal Gedanken über ein eigenes warmes Plätzchen machen.«

»Ich meine deine Frau. Sieht aus, als wäre es warm in ihr. Da will man direkt zurück in den Mutterleib.«

Slone drehte sich zu Medora um, die halb hinter dem Vorhang verborgen mit vorstehendem Bauch am Fenster stand, dann wandte er sich wieder dem Landstreicher zu.

»Sieh mir in die Augen. Und sieh genau hin. Ich will, dass du mir glaubst, wenn ich dir Folgendes sage: Ich mache dich fix und fertig. Hörst du? Hast du verstanden?«

Über ihnen stieg eine Schar Raben aus den Bäumen auf, wie freigelassene dunkle Erinnerungen. Ihre Flügel klatschten wild Applaus.

»Ich glaube, der Junge hat ein kurzes Leben.«

»Wenn du noch ein Mal mein Kind erwähnst, wirst du erleben, wie kurz deins ist.«

Der Mann holte einen Zahnstocher aus der Tasche und fing an, sich zwischen den Eckzähnen herumzupulen.

»Mein Großvater war auf dem Skagway Trail«, sagte er. »Oben auf dem White Pass, das war 1897. Er war vierzehn und wollte zum Klondike. Und dann rüber zum Yukon, bevor der Frost einsetzt.«

»Goldsucher«, sagte Slone.

»Darauf kannst du wetten. Das süße Gold. Alle waren sie wild darauf. Tausende von Männern unterwegs, alle gleichzeitig, auf diesem schmalen Pfad, mit Tausenden von Pferden und Maultieren. Mehr als fünfzig Meilen enge Serpentinen, über Flüsse und schwierige Gipfel, durch gottverlassene Sümpfe. Und alles völlig verstopft. Niemand konnte sich mehr bewegen, all diese Pferde und Menschen. Manchmal saßen sie Tage fest, es ging nicht vor und nicht zurück, teilweise sind die Leute erfroren, teilweise verhungert. Und natürlich Krankheiten.«

Er hielt sich ein Nasenloch zu und feuerte aus dem anderen ein Klümpchen Rotz ab. Es landete auf seinem Knie, von wo er es aufsammelte und sich in den Mund steckte.

»Es gibt da einen Devil's Hill«, fuhr er fort. »Der Pfad über der Felswand war höchstens einen Meter breit, gerade mal Platz für einen. Die Schweinehunde wollten die Pferde da rübertreiben, und die sind einfach runtergefallen, und zwar mit Karacho, wegen dem ganzen Gepäck. Aus fast hundert Metern sind sie auf die Felsen geknallt. Fünfzig, zwanzig auf einmal. Was sagst du dazu?«

Slone sagte nichts.

»Weißt du, wie viele von den Tausenden von Pferden den Skagway Trail in dem Jahr überlebt haben?«, fragte er. »Keins. Großvater hat mir von ganzen Bergen von toten Pferden erzählt, riesige stinkende Haufen, die Augen ausgepickt von Raben. Entweder sind sie in Gletscherspalten gefallen oder haben sich zu Tode gerackert. Haben sich die Beine gebrochen oder sind im Fluss ertrunken. Und dann mitten unter den Leuten verrottet. Direkt vor ihren Augen. Ein erbärmlicher Gestank.«

Mit seinem schwarzen Fingernagel stocherte er im Nasenloch.

»Weißt du, was mein Großvater gesagt hat? Er meinte, die meisten Pferde hätten Selbstmord begangen. Stell dir das vor. Werfen sich die Felsen runter, sechzig, siebzig Meter tief, um ihren Qualen ein Ende zu bereiten. Er konnte es in ihren Augen sehen, den Willen zu sterben, zur Selbstzerstörung. Ist das zu glauben?«

Slone musterte ihn ein letztes Mal, dann stand er auf. »Du hast bis heute Abend Zeit, danach bist du weg. Denk an meine Worte.«

»Und denk du an meine.«

Zurück aus der Kälte verriegelte Slone die Tür hinter sich und ging zu Medora ans Fenster.

»Der ist bald weg«, sagte er.

»Er hat mich so angestarrt. Was will er?«

»Nur was zu essen. Wenn er gegessen hat, geht er.«

»Er isst nicht«, sagte sie. »Er starrt zu uns rüber.«

In der Dämmerung sah sie das Feuer zwischen den Bäumen. Medora stand wie hypnotisiert am Fenster, im Bann eines Magiers, unter dem Herzen das ungeduldig strampelnde Kind.

Stunden später im Bett wartete Slone, bis sie eingeschlafen war. Dann schlich er lautlos durch die Hintertür und zwischen den Bäumen hindurch auf das Lager des Landstreichers zu. Auf der Lichtung stand ein Armeezelt aus dem Zweiten Weltkrieg. Das Fell eines Hasen hing ausgebreitet an ein paar Stöcken und trocknete vor dem knisternden Feuer. Aus der Dunkelheit spähte er nach einer Bewegung und wartete, bis sein Atem sich beruhigte. Er robbte auf das Zelt zu und presste minutenlang das Ohr an den Boden. Nichts, kein Geräusch, keine Bewegung.

Er nahm das Jagdmesser in die Hand, achtete darauf, keinen Schatten zu werfen, und hob die Rückseite des Zeltes ein Stück an. Es war leer, der gammelige Schlafsack aufgeschlagen. Er kroch auf Knien hinein. Das Gewehr lag auf einer Decke. An den Zeltwänden grobe Zeichnungen von ausgeweideten Pferden ohne Augen, wie steinzeitliche Höhlenmalereien. Er fuhr mit dem Finger drüber, und als er näher hinsah, stellte er fest, dass sie mit Blut gemalt waren.

Er kippte die Tasche aus. Dreckige Socken und Pullover. Klappmesser, Sardinen, Kaffee. Munition, Streichhölzer, Kerzen. Waffenöl, Kompass, Angelhaken. Der mumifizierte Kopf eines Murmeltiers. Ein Micky-Maus-Schlüsselanhänger ohne Schlüssel. Kein Papier, keine Karte, nichts, was darauf schließen ließ, wer er war oder woher er von Medora und ihrem Kind wusste. Neben dem Schlafsack entdeckte er eine fachmännisch aus Treibholz geschnitzte kleine Figur – eine schwangere Frau, mit schweren Brüsten und langen Zähnen. Ein Fruchtbarkeitssymbol in Form eines weiblichen Raubtiers. Aus irgendeinem Grund wusste er, dass es Medora darstellte. Ein würgendes Grauen stieg in ihm auf.

Er rannte, sprang über umgestürzte Bäume, rannte weiter durch die mondlose Nacht zurück zur Hütte.

Sie war im Halbschlaf, ein Traum, der hauptsächlich aus Erinnerung bestand:

Die Frauen aus dem Dorf meinten, sie könne von Glück sagen, jetzt kurz vor Winterbeginn im achten Monat zu sein, statt letzten August, als es bei fünfunddreißig Grad so stickig war, wie sie es in Keelut noch nie erlebt hatten – fast schien es, als hätte das Schicksal es auf sie abgesehen. Die Moskitos kamen in Schwärmen; um sie sich vom Leib zu halten, schmierten die Dorfbewohner sich mit Biberfett und dem Öl von Wölfen ein. Sie standen im Schatten von Pappeln, blickten einander verwundert an und schwitzten, als wäre ein Fluch über sie gekommen. Sie flüchteten in die Hügel und hinunter in die Wildbachschlucht, setzten sich unter die Baumkronen und ins kühlende Flussbett. Sie konnten sich an nichts dergleichen erinnern, hatten keine Sprache dafür, keinen Mythos, nichts. Die Alten flüsterten etwas von einem Fluch, einer Strafe für ihre Sünden.

Sie öffnete die Augen und sah Slones Silhouette in der Schlafzimmertür. Er roch nach Lagerfeuer und nach noch etwas, etwas Rohem, was genau, wusste sie nicht. Sie fragte sich, warum er mitten in der Nacht hinaus in die Kälte gegangen war. Sie sagte seinen Namen, aber er reagierte nicht. Dann spürte sie, wie sich Angst in ihrem Brustkorb breitmachte. Sie griff nach der Lampe, und im nächsten Augenblick fiel das Licht auf den Landstreicher, der regungslos in ihrem Zimmer stand.

Es war weniger Panik, die in ihr aufstieg, als das Gefühl, vor einem Rätsel zu stehen – dass die Morgenröte nicht weiß, was die Abenddämmerung bringt. Instinktiv legte sie die Hand auf den Bauch, als könnte die Tatsache, dass hier zwei Leben waren, ihn auf die Idee bringen, sie beide zu verschonen. Sie fragte sich, wie man in einem solchen Fall vorging, wer zuerst etwas sagen sollte, oder ob es dafür schon zu spät war.

»Da ist etwas zu essen«, sagte sie. »Und da ist Geld. Im Einmachglas. Neben dem Herd. Da sind fünfzig Dollar drin.«

»Der Junge kann nicht leben. Jemand hat mich geschickt, dich zu warnen.«

Sie hörte sich stammeln – es klang eher wie ein Quietschen der Dielen –, wer er sei, was er wolle.

»Die Hexe hat mich geschickt, dich zu warnen«, sagte er mit der Stimme einer Frau, fast beschwichtigend. »Der Junge kann nicht leben. Beende sein Leben und geh dahin zurück, wo du herkommst.«

Ihre Fragen wollten keine Stimme finden. Wer hatte ihn geschickt? Woher wusste er von ihnen und ihrem Kind? Sie sah zum Fenster, überlegte, wie schnell sie sein musste, um die Vorhänge zur Seite zu reißen, die Scheibe hochzuschieben und nach draußen zu klettern. Es war noch nicht kalt genug, um Plastikfolie vor die Fenster zu kleben, aber es würde nicht mehr lange dauern.

Sein Gesicht schimmerte rötlich im Licht der Lampe. Ein bisschen sah er aus wie ein Inuit: die gerade Nasenwurzel, die Augen außen leicht zusammengekniffen, die Mähne glänzend schwarz. Und weil er nicht näher kam, weil er keine Waffe hatte, beschlich sie das leise Gefühl, dass er ihr nichts tun wollte.

»Was weißt du über uns?«

»Ich weiß, was ich wissen muss, um dich zu warnen«, erwiderte er.

Aus seinem Parka zog er einen bemalten, aus Treibholz geschnitzten Gegenstand und drehte ihn ins Licht, damit sie ihn sehen konnte – es war die Wolfsmaske eines Schamanen, mit rotem Ocker bemalt. Vorsichtig trat er auf sie zu und reichte ihr die Maske, aber statt sie zu nehmen, hielt sie weiter die Hände auf den Bauch. Er legte die Maske aufs Bett und ging wieder zur Tür.

»Sie gehört dir«, sagte er. »Jemand hat sie für dich gemacht.«

Sie warf einen Blick darauf und sah, dass es echtes Wolfshaar war. Als Kind hatte ihr Vater gesagt, wer einen Wolf töte, töte einen Boten der Götter, die sie beschützten.

»Trag die Maske«, sagte der Mann, »dann weißt du, was du zu tun hast. Das soll ich dir sagen.«

Sie spürte das Holz, fuhr mit dem Finger über die Zähne. Als sie hochblickte, sah sie die blitzende Klinge von hinten auf ihn zukommen. Sie bohrte sich durchs Kinn schräg nach oben und tief in den Kopf hinein. Sein Blick trübte sich, blieb aber fest auf sie gerichtet, hielt beharrlich am Leben fest. Kaum drehte Slone das Messer herum, sprudelte ihm das Blut aus Mund und Kehle und klatschte in Pfützen auf den Teppich. Als der Körper erschlaffte, riss Slone das Messer seitlich zurück und schnitt ihm die Kehle bis zur Wirbelsäule durch.

Dann ließ er ihn fallen. Medora spürte, wie der Körper auf dem Boden aufschlug. Sie blickte Slone an, er war blutüberströmt und noch völlig außer Atem. In diesem Moment wusste sie, dass das Unglück nicht mehr aufzuhalten war.

Slone und Cheeon wischten den Boden auf. Sie sah ihnen vom Bett aus zu. Bevor sie den Toten ins Tal fuhren, gab Slone ihr eine Pistole – dieselbe, mit der er ihr das Schießen beigebracht hatte, als sie zehn Jahre alt waren und auf Kürbisse auf einem Baumstamm gefeuert hatten. Er trug ihr auf, jeden zu erschießen, der durch diese Tür kam. »Solange ich es nicht bin.« Sie saß im Bett, mit der Wolfsmaske in den Händen, und tastete nach den Spitzen der geschnitzten Zähne.

Als die beiden Männer gegangen waren, hielt sie sich die Maske vors Gesicht und band sie um.

Der Junge kam mittags in ihrer Hütte zur Welt, Medoras Mutter und mehrere Geburtshelferinnen aus dem Dorf waren bei ihr, eine davon eine Yupik. Ihren langen, kehlig klingenden Vornamen hatte man auf ein kurzes Lu zurechtgestutzt. Sie hatte Slone, Cheeon und die anderen Männer nach draußen beordert, wo sie rauchend auf und ab gingen, stumm und mürrisch, noch Stunden davon entfernt, feiern zu dürfen, müde vom Warten und von der Kälte.

Dreißig Grad minus, und Lu bat Medoras Mutter, Fenster und Türen zu öffnen, um die dunklen Geister frei- und die Vorfahren einzulassen, damit sie ihren Segen geben und bei der Geburt helfen konnten. In der Ecke saß die alte Hexe in einem Schaukelstuhl und aß Cracker, weiße Krümel klebten an ihrem Tuch, in der Hand ein Amulett, das sie aus einem Knochen gefertigt hatte.

Vor dem Feuer auf einem runden, mit Laken bedeckten Teppich knieten die sechs Frauen um Medora herum mit weißen Handtüchern und Wasserschüsseln, einem desinfizierten Rasiermesser und einer Schere. Sie hielten sie an Armen und Beinen fest. Lu kniete mit bloßen Händen vor ihr im Fruchtwasser und sang in ihrer Sprache, die sonst niemand singen konnte, die meisten aber doch irgendwie zu verstehen schienen. Während der ganzen langen Quälerei sagte die Hexe kein Wort, sie knabberte nur an ihren Crackern, rieb über ihr Amulett und schaukelte vor sich hin.

Medoras Mutter hatte eine knochenfarbene Paste aus Aloe und Ölen aus Wolfsorganen angerührt. Lu schmierte sie dick auf Medoras Mitte, während die anderen ihr erklärten, wie sie atmen sollte, und sich der Druck in ihrem Anus wie ein Phantomstuhlgang anfühlte.

Trotz offener Fenster und Türen hingen die Kaminwärme und der Gestank von Körperflüssigkeiten in der Luft. Schwitzend verrichteten die Frauen ihr Werk. Medora weinte und schrie und sah zu ihrer Mutter, während sich der Druck im Beckenboden aufbaute und nicht mehr nachließ. Sie drosch den Frauen ihr Haar entgegen und brüllte, sie schaffe das nicht – Stunden waren vergangen, und sie konnte nicht mehr.

Lu gab zwei der Frauen ein Zeichen aufzustehen, jede von ihnen griff sich ein Bein, winkelte es an und drückte es nach vorn. Der Druck auf der Spalte, Lu, die sie mit ihren nackten Finger öffnete und die immer wieder das eine Wort rief, das außer ihr nur die Hexe kannte. Als das Kind sich zeigte, hallten Medoras Schreie durchs ganze Dorf, und die Männer wussten, dass es bald so weit war.

Der längliche Kopf des Jungen war jetzt draußen, wie bei einer Schildkröte, ein schleimbedeckter stummer Schrei. Die Nabelschnur um den Hals gewickelt, der blutbefleckte Körper nur halb befreit, so sehr Medora auch drücken mochte. Lu, immer noch leise singend, verlangte nach dem Rasiermesser, während Medora, den Kopf im Schoß ihrer Mutter, die Augen zusammengepresst, sich zu wehren versuchte. Eine andere Frau griff nach der Morphiumspritze und stieß sie ihr in die Hüfte.

Lu hob den Kopf des Kindes an und zog. Mit dem Rasiermesser vergrößerte sie die Öffnung. Helles Blut floss aus der Wunde, Medora wurde schwarz vor Augen, und Lu schob einen Finger unter die Nabelschnur und lockerte sie weit genug, um sie durchzuschneiden.

Das Kind war jetzt frei, und Lu steckte ihm ihren kleinen Finger in den Mund, um die Atemwege offen zu halten. Dann wusch sie es in der Schüssel ab – der erste Schrei ein Wimmern –, und die anderen stillten Medoras Blutung mit Autoschwämmen und banden die Nabelschnur ab. Als der Mutterkuchen herausglitt, bat Lu eine der Frauen, ihn ins Feuer zu legen, als Opfergabe an die Vorfahren. Die anderen nähten Medora zu.

»Das Kind ist mit einem Fluch beladen«, sagte ihre Mutter und sah, wie Lu, zu der Hexe hinüber, aber sie war nicht mehr da.

Lu versuchte, Medora den Jungen anzulegen, der jedoch immer lauter schrie, weil keine Milch kam. Dann setzte sie sich aufs Sofa und gab dem Kind ihre eigene volle Brust – als Amme und Mutter von acht Kindern war sie nie leer –, und der Junge saugte erst zaghaft, dann gierig.

An der Tür eine Collage aus Männergesichtern, Slones schwankte zwischen Freude und Angst. Lu winkte ihn herein, nur ihn, und dann stand er über seinem Sohn und konnte nicht glauben, wie voll sein Haar war, denn er hatte sich Babys immer kahl vorgestellt. Er ging zu Medora, die bewusstlos auf dem Teppich lag. Die Frauen, die sich um sie kümmerten, sahen zu ihm hoch und gaben ihm zu verstehen, er solle gehen, alles sei gut oder werde gut werden. Medoras Mutter sah ihn nicht an.

Als sie fertig waren, hob Slone Medora vorsichtig hoch und brachte sie ins Schlafzimmer, wo zwei Frauen sie in Handtücher und Daunendecken wickelten und auch die Nacht über bei ihr blieben. Ihre Mutter stand am Fenster, als wartete sie darauf, dass eine fremde Macht hereingeflogen kam und dem Leid ihrer Tochter ein Ende setzte. Im Wohnzimmer auf dem Sofa hielt Slone seinen schlummernden Jungen, diesen schrumpeligen Kobold, den er gezeugt hatte, berauscht vom makellosen Duft seines Kopfes, die Atmung nicht anders als die eines neugeborenen Welpen.

»Es hätte sie beinahe das Leben gekostet«, sagte die Mutter zu Slone. »Sie beide hätte es beinahe das Leben gekostet.«

»Sie lebt«, sagte er. »Wir alle leben.«

In einer Steingrube in der Mitte des Dorfes tobte ein gewaltiges Feuer, um das die Feiernden tanzten. Die Yupik sangen Gebete, trommelten, baten Götter und Vorfahren um das Wohl des Jungen. Sie warfen Tabakbeutel als Opfergabe ins Feuer, tranken Gin aus Karaffen und freuten sich. Schlittenhunde bellten, vom Lärm aufgescheucht. Die niedrigen Wolken kündigten mehr Schnee an, aber die Dorfbewohner tanzten unbeirrt weiter. Frauen brachten gefrorenen Saibling und Brocken von abgesägtem Rentierfleisch. Sie brieten sie über den Fässern, und bald aßen alle dankbar und mit den besten Segenswünschen.

Slone hielt seinen Jungen, morgens bei Tagesanbruch und nach zwölf Stunden Schufterei in der Mine, während Medora schlief und sich ausruhte und sich nicht für das Kind interessierte. Tagsüber blieb Lu bei ihr in der Hütte, nachts Medoras Mutter und eine Yupik-Frau. Slone flüsterte seiner Frau zu, doch sie flüsterte nicht zurück. Eine dunkle Macht hatte von ihr Besitz ergriffen, eine von Angst getriebene Traurigkeit – die unempfänglich für seinen Trost war. Ihr Appetit war verschwunden, ihre Stimme verzerrt, und nachts erklang das unergründliche Gemurmel der Halbbesessenen, selbst wenn das Kind in seinem Zimmer weinte, bis die Amme es stillte.

Auf seiner monatlichen Runde kam ein junger weißer Arzt aus der Stadt, er sah nach Medora und dem Jungen, untersuchte die Naht und machte sich Notizen auf einem Klemmbrett. An seiner Kleidung, der Frisur und den guten Zähnen erkannte man gleich, dass er nicht aus dem Dorf stammte. Er ließ ihnen blaue Schmerztabletten da, außerdem Ampullen mit Morphium und Spritzen. Er sagte, Slone solle ihr noch eine Woche geben, um wieder auf die Beine zu kommen – manche Frauen, sagte er, kehren sich nach der Geburt nach innen.

»Das geht vorbei«, hörte Medora ihn zu Slone sagen. Sie hatte nicht die Kraft, ihm zu erklären, dass manche Dinge nicht vorbeigehen.

Was sie befallen hatte, ließ sich nicht aus der Welt schaffen, eine Verschiebung im Gefüge der Dinge. Sie lag wochenlang im Bett, dem aschfahlen Winterlicht im Fenster zugewandt, und wusste nicht, was mit ihr los war, wie sie die Verbindung zur Welt verloren hatte. Ihre Mutter, Slone und die anderen waren nichts weiter als dunkle Striche, die ins Zimmer herein- und hinausströmten.

Sie sah alles wie durch einen Schleier – nahm alles Vertraute nur noch verzerrt wahr. Dunkelheit und Tageslicht vermischten sich zu einem seltsamen Strudel. Auf die Toilette zu gehen kostete sie unerträgliche Mühe, die Zähne zu putzen und sich anzuziehen war unmöglich, das Wimmern des Babys weit weg, ein Gefängnis, aus dem es scheinbar kein Entkommen gab.

Das Morphium füllte den Riss in ihr aus, es blockierte die Bilder vom Landstreicher, der gekommen war, um sie zu warnen. Slone weigerte sich, es ihr abends zu geben, dafür bekam sie es täglich zweimal von Lu, während das Baby schlief. Nur dann gelang es Medora, den Schmerz zu vergessen. Ihr ganzes Leben schien auf diese Tragödie hinzuzielen.

Der Landstreicher verschwand nicht aus ihrem Kopf. Sie baute ihn in die Erinnerungen an ihre Kindheit ein, sah ihn immer wieder in der Vergangenheit auftauchen. Jeder Wanderer, der irgendwann mal durch Keelut gekommen war, sah jetzt aus wie er, ging wie er, roch wie er nach Feuerrauch. Jeder von ihnen war ein Vorbote jenes Tages. In ihren Morphiumträumen sah sie sich – als Fünfjährige mit Zöpfen, als Achtjährige mit Pferdeschwanz, als Zehnjährige, das Haar kinnlang –, sie sah sich in den Hügeln über dem Dorf, wie sie durch Grün und Weiß rauschte, als Verfolgte oder Verfolgerin, das wusste sie nicht.

Sie wollte nicht, dass der Schlaf aufhörte. Wach fühlte

sie sich dumpf und träge, ein Zustand, den sie nicht ertrug. Das Babygeschrei und Slones Stimme schienen aus einer anderen Hütte zu kommen, aus einer anderen Zeit.

Und so begannen ihre nächtlichen Anwandlungen: Wenn sie regungslos nackt am Fenster stand und in die winterliche Dunkelheit starrte, die nur der Mond durchbrach. Die Hand an der Scheibe, als wollte sie sich durch sie hindurchdrücken.

Monate vergingen so, bevor sie allmählich den Absprung wagte und sich aus diesem Schwebezustand zwischen Leben und irgendetwas anderem löste. Als sie das erste Mal allein mit ihrem Sohn war, kämpfte sie gegen den Drang an, ihn ins Feuer zu werfen. Sie war überzeugt, dass seine Geburt ihren Tod bedeutete.

9

In dem beheizten Hangar im Bergarbeitercamp packte Slone seine Sachen in den Wagen der Wirtin. Er überprüfte die Schneeketten, füllte den Tank mit einem Kanister Benzin und stellte ihn auf die Ladefläche.

Medoras roter Chevy stand zerbeult und stumpf daneben, unter einer einzelnen Glühbirne, die an einer Kette baumelte. Slone durchsuchte den Wagen, unter den Sitzen und Fußmatten, sah in den Aschenbecher und ins Handschuhfach. Beide Rücksitze waren heruntergeklappt, sie hatte auf dem Weg hierher im Wagen geschlafen. Er fuhr mit der Nase über den Teppichboden und versuchte, ihren Geruch zu erahnen.

Er lehnte gegen den Truck, rauchte eine Zigarette und sah zu, wie der graue Rauch aufstieg und sich im Licht der Glühbirne schlängelte. Das Blut des Jägers klebte noch an der Kappe seines Stiefels. Er schob das Tor auf und ließ den Blick über diesen abgeschiedenen Ort wandern, dann stieg er ein.

Als er aus dem Hangar fuhr, sah er sie im Scheinwerferlicht, die Wirtin, in offenen Stiefeln und Brille, im Nachthemd unter dem Wollmantel ohne Kapuze. Das Haar zerzaust, das Gewehr auf die Windschutzscheibe gerichtet, ein Gesicht wie ein ausgehungerter Strafgefangener. Die erste Kugel ging durch die Scheibe und links an seinem Kopf vorbei. Er wich ihr aus und duckte sich instinktiv über den Schaltknüppel, vor sich nichts als die Dunkelheit.

Jetzt hagelte es Schüsse in die Seitenfenster und Türen. Er streckte den Arm nach der Flinte im Fußraum der Beifahrerseite aus, bekam sie aber nicht zu fassen. Die Vorderachse schrammte über eine Schneewehe, und der Kühlergrill gegen einen Haufen Mauersteine unter einer Abdeckplane.

Als er den Wagen wieder unter Kontrolle hatte, war sie nicht mehr zu sehen. Er fuhr trotzdem nicht langsamer. Der Schuss kam von links hinter ihm durch das Fenster, schlug in den Sitz und ins Schulterblatt. Ein Krampf schoss ihm in den Nacken. Das sengende Blei, der plötzliche Druck im Unterleib, der Drang zu pinkeln.

Langsam gingen die Lampen in den schäbigen Behausungen an, ein Scheinwerfer brannte vom obersten Giebel der Pension. Die Silhouetten von Männern und Fässern, Gebrüll. Immer wieder trafen Schüsse ins Heck. Er gab Gas und rutschte auf der zerfurchten Straße bis zur Ausfahrt am anderen Ende des Lagers und von dort zurück auf den Pfad in Richtung Keelut.

Stunden später hielt er an einer Abzweigung mitten in der Wildnis. Rechter Hand führte der Weg unter schneebedeckten Baumkronen wie durch ein Portal hindurch und öffnete sich nach mehreren Kilometern zur Straße, die in den Ort führte. Er wusste jetzt, wo er war. Mit dreizehn hatten Cheeon und er den höher gelegten Pick-up von seinem Vater gestohlen und im Allradantrieb diesen versteckten Schleichweg genommen, der nach der Schneeschmelze eine einzige Schlammpfütze war. Der Matsch spritzte in hohem Bogen von den Reifen, der Truck war komplett verdreckt, die Scheibenwischer liefen auf Hochtouren, zwei Jungs, die sich vergnügt abklatschten.

Er legte eine Pause ein, schob die Jacke hoch und sah, dass sich an seinem Hosenbund Blut angesammelt hatte. Das Hemd klebte am Rücken fest. Er stand bis zu den Schienbeinen im Schnee und erleichterte sich, den Mund aufgerissen und das Gesicht dem unsichtbaren, mit Flocken gesprenkelten Himmel zugewandt. Der Wind ächzte in den knochigen Bäumen und Ästen, die der Schnee wie Zuckerguss überzog. Als er westwärts drehte, trat tiefe Stille ein.

Slone zog eine Plastikkanne durch den unberührten Schnee und stellte sie auf die Wagenheizung. Nachdem er getrunken hatte, machte er dasselbe noch mal. Selbst in der Wüste war er nicht durstiger gewesen. Dann horchte er in die Stille. In diesem Land horchte alles in die Stille. In die innere und äußere Wildnis. Sein Vater hatte ihm erzählt, dass Wölfe sich über mehrere Kilometer hinweg hören konnten.

Hören sie sich heulen?, hatte er gefragt.

Und sein Vater hatte geantwortet: *Nein, sie hören sich atmen.*

Shan Martins Laden lag südlich in Richtung Keelut, dreißig Kilometer außerhalb der Stadt, er war gleichzeitig Tankstelle, Werkstatt und Motel, sonst nichts. In südlicher Richtung führte die Straße in den Ort und zu den Highways, im Norden brachte sie Holzfäller, Jäger und Fischer tiefer in die Wälder hinein. Shan und sein Vater waren vor elf Jahren aus Keelut weggegangen, um den Laden hier aufzumachen, für die nächsten dreihundert Meilen die letzte Möglichkeit, ein Bett oder ein Getriebe repariert zu bekommen.

Slone kam gegen zehn Uhr abends an und sah, dass Licht

in der Werkstatt brannte. Jemand sang im Radio. Durch die Gardinen sah er die Fernseher in den Motelzimmern flackern. Auf dem Parkplatz standen ein Sattelschlepper, ein paar salzverkrustete Pick-ups, vom Schnee verhüllte fahruntüchtige Autos, ein Quad in Tarnfarben, und darauf, festgebunden auf einem Gestell, ein gefrorenes Reh mit heraushängender Zunge und aufgerissenen Augen.

Durch das beschlagene Werkstattfenster sah er Shan rauchend unter der Haube eines Jeeps mit Geländereifen stehen. Er trat durch die Seitentür ins Warme und rief Shans Namen. Als der sich umdrehte, dauerte es eine Weile, bis er die Sprache wiederfand, und selbst dann war ein »Jesus« alles, was ihm einfiel.

Es roch nach Schmierfett und Öl, nach dem Gummi neuer Reifen. Aus dem Radio plätscherte irgendeine grauenhafte Cowboyhymne. Überall ausgeschlachtete Trucks und verwaiste Motorenteile. Auf einem Anhänger stand ein neuer Polaris-Motorschlitten, dahinter mehrere Benzinkanister. Die orange Wärme kam von einem Heizstrahler über ihnen. Ein Kalender vom letzten Jahr hing schief über der Werkbank, mit einem halbnackten Model auf einem Motorrad.

Shan erschien Slone runder und kleiner als bei ihrem letzten Treffen, das Jahre her war. Er hatte sich die Haare abrasiert und trug ein Tattoo hinterm Ohr – eine Spinne. Silberringe an jedem Finger.

»Jesus«, wiederholte Shan und machte das Radio aus. »Vernon Slone.«

»Der letzte Name ist der richtige. Ich brauch deine Hilfe.«

»Meine Güte, Vern. Bist du verletzt?«

»Du musst Cheeon herholen.«

»Cheeon? Jesus, wo warst du, Vern?« Er drückte die Zigarette in einer randvoll mit Kippen gefüllten Dose aus und holte eine verschmierte Zeitung von der Werkbank. »Hier, die hat mir heute Morgen ein Trucker mitgebracht.«

Er zeigte Slone die Überschrift mit Cheeons Bild darunter. Slone konnte sich an den Nachmittag erinnern, als Cheeons Frau das Foto gemacht hatte. Als sie von ihrer ersten großen Rentierjagd zurückgekehrt waren, im August vor drei Jahren. Cheeon hatte einen Vollbart, kurzes, stacheliges Haar, das Gewehr quer über den Rücken geschnallt. Das Flanellhemd feucht von Rentierblut, Messer im Gürtel. Auf dem Original stand Slone direkt neben Cheeon, aber die Zeitung hatte ihn wegretuschiert.

»Der gute alte Cheeon hat zu Hause ein richtiges Blutbad angerichtet«, erzählte ihm Shan. »Tut mir wirklich leid, Mann, ich weiß, dass ihr eng befreundet wart.«

Slone überflog den Artikel. Er konnte sich nicht auf die einzelnen Sätze konzentrieren, verstand aber, was darin stand.

»Die Bullen haben ihn besucht, und er hatte verdammt noch mal keine Lust auf sie«, sagte Shan. »Cheeon konnte Bullen noch nie leiden.«

Slone musste sich setzen, aber es gab keine Möglichkeit. Er hockte sich hin und stützte die Ellbogen auf die Knie, zwischen den Stiefeln fiel ihm ein Ölfleck auf dem Steinboden auf – er hatte die Form eines laufenden Wolfs. Er kam wieder hoch und nahm eine Zigarette und einen Becher Kaffee von Shan entgegen. Mehrere Minuten lang fiel kein Wort, Shan trat von einem Fuß auf den anderen und schien sich plötzlich für den Dreck unter seinen Fingernägeln zu interessieren.

»Bist du angeschossen?«, fragte er.

Slone nickte.

»Jesus, Vern. Da oben am Rücken?«

Allmählich spürte er das Blei im Schulterblatt schon

nicht mehr. Er wusste, was das bedeutete. Bald würde er auch seinen Arm nicht mehr spüren. Eine Kugel lässt einen Mann seinen Körper spüren und ihn dann vergessen.

»Wer hat auf dich geschossen?«

»Eine Frau.«

»Scheiße, immer dasselbe.«

Schweigend rauchten sie die Zigaretten zu Ende.

»Die suchen dich, Vern. Medora auch. Sie haben eine Belohnung ausgesetzt. Die Bullen waren vor einer Woche hier, vielleicht auch vor zehn Tagen. Sie wollten wissen, ob Medora hier vorbeigekommen ist, um zu tanken oder so. Was in Gottes Namen ist da bei euch im Dorf los?«

»In seinem Namen gar nichts. Eher im Namen des anderen. Ich brauch deine Hilfe.«

Shan fuhr sich über den kahlen Kopf und kratzte sich an den Ohren. Das Tattoo an seinem Unterarm war jetzt nur noch ein violettes Melanom.

»Wie, Hilfe?«, fragte er. »Scheiße, Mann, weißt du eigentlich, wie tief du im Schlamassel steckst?«

»Die Kugel muss raus.«

»Tja, also, das hab ich mir gedacht, dass du das sagst.«

Slone ließ ihn nicht aus den Augen.

»Also, mein Gott, Vern. Wir sind zusammen aufgewachsen, das hab ich nicht vergessen. Und das mit deinem Jungen tut mir verdammt leid, wirklich. Aber ich hab selbst genug Probleme, auch mit den Bullen. Und dazu noch mit meiner Ex-Frau. Erinnerst du dich an Darcy?«

»Du wirst mir jetzt helfen, Shan. Genau das wirst du jetzt tun. Und nichts anderes.«

»Jesus, Vernon.«

Slone zog die Pistole hinterm Rücken hervor und steckte sie sich vorn unter die Gürtelschnalle.

»Ich erinnere dich nur ungern daran«, sagte er, »dass

Cheeon und ich es waren, die damals im Sommer das Grab deiner Mutter gegraben haben. Als dein Dad und du nicht in der Lage dazu wart.«

»Scheiße, Mann, das hab ich nicht vergessen. Weißt du, mein Dad ist inzwischen tot. Er ist letztes Jahr gestorben.«

»Eine Menge Leute sind inzwischen tot. Und es kommen noch eine ganze Menge dazu. Verstehst du, was ich sage, Shan?«

Sie gingen aus der Werkstatt und schleppten Slones Taschen vom Truck in ein freies Zimmer. Shan drehte die Heizung auf und schnitt mit einer Schere Slones Hemd am Rücken auf.

»Jesus, Vernon. Was war das für eine Patrone, eine .223er, aus einer Bushmaster? Was macht eine nette Lady mit so einem Gewehr?«

»So nett war sie nicht.«

»Muss schon irgendwo durchgegangen sein, bevor sie dich erwischt hat, sonst würde sie jetzt in deiner Lunge oder im Herz stecken.«

»Durch Fenster und Sitz.«

»Hast verdammtes Glück gehabt. Sieht nicht aus, als wäre irgendwas Wichtiges beschädigt. Ist nicht besonders tief, soweit ich das sehen kann.«

»Sie steckt im Knochen. Du musst sie rausziehen.«

»Erst müssen wir die Wunde säubern. Da brauchen wir Wodka für. Warte kurz.«

»Ich brauch keinen Wodka.«

»Für mich, Mann, ich brauch den. Scheiße.«

Slone überprüfte die Schrotflinte und schob sie unters Kissen, dann deponierte er ein Gewehr im Bad und ein anderes hinter der Tür. Er lud das Magazin der Pistole und beobachtete Shan durch einen Tweed-Vorhang. Kurz darauf kam er mit ein paar Anziehsachen und einem Fläschchen Schmerzmitteln zurück. Er schüttelte es vor Slones Augen.

»Wegen den Dingern hier hab ich Ärger mit der Polizei, Mann. Die kriegt man nicht mehr. Das sind praktisch Heroinpillen. Hier, nimm eine, das wird gleich kein Zuckerschlecken.«

Während Slone die Tablette mit Wodka runterspülte, schrubbte Shan sich mit Drahtbürste und Terpentin den Dreck von den Händen. Slone leerte seine Taschen auf dem Bett aus und suchte nach Wasserstoffperoxid, Spitzzange, Rasierklingen, Nähzeug, Verband und Angelschnur. Er setzte sich auf die Bettkante und hielt die Zange in die Flamme eines Feuerzeugs. Um besser sehen zu können, schraubte Shan den Lampenschirm ab und wusch dann Slone den Rücken. Das Wasserstoffperoxid brannte wie glühende Kohle auf der Wunde.

»Jesus, Vernon, diese Schweinehunde haben es ja wirklich auf dich abgesehen. Was ist das für ein Schorf hier am Hals und an der Schulter? Hast du die von da drüben, da wo du warst?«

Slone antwortete nicht. Sie tranken beide einen Schluck aus der Flasche, und Slone zuckte innerlich zusammen, als der Alkohol in seiner Kehle brannte. Durch die Wand hörte er den Fernseher im Zimmer nebenan – Gelächter, dann redete jemand über eine Frau, die ihren Mann nicht befriedigte, wieder Gelächter.

»Ich hab immer geguckt, ob ich dich in den Nachrichten seh«, sagte Shan. »Jedes Mal, wenn sie was über die Gegend gebracht haben, über die Soldaten oder so. Aber ich hab dich nie gesehen. Einmal dachte ich es erst, aber dann warst du's doch nicht.«

»Wir haben auch geguckt, ob wir dich sehen. Cheeon und ich. Jedes Mal, wenn wir in der Stadt waren. Aber wir haben dich auch nicht gesehen. Nachdem du weg warst, haben wir dich nie wieder gesehen.«

»Ich war nicht oft in der Stadt«, sagte Shan. »Auch jetzt nicht.«

»Und zu Hause warst du auch nicht.«

Slone hielt die Zange in die Flamme, bis sie die Farbe änderte und er die Hitze im Gummigriff fühlen konnte.

»Meinst du, das Ding ist lang genug, Mann? Ich hab sonst noch eine in der Werkstatt.«

»Je länger du wartest, desto schneller entzündet es sich. Zieh sie raus.« Er reichte ihm die Zange über die Schulter.

»Spürst du die Tablette schon?«

»Ich spür die Kugel.«

»Ja, das würde ich auch. Willst du was zum Draufbeißen? Einen Gürtel vielleicht? So was nehmen die Leute doch immer, oder? Einen Gürtel oder eine Kugel? Obwohl ich mir vorstellen kann, dass du nicht unbedingt noch eine Kugel sehen willst.«

»Zieh sie raus.«

Slone schwitzte unter den Achseln und auf der Stirn, ein stechender Schmerz fuhr ihm durch den Hals hoch in die Augen, und dann, breiter, durch die Eingeweide bis in die Leiste. Tränen tropften ihm auf die Knie. Grummelnd versuchte Shan, an die Kugel zu kommen. »Stures Miststück«, sagte er, und Slone fühlte, wie das Blut ihm über den Rücken lief, und hörte das Schleifen der Zange auf Blei und Knochen. Die Spucke lief ihm über die Lippen und übers Kinn. Zweimal war er kurz davor, ohnmächtig zu werden.

»Jesus, hör auf zu bluten, Vern! Ich kann nichts sehen, wenn du hier so eine Sauerei veranstaltest.«

Er spülte das Blut mit Wodka weg und trank dann aus der Flasche. Slones Hose war an manchen Stellen rosa, an anderen rot durchtränkt. Shan reichte ihm die Flasche und widmete sich wieder der Kugel. Sein Gemurmel kam Slone vor wie das Gebet eines Komikers.

»Rück näher ins Licht, Vernon. Ich kann nichts sehen, Mann.«

Shan lehnte an der Wand, wischte sich mit einem Handtuch den Schweiß vom Gesicht und zog gierig an seiner Zigarette. Slone rutschte ein Stück auf der Matratze und umklammerte seine Knie so, dass der Rücken sich wölbte und die Wunde aufging und noch mehr blutete. Shan steckte Slone die Zigarette in den Mund und goss das Wasserstoffperoxid über die Wunde. Dann ließ er Slone in Ruhe rauchen, Luft holen und Kräfte sammeln. Slone konzentrierte sich auf die Stiefelabdrücke auf dem Teppich und spürte, wie die Flüssigkeit ihm über Schultern und Nacken lief.

»Zieh sie raus«, sagte er.

Er war halb bewusstlos, als Shan Minuten später das Blei herausholte und ihm grinsend, als hätte er einen Heilbutt gefangen, mit der Zange präsentierte. Während Slone benebelt von der Tablette, dem Alkohol und den Schmerzen seitwärts aufs Bett fiel, wusch Shan rasch ein weiteres Mal die Wunde aus und nähte sie mit einer Perlennadel und Angelschnur. Als Slone wieder bei Bewusstsein war, fragte er, ob die Kugel zersplittert war.

»Keine Sorge«, sagte Shan. »Alles draußen.«

»Die Nadel muss durch alle sieben Hautschichten.«

»Ich bin dir weit voraus, Vernon, bleib einfach liegen. Jesus, du führst dich auf, als wäre es das erste Mal, dass ich jemandem eine Kugel ziehe. Als wir neun oder zehn waren, musste ich Cheeon eine .22er aus der Wade holen. Das war, als du auf einen Hasen gezielt und stattdessen deinen Freund getroffen hast. Du warst mal ein ziemlich lausiger Schütze, Vern. Hab aber gehört, du seist besser geworden. Bleib liegen.«

Der Fernseher im Zimmer nebenan war jetzt aus. Stattdessen hörten sie das Pärchen, das ungeölte Bett, ungleichmäßiges Gequieke, fast wie von einem Tier.

»Was sagt man dazu?«, fing Shan an. »Der gute alte Roger amüsiert sich mit einem Callgirl aus dem Ort. Tut mir leid wegen der dünnen Wände. Mein Dad hat gespart, wo er nur konnte. Das sind einfache Rigipsplatten, ohne jede Dämmung. Gerade mal genug Schrauben, damit sie stehen bleiben. Willst du noch eine Tablette, Vern?«

Aber Slone war schon wieder weggetreten. Er nahm gerade noch den Raum und den Schmerz wahr und glitt ansonsten losgelöst durch abgrundtiefe Dunkelheit, ohne ein menschliches Geräusch, ohne irgendwelche Ränder zu erkennen. Nur das Plätschern eines Wildbachs irgendwo unter ihm.

Shan verband die Stelle, zog Slone die Stiefel aus, half ihm, sich anzuziehen, und wickelte ihn in Decken, die nach abgestandener Kälte rochen. Dann ging er los und verbrannte Slones Klamotten im Ofen. In seinem Dämmerzustand tastete Slone nach der Flinte unter dem Kissen und in der Jackentasche nach dem T-Shirt, das noch nach seinem Sohn roch.

Shan kam nach ein paar Minuten mit einem Löffel und einem dampfenden Blechtopf zurück. Er setzte sich zu Slone aufs Bett.

»Setz dich hin, Mann. Iss was von der Suppe, Vernon. Ich helf dir.«

»Suppe.«

»Ja, verdammt, Suppe. Gibt es irgendwas, wogegen Suppe nicht hilft? Du musst Suppe essen.«

»Was für eine ist das?«

»Vernon Slone. Ich hab dir gerade eine Kugel aus dem Rücken geholt, jeder Bulle in der Gegend sucht dich, und du willst wissen, was für eine Suppe das ist? Campbell's Hühnersuppe. Kennst du eine bessere?«

»Ich mag gern Tomate.«

»*Ich mag gern Tomate.* Mein Gott, du bist vielleicht eine Type. Iss jetzt die Suppe, Mann.«

Im Schlaf, mit dem T-Shirt seines Jungen vor der Nase, erinnerte Slone sich:

Ein später Kälteeinbruch in jenem Herbst, erst Ende Oktober Minusgrade am Morgen. Slone und Medora, sechzehn Jahre alt, früh um sechs Hand in Hand auf dem Weg durch die Hügel vor Keelut. Auf Wanderwegen, die sie seit ihrer Kindheit kennen, meilenweit hinunter ins Tal und dann quer hindurch, wo Geröllfelder und Felsen steil aus der Ebene aufsteigen. Alleen durch Städte aus Stein, vereinzelte Kiefern und Gruppen kleiner Fichten, die gerade mal ein Dutzend Augen vor ihnen gesehen haben.

Sie tragen Rucksäcke mit Sandwiches und Wasser, Handtücher und Kerzen. Alle zwanzig Minuten machen sie halt und betrachten die Landschaft. Sie küssen sich an die Felsen gelehnt, erst sanft, dann heftiger. Streichen zärtlich, als wären es Babys, über Tannenzapfen, die den Regen abgeschüttelt haben. Nach zwei Stunden ist es warm genug, um die Jacken auszuziehen und in Pullover und Mütze weiterzulaufen. Schließlich quetschen sie sich durch die Spalten in den schattigen Felsen und folgen dem Weg in Richtung Höhle, aus deren Eingang der Dampf steigt.

»Ist sie das?«, fragt er sie.

»Ja, das ist sie, schnell«, sagt sie und zieht ihn lächelnd weiter, den ansteigenden felsigen Pfad entlang.

Im Eingang, auf der Schieferplatte, die wärmende Sonne im Rücken, schauen sie hinunter in die heiße Quelle. Dampf schwebt über der leuchtenden Wasseroberfläche.

Mühelos springt sie über Steine in die Hitze der Höhle, hinunter bis an den Rand der Quelle. Er folgt ihr. Sie stellen Kerzen um das Wasser so auf, dass der Dampf in einem Dutzend kleiner Flammen leuchtet.

Ihre Körper sind schweißnass unter den Kleidern. Sie ziehen sich aus, lächeln sich an, Slone steif, allein vom Anblick ihrer vollen Brüste, dem blonden Haarbüschel. Ihre samtene Zunge schmeckt leicht nach Zucker. Ein inneres sich Winden voller Erregung und Verlangen, ihre Berührung wie ein elektrischer Schlag, der ihm durch den ganzen Körper fährt.

Ihre Hand bewegt sich auf und ab, während sie bis zu den Schienbeinen im dampfenden Wasser sitzen. Seine Finger sanft in ihrer feuchten Öffnung, sein Mund auf ihrer Brust, die Haut fast flüssig, so weich ist sie.

Sie steigen ins Wasser, die Hitze anfangs kaum zu ertragen, Medora in seinen Armen, während sie sich lachend drehen, zusammen untertauchen, den Atem anhalten und sich gegenseitig halten. Als ihnen zu warm wird, klettern sie hoch zum Eingang und lassen sich von der Oktoberluft kühlen. In der Sonne kommt ihm ihre blonde Nacktheit wie die Quelle des Lichts vor, für einen Moment schwebt ein Heiligenschein über ihrem verfilzten Schopf.

Mit diesem Bild vor Augen wird er eines Tages sterben. Das Rucken und Zucken tief in ihm, die Arme um sie gelegt in der morgendlichen Frische, ihre Brüste in seinen Händen. Dann kehren sie zurück in die dampfende Wärme.

Auf einer Felsplatte über der Quelle breiten sie die Handtücher aus. Eng umschlungen und schwitzend liegen sie da. Er ist jetzt tief in ihr, sie hat sich in sein Haar gekrallt und zieht sein Gesicht runter zu ihrem, damit sie in seinen Mund atmen und ihm ihre Liebe in den Rachen flüstern kann. Seine linke Hand umklammert ihre rechte, die Finger ineinander verschlungen. Ihre weiße Haut ist rosa von der zweifachen Hitze, ein leichter Ausschlag breitet sich von den Brüsten hoch zum Hals aus. Er wartet, bis sie bebt und sich anspannt, und nachdem er sich in ihr entleert hat, erschlaffen sie beide.

Als Slone bei Shan Martin aufwachte, wusste er, wo Medora war.

10

Vom Fenster seines Motelzimmers sah Russell Core die Sonne durch eine Senke in der Hügelkette schimmern, zu schwach für die Eisblumen auf der Scheibe. Nach einem achtzehnstündigen Medikamentenschlaf fühlte er sich endlich besser. Er hatte Appetit auf Schokolade und Zigaretten. Mit einem Becher Kaffee aus der Lobby stand er rauchend am Fenster, während die Sonne traurig am Himmel aufstieg und kleine Eisstückchen wie ein Glitzerregen in der Luft hingen. Die Kälte war etwas Lebendiges – mit eigenem Willen und einer Lunge. Er spuckte festen Schleim in die Schneebüsche unterm Fenster. Die Maschine über ihm war eine Cessna mit Skiern, die die Männer in ihre Jagdreviere zwischen Osten und Norden brachte. Er beschloss, zu duschen und danach zu verschwinden, um endlich seine Tochter in der Stadt zu besuchen.

Doch dann sah er in den Lokalnachrichten im Fernsehen eine Reporterin in Keelut, mit einer Atemwolke ums Mikrofon. Core fand die Fernbedienung nicht, um den Ton einzuschalten, aber auf dem blauen Streifen am unteren Bildschirmrand konnte er lesen, was Cheeon angerichtet hatte. Bilder von den Männern, die er niedergemäht hatte, ein Panoramaschwenk über Keelut – Wasserturm, Generatorschuppen, Schlittenhunde, Hütten, die Hügel im Hintergrund. Ein zweiter Reporter im Leichenschauhaus, Bilder vom Parkplatz dahinter, Donald Marium, der interviewt wurde und offensichtlich genervt war von dem Mikrofon vor seinem Mund. Weitere Bilder, die beiden Polizisten aus dem Leichenschauhaus, der Gerichtsmediziner, die Worte »Vernon Slone«. Core spürte, wie unter seiner Brust etwas aufriss.

Unter der Dusche lehnte er sich gegen die gekachelte Wand, auf der Kopfhaut der kochend heiße Strahl, das Haar so lang, dass es bis zum Mund reichte. Er fühlte sich schmutzig nach seiner Krankheit, und noch schmutziger, nachdem er gesehen hatte, was Cheeon und Slone getan hatten. Vor den Türschlitz hatte er ein Handtuch gestopft, und um ihn herum war alles voll Dampf. Das Wasser hatte er abgedreht. Er saß in der Wanne, hielt die Arme um sich geschlungen und verspürte eine diffuse Angst, außerdem widerte ihn seine Körperbehaarung an. Er erinnerte sich, wie er am Abend seiner Ankunft in Keelut Medora Slone in der Wanne beobachtet hatte. Er griff nach dem Rasierer, drehte den Hahn wieder auf und verbrachte die nächste Stunde damit, sich mit einem Stück Hotelseife am ganzen Körper zu rasieren, unbeirrt von den vielen kleinen Schnitten, aus denen Blut ins Wasser tropfte.

Als er fertig war, wischte er den Spiegel sauber und schnitt sich mit einer Schere Bart und Haare ab. Ihm war immer noch heiß. Das Waschbecken füllte sich mit nassen weißen Büscheln. Er rasierte sich im Gesicht und am Hals. Die nackte Haut schien zu erblühen, als könnte sie nach jahrzehntelangem Anhalten endlich wieder frei atmen. Er betrachtete sich lange im Spiegel und erkannte darin den jungen Vater, der er mit fünfundzwanzig gewesen war.

Ein rotes Viereck leuchtete auf seinem Handy. Er war

nicht sicher, ob er die Nachricht hören wollte. Vielleicht seine Tochter, vielleicht seine Frau, jemand, der wollte, dass er nach Hause kam. Dabei wusste niemand, dass er hier war. Er setzte sich aufs ungemachte Bett und blickte auf das blinkende Telefon. Es war Marium, der sich mit ihm treffen wollte und Büro- und Handynummer hinterlassen hatte. Als Core sich anzog, fühlte sein frisch rasierter Körper sich kühl und nackt unter dem Stoff an, empfindlich und seltsam lebendig. Fast wie ein Geheimnis.

Als er die Tür öffnete, um sich noch einen Kaffee zu holen, stand ein Polizist im Schneeanzug vor ihm. »Don Marium schickt mich. Ich soll Sie abholen, Mr. Core.«

»Ja, ich habe gerade seine Nachricht abgehört.«

»Er ist in Keelut. Er will, dass wir hinkommen.«

»Gut«, sagte Core. »Ich fahre hin.«

»Ich kann Sie fahren.«

»Ich kenne den Weg«, sagte Core. »Ich war schon mal da.«

»Lassen Sie mich fahren«, erwiderte der Polizist. »Ich weiß, dass Don so schnell wie möglich mit Ihnen reden will.« Etwas an seinem Tonfall gefiel Core nicht.

Achtzig Minuten im Schneckentempo – die Hälfte der Zeit hinter einem verwitterten Schneepflug, der Salz und Sand streute – neben einem nicht gerade gesprächigen Polizisten, worüber Core aber eher froh war. Er las Zeitung, Artikel über die Slones, über Cheeon und das Dorf. Dreißig Zentimeter Neuschnee lagen über dem Land, wellten sich hoch bis in die Hügel und die Granitwände. Marium stand am Dorfeingang von Keelut, sein Truck zeigte auf die Hütte der Slones.

Er winkte Core durch die Windschutzscheibe zu, der andere Polizist lief ins Dorf, und Core setzte sich zu Marium ins Führerhaus. Es roch nach Kaffee und Zigarettenrauch.

»Hab Sie nicht gleich erkannt ohne den Bart«, begrüßte ihn Marium.

Core klopfte sich den Schnee von den Stiefeln und schloss die Tür.

»Haben Sie meine Nachricht erhalten?«

»Ja«, sagte Core.

»Ich war überrascht, als ich Ihren Truck heute Morgen noch vor dem Motel stehen sah. Ich dachte, Sie wären längst abgehauen. Das ist jetzt zwei Wochen her. Haben Sie noch nicht genug von uns?«

»Anscheinend nicht. Ich war krank. Ich bin ein paar Tage im Rückstand, tut mir leid.«

Marium goss Kaffee aus einer kugelförmigen Thermoskanne ein und reichte Core einen Pappbecher. Unter dem Sitz holte er eine Flasche Whiskey hervor und kippte einen Schuss in seinen Kaffee. Core reichte ihm seinen Becher. Er biss ein Stück von einem Schokoriegel ab und ließ sich von Marium Feuer geben.

»Worüber müssen Sie mit mir reden?«, fragte Core.

»Ich versuche irgendwie schlau zu werden aus alldem hier, Mr. Core. Aus dem ganzen Desaster.«

»Ich hab eben erst erfahren, was passiert ist. Ich hab Sie im Fernsehen gesehen. Haben Sie den Mann umgebracht? Cheeon?«

Marium antwortete nicht. Seine Miene blieb unbewegt.

»Warum tut jemand so etwas?«, fragte Core. »Was Cheeon getan hat.«

»Ich hatte gehofft, Sie könnten mir das sagen.«

»Ich? Woher soll ich das wissen?«

Marium sah ihn durch den Kaffeedampf an.

»Wenn Sie ein Tier in die Enge treiben, wird es versuchen, sich freizukämpfen«, sagte Core. »Aber das hier war etwas anderes.«

Kein Tier würde sich so wie Cheeon verhalten, so viel wusste Core. Oder so wie Slone im Leichenschauhaus.

»Ich habe gestern Abend in Ihrem Buch gelesen«, sagte Marium. »Das über die Wölfe, das bei Medora Slone lag. Ich hab den Titel vergessen. Gutes Buch, zumindest der Teil, den ich gelesen habe.«

»Warum haben Sie es gelesen?«

»Ich hatte gehofft, etwas über Medora Slone zu erfahren.« Er hielt kurz inne. »Und über Sie, Mr. Core.«

»Und was genau?«

»Warum sie wollte, dass Sie herkommen.«

»Und haben Sie es herausgekriegt?«

»Nee. Nicht die Spur. Nur, dass die Wölfe mich an ein paar Mistkerle erinnern, die ich kenne.«

»Da tun Sie den Wölfen unrecht«, sagte Core. »Von deren Logik könnten sich einige von uns eine Scheibe abschneiden.«

Marium sah ihn über seinen Becher hinweg an. »Dann muss ich mal Ihrem Gedächtnis auf die Sprünge helfen, Mr. Core.«

»Inwiefern?«

»Sie haben Medora Slone als Letzter gesehen. Und als Letzter mit ihr gesprochen. Sie haben den Jungen gefunden. Und jetzt frage ich mich, warum Sie noch hier sind.«

Core wandte den Blick den Hügeln zu, er wusste, dass er keine glaubwürdige Antwort darauf hatte. Weil er von Medora Slone geträumt hatte. Weil er ein gebrochener Mann war, seit er den Jungen gefunden hatte. Weil ihn sonst kaum etwas erwartete. Weil er langsam befürchtete, dass der Mensch weder in die Zivilisation gehörte noch in die Natur – weil er eine Verirrung zwischen zwei Daseinszuständen war.

»Ich habe Ihnen alles gesagt, was ich weiß«, erwiderte Core.

»Warum sind Sie noch hier?«

»Verdächtigen Sie mich?«

»Ich frage nur. Das ist mein Job.«

»Ich habe Ihnen alles gesagt, was ich weiß.«

»Irgendwie hatte ich gehofft, Sie könnten mir noch etwas mehr erzählen. Diese Frau hat Sie kontaktiert, weil sie dachte, Sie würden sie verstehen.«

»Die Frau hat mich kontaktiert, weil sie wollte, dass ich den Jungen finde«, sagte Core.

»Und genau das ist meine Frage, Mr. Core. Warum Sie? Warum einen Wildfremden?«

»Das weiß ich nicht. Sie hat zufällig mein Buch über Wölfe in die Hände bekommen. Was wollen Sie damit andeuten?«

»Ich will gar nichts andeuten. Ich nenne nur die Tatsachen. Eine Frau tötet ihren Sohn und schreibt einem Wildfremden, damit er herkommt, sich auf eine wilde Wolfsjagd begibt und dann den Jungen in einem Erdkeller findet. Bitte erklären Sie mir das.«

»Das haben Sie mich schon alles vor zwei Wochen gefragt.«

»Und jetzt frage ich Sie noch mal, vierzehn Tote später.«

Core war dankbar für die Rauchschwaden, die wie ein Vorhang zwischen ihnen hingen. Er erinnerte sich an Medoras Körper neben seinem auf dem Sofa, das Bild von ihr in der Wanne.

»Nichts von dem, was hier passiert, ergibt irgendeinen Sinn«, sagte Core. »Das haben Sie selbst gesagt.«

»So habe ich das nicht gesagt. Aber jetzt, Mr. Core, sage ich, dass Medora Slone Ihnen gegenüber irgendetwas erwähnt haben muss, etwas, das mir hilft herauszufinden, wo sie sich im Augenblick befindet. Denn wenn wir diesen Fall lösen wollen, dann sollten wir sie finden, bevor ihr Mann es tut.«

»Hat Slone deswegen die Kollegen vor dem Leichenschauhaus getötet?«

Marium drückte seine Zigarette im Aschenbecher aus und warf einen Blick auf die Hütte der Slones. »Er durfte nicht zulassen, dass wir seine Frau vor ihm finden. So sehe ich das. Damit wir sie nicht irgendwo hinbringen, wo er nicht an sie herankommt.«

»Und warum den Gerichtsmediziner?«

»Wegen der Leiche des Jungen«, sagte er und goss sich und Core Kaffee nach. »Vielleicht ist er auch einfach nur ein böser Mensch. Das ist nicht so ungewöhnlich, wie Sie vielleicht denken.«

Das Böse ist eine verzerrte Form von Liebe – Core wusste nicht mehr, wer das gesagt hatte und wann, oder was es mit ihrer Geschichte zu tun hatte.

»Slone hat Sie an dem Abend wegfahren lassen«, sagte Marium und zündete sich eine neue Zigarette an. »Er hat Sie in Ruhe gelassen. Warum hat er das getan? Seine Frau holt Sie her, und er lässt Sie am Leben. Warum?«

Zwei Jungs, zirka elf Jahre alt, in Fell und Gesichtsmasken gehüllt, bretterten auf einem Motorschlitten vorbei. Dorfbewohner schaufelten Wege um ihre Hütten frei. Kleinkinder pressten die Gesichter in die Kapuzen und standen regungslos in ihren Elchfellanzügen herum. Alle paar Minuten blieb jemand stehen und starrte die beiden Männer im Truck an, ohne die Hand zum Gruß zu heben. Die Sonne war nirgends zu sehen. Core ließ das Fenster ein Stück runter und spürte die Luft in seinen Bauch strömen.

»Würden Sie bitte meine Frage beantworten? Warum hat Slone Sie an dem Abend gehen lassen?«

»Er will einen Zeugen«, sagte Core.

»Einen Zeugen wofür?«

»Für seine Geschichte.«

»Seine Geschichte, okay. Und Medora, will die auch einen Zeugen? Dann sind Sie also der auserwählte Geschichtenerzähler, Mr. Core. Erklären Sie mir das doch bitte.«

»Wie soll ich das erklären?«

»Vernon Slone ist ein Mann, jeder Mann ist erklärbar.«

»Was für ein Mann tut so etwas?« Er wies mit dem Kopf aus dem Fenster zum Dorf hin, als wäre ganz Keelut das grauenhafte Werk eines Einzelnen.

»So sind die Menschen«, sagte Marium. »Das sollten Sie endlich kapieren, dann müssen Sie sich auch nicht mehr dauernd über alles wundern.«

Die Menschen, dachte Core, unschlüssig, was die Worte *Tier* und *Mensch* noch bedeuteten, hier, wo diese beiden Welten sich derart aneinander rieben. Schweigend nippten sie an ihrem Kaffee, der Wind wehte den Schnee gegen die Scheiben. Zum ersten Mal an diesem Tag verspürte Core Hunger. Marium schaltete das Radio an und suchte nach einem Wetterbericht, nach etwas, wie Core dachte, das er verstehen konnte. Als er nichts fand, schaltete er das Radio wieder aus.

»Sie haben meine Frage nicht beantwortet, Mr. Core.«

»Welche?«

»Warum sind Sie noch hier?«

»Weil ich verstehen will, was hier vor sich geht, genau wie Sie. Ich sage Ihnen alles, was ich weiß. Ich versuche zu helfen. Sie sollten die Dorfbewohner fragen, nicht mich.«

»Die Leute machen den Mund nicht auf«, sagte Marium. »Die haben ihre eigenen Gesetze. Glauben sie jedenfalls. Die glauben, die ganze Welt ist ihr Feind.«

»Das sind Ihre Landsleute, oder nicht?«

»Das sehen die sicher anders. Und wahrscheinlich haben sie recht. Die Leute hier im Dorf verbindet etwas, und nur weil man aus derselben Gegend kommt, gehört man nicht automatisch dazu. Außerdem bin ich, seitdem ich diesen Job mache, ihr Feind.

»Hat Slone die alte Frau getötet?«, fragte Core.

»Ich denke, ja. Cheeon war es nicht, ist nicht sein Stil. Die Dorfbewohner haben ihre Leiche versteckt. Das ist das, was ich meine. Sie haben ihre eigenen Gesetze.«

»Haben Sie die Leiche des Jungen gefunden?«

»Nein, auch nicht. Wir können nirgends suchen. Alle acht Stunden fällt Neuschnee und deckt alles zu.«

»Was ist mit Slones Eltern? Oder Medoras? Hat irgendjemand mit ihnen gesprochen? Ich schätze, die können Ihnen eher helfen als ich.«

»Slones Vater ist schon vor längerer Zeit gestorben«, sagte Marium. »Ich bin nicht sicher, wie. Und über seine Mutter weiß ich nichts, ich hab sie nie gesehen. Medoras Mutter habe ich, glaube ich, mal vor Jahren im Ort getroffen. Sehr blond und extrem helle Haut. Sieht seltsam aus, ihre Mutter. Ihr Vater ist beim Fischen verschwunden. Hat mir jemand erzählt. Fuhr auf See und kam nie wieder. Aber da bin ich mir nicht ganz sicher.«

»Sie sollten mehr über sie in Erfahrung bringen.«

»Es ist praktisch unmöglich, etwas über diese Menschen in Erfahrung zu bringen, Mr. Core. Die wollen das nicht. Deswegen leben sie hier. Und bleiben hier. Alles, was man zu hören bekommt, stammt aus zweiter oder dritter Hand, und man weiß nie, wie viel davon stimmt. Diese Leute kommen nicht oft in den Ort. Und wenn, dann bleiben sie unter sich.«

»Trotzdem sollte jemand mit den Eltern sprechen.«

»Wir haben es versucht. Das FBI auch. Ich hab's gerade

erst vor einer halben Stunde wieder probiert. Und einer meiner Männer wird es später noch mal versuchen. Niemand von denen verrät irgendwas. Die Häuser dort« – er zeigte mit seiner Zigarette auf die Hütten –, »die stehen in keinem Telefonbuch. Die Leute hier sind nicht offiziell erfasst, so wie wir beide.«

»Sie müssen doch irgendwo registriert sein«, wandte Core ein.

»Sie haben immer noch nicht begriffen, wo Sie hier sind, oder?«

Core kam der Gedanke, ob seine Unfähigkeit, diesen Ort und seine Bewohner zu verstehen – ihre Verweigerung dem Rest der Welt gegenüber –, mit ein Grund war, warum er geblieben war. Er schnippte die Zigarette durchs Fenster, zündete sich eine neue an und richtete zwei der Lüftungsschlitze im Armaturenbrett auf sich. Er schüttelte die Kälte ab und lehnte sich mit seinem Becher zurück.

»Ich bin also ganz auf mich allein gestellt, Mr. Core. Gerade war ich noch mal in ihrer Hütte, um zu gucken, ob ich bei den ersten beiden Malen irgendwas übersehen habe.«

»Sie müssen in die Hügel gehen«, sagte Core.

»Wir haben Flugzeuge von hier bis zur Grenze suchen lassen, und sie haben absolut nichts gefunden. Gestern, bevor es dunkel wurde, bin ich selbst losgeflogen, aber alles ist ein einziges Weiß. Im Osten, im Westen, im Norden, im Süden – nichts als Weiß.«

»Sie fliegen?«

»Wenn man in dieser Gegend lebt, fliegt man entweder selbst, oder man kennt jemanden, der fliegt, sonst ist man aufgeschmissen. Straßen in dem Sinne haben wir hier nicht.«

»Im Westen sind sie nicht«, sagte Core.

»Woher wollen Sie das wissen?«

»Im Westen liegt die Stadt, und dahinter das Meer, richtig?«

»Irgendwann ja. Und?«

»Wenn Sie Wölfe lange genug beobachten, wissen Sie, was ihr Revier ihnen bedeutet. Die Slones sind in diesen Hügeln unterwegs, seit sie laufen können. Die flüchten nicht irgendwohin, wo sie sich nicht auskennen.«

»Reden Sie weiter.«

»Ich habe einen ungefähren Eindruck davon, was hinter diesen Hügeln liegt«, erklärte Core. »Sie auch, ich weiß. Ich hab die Tundra gesehen. Sie könnte sich ewig dort verstecken, und niemand würde sie je finden.«

»Slone würde sie finden. Es sei denn, er geht davon aus, dass sie sich niemals dort verstecken würde, wo es am naheliegendsten wäre. Und das ist das, was ich wissen will, Mr. Core, ob ich meine Zeit hier vergeude, ob die beiden schon längst über alle Berge sind, irgendwo im tiefsten Kanada oder am Strand in der Sonne braten.«

»Nein, sie sind noch hier«, sagte Core.

Zwischen ihnen auf dem Sitz lag eine topographische Karte der Gegend. Core faltete sie auseinander und versuchte vergeblich, die vielen Linien und Flächen nachzuvollziehen.

»Wenn sie sich dort versteckt, wie Sie sagen, und die Dorfbewohner sie zufällig fänden, dann würden sie sie bestimmt nicht an die Polizei verraten«, sagte Marium. »Selbst nach alldem, was mit ihr passiert ist, gehört sie immer noch zu ihnen. Die sind alle irgendwie miteinander verbunden.«

»Was ist mit ihr passiert?«, fragte Core.

»Das wollte ich Sie fragen.«

Core sah wieder weg und griff nach der Schokolade in seiner Jacke.

»Was ist mit dieser Frau passiert, Mr. Core?«

Wir sind die Schlimmsten von allen, dachte er.

»Ein Kind ist das Kind seiner Mutter«, sagte er. »Nicht seines Vaters und auch von sonst niemandem. Es ist immer das Kind der Mutter, auf eine Art, wie wir es nie verstehen werden. Das gilt überall in der Natur, egal wo man hinschaut. Sie wollte etwas in Ordnung bringen. Etwas war kaputt, und sie dachte, sie bringt es wieder in Ordnung. Oder sie wollte ihn vor etwas beschützen. Hat es zumindest versucht. Keine Ahnung.«

»Wer zerstört etwas, um es in Ordnung zu bringen? Erklären Sie mir das bitte.«

»In der Medizin gibt es das«, sagte Core. »Chemotherapie funktioniert so.«

»Sprechen wir hier über Medizin oder über Menschen?«

»Was Medora getan hat, lässt sich mit Chemotherapie vergleichen. Sie hat den Jungen getötet, um ihn zu beschützen.«

»Wovor zu beschützen?«

»Das weiß ich nicht«, erklärte Core. »Glauben Sie etwa, ich würde es Ihnen vorenthalten? Ich versuche, es zu verstehen.« Er zündete sich noch eine Zigarette an und betrachtete Mariums Feuerzeug, ein Zippo aus Schlangenlederimitat. »Vor Slone vielleicht. Davor, dass das Kind so wird wie sein Vater. Keine Ahnung.«

»Also, in einem stimme ich Ihnen zu, Mr. Core. Was hier passiert ist, ist eine Art Krebs. Und glauben Sie mir, wenn das alles vorbei ist, mache ich Urlaub, dann fliege ich mit meiner Frau in die Karibik oder so, nichts als grünes Wasser und heißer Sand.«

»In die Karibik?«

»Ja, verdammt, in die Karibik. Aber noch sitzen wir hier im Schnee, Mr. Core. Ich muss Sie also bitten, mir zu berichten, worüber Sie mit Medora Slone gesprochen haben. Fangen Sie von vorne an und erzählen Sie mir alles, was sie gesagt hat.«

Eine Gestalt stapfte vor ihnen durch den kniehohen Schnee, mit einem Gewehr über der Rentierjacke, Gesicht und Haare in der Kapuze versunken, vor ihr unangeleint ein Husky, der große Pulverwolken in die Luft jagte. Core erkannte an ihrem Gang, dass es ein Mädchen war. Wie fühlte es sich wohl an, aus diesem Ort zu kommen, wenn jedes Molekül in einem von seinem Rhythmus geprägt ist? Medora Slone hatte gesagt, Keelut sei nicht von dieser Welt, und seitdem fragte er sich, was sie damit gemeint hatte.

Im Grunde war kein Ort von dieser Welt – jeder Ort war für sich und kannte nur sich. Die Karibik? Jedes Kind dort ist genauso besonders, genauso einzigartig wie dieses Kind, das vor ihm durch den Schnee stapfte. Medora Slone, erinnerte er sich, hatte ihm erzählt, dass sie sich in Zeitschriften Bilder von Inseln mit Sand und grünem Wasser ansah und sich fragte, wie es war, dort zu leben – dass ihr das Leben dort geheimnisvoll erschien. Das hatte sie ihm direkt da vorn auf der Straße erzählt, zwischen den Hütten, als sie ihm zeigen wollte, wo die Wölfe ins Dorf eingedrungen waren. Der einzige Ort, wo sie mit Wärme und Wasser in Berührung kam, war die heiße Quelle in den Felsen hinter dem Tal. Dieser Ort sei etwas Besonderes für sie, hatte sie gesagt. Und wieder dachte er daran, wie sie in der Nacht in der Wanne gesessen und sich mit einer Bürste abgeschrubbt hatte, wie sie vergeblich versucht hatte, sich zu reinigen. Er spürte seine nackte, glattrasierte Haut unter den Kleidern.

»Sie hat mir von einem Ort erzählt«, sagte Core zu Marium. »An dem Abend, als ich herkam. Eine heiße Quelle.

Und ich glaube, ich weiß, was sie meinte. Am nächsten Morgen, als ich mich auf die Suche nach den Wölfen gemacht habe, da habe ich eine Quelle gesehen.«

»Warum eine heiße Quelle? Ich kann Ihnen nicht ganz folgen.«

»Wenn sie da draußen ist«, sagte Core, »dann braucht sie Wasser. Und sie muss sich aufwärmen können. Vielleicht konnte sie kein Feuer anzünden, weil sie es nicht riskieren durfte, aus der Luft gesehen zu werden, keine Ahnung.«

»Okay. Es gibt wahrscheinlich eine ganze Menge versteckte Quellen da draußen, Mr. Core. Wo haben Sie denn Ihre gesehen?«

»Ungefähr dreieinhalb Stunden nordöstlich von hier.«

»Was noch?«

»Sie meinte, es sei ein besonderer Ort für sie«, sagte Core. »Das ist alles. Mehr weiß ich nicht.«

»Ein besonderer Ort. Eine heiße Quelle.« Er rückte die Karte zurecht. »Zeigen Sie mir doch mal die Stelle«, sagte er. »Also, wir sind hier.« Er zog mit den Zähnen die Kappe von einem roten Stift und markierte Keelut mit einem krummen X.

»Dann muss es ungefähr hier sein«, sagte Core und zeigte mit dem Finger darauf. »Obwohl ich die Karte nicht ganz verstehe. Wie alt ist das Ding?«

»Schon gut«, sagte Marium und faltete sie zusammen. »Die müssen Sie nicht verstehen. Sie können es mir morgen bei Sonnenaufgang zeigen.«

»Bitte?«

»Sie zeigen mir, wo die Quelle ist, Mr. Core. Wir fliegen bei Sonnenaufgang los. Heute ist es schon zu spät. In zwei Stunden ist es dunkel, und wir brauchen noch eine Stunde in die Stadt.«

»Das ist mir nur so eingefallen. Ich behaupte nicht, dass sie da ist. Woher sollte ich das wissen?«

»Hätte ich einen besseren Hinweis, würde ich dem nachgehen, glauben Sie mir. Habe ich aber nicht. Also zeigen Sie mir, was Sie gesehen haben.«

»Müssen Sie nicht ein paar Männer mitnehmen?«, fragte Core. »Polizisten, meine ich? Ich kann Ihnen da kaum helfen.«

»Was glauben Sie, wie viele Männer in eine Cessna passen? Wir beide fliegen hin, Sie zeigen mir die Quelle, und wenn wir etwas finden, holen wir Verstärkung. Sie können heute Nacht bei uns übernachten.«

»Ich wohne im Motel«, sagte Core.

»Aber ich bestehe darauf.« Er lächelte. »Wir haben ein Gästezimmer. Und Sie werden meine Frau mögen. Sie kocht uns was Schönes.«

»Sie meinen, Sie wollen mich im Auge behalten.«

»Sie können jederzeit gehen, Mr. Core, das wissen Sie wahrscheinlich. Aber Sie sind noch nicht gegangen, Sie sind immer noch hier und reden mit mir. Sie können von mir aus ruhig Zeuge sein, wie immer Sie das nennen wollen, aber Sie zeigen mir diese Quelle.«

Durch die Windschutzscheibe, durch den Schnee verfolgten sie, wie das Mädchen und der Husky von den wuchtigen Fichtenkegeln verschluckt wurden. Marium nahm einen kräftigen Schluck Whiskey und reichte die Flasche an Core weiter.

Um sechs Uhr morgens, die Sonne wollte sich noch nicht recht zeigen, saß Shan Martin in seiner Werkstatt und wählte die Nummer von Mariums Büro – er kannte sie inzwischen auswendig. »Sagen Sie Marium, er soll mich anrufen, sagen Sie ihm, ich hätte Informationen über Vernon

Slone. Ich hab ihn gesehen, und ich weiß, in welche Richtung er fährt. Ich denke, die Belohnung gehört mir. Sagen Sie Marium, er soll mich anrufen.«

Er legte den Hörer auf die ölverschmierte Gabel. Im Radio beschwerte der Wetterbericht sich über weitere Stürme und Schnee aus dem Norden. Er drückte seine Zigarette in einer Dose aus und schob einen Vergaser beiseite. Auf einer Aluminiumplatte zerstieß er mit dem Hammer eine Schmerztablette, kratzte mit dem Spachtel die Reste vom Kopf und hackte und schob das Pulver zu einer Linie zurecht. Mit einem zusammengerollten Ein-Dollar-Schein zog er jeweils eine Hälfte durch beide Nasenlöcher.

Als er sich umdrehte, sah er ihn in der Tür stehen, eine Wolfsmaske vorm Gesicht, den Mehrlader seitlich am Bein wie ein Gehstock. Shan hatte plötzlich Schwierigkeiten zu atmen.

»Jesus, Vernon? Was machst du hier? Und was zum Teufel hast du da auf dem Kopf? Ich dachte, du bist schon los.« Seine Stimme klang erstickt und zittrig.

Slone ging langsam auf ihn zu. Shan wich zurück und drückte sich gegen die Werkbank.

»Ist etwa Halloween, Mann? Was soll die Maske?«

Slones Stiefel machten kein Geräusch auf dem Beton.

»Ich dachte, du bist schon los. Wolltest du noch ein paar Pillen mitnehmen? Die Wunde tut bestimmt irre weh. Ich kann dir noch welche geben.«

Nur das Atmen hinter der Maske.

»Alles klar bei dir, Mann? Hab gerade mit Darcy telefoniert, sie will schon wieder Geld, du kennst ja die Frauen, immer dasselbe mit ihnen.«

Slone kam noch näher, und Shan sah jetzt runter auf das Gewehr. »Was zum Teufel hast du vor, Vernon?« Slone hob die Waffe und pumpte die erste Kugel ins Lager – ein finales, metallisches Klicken erklang in der kubischen Kälte der Werkstatt.

Zwischen Werkbank und Betonwand gedrängt, das Gesicht angstverzerrt, warf Shan mit Schraubenziehern und -schlüsseln, die gegen Slones gepolsterte Jacke prallten und scheppernd zu Boden fielen. Immer tiefer versank Shan in seiner Ecke und fing an, lautlos zu schluchzen. Als Slone vor ihm stand, setzte er ihm den Lauf direkt unters Brustbein. Unter der Maske der dumpfe, feuchte Atem, die vertrauten Augen über dem zähnefletschenden Wolfsmaul.

Winselndes Flehen, die Erinnerung an die gemeinsame Vergangenheit. Ausflüchte – wie die Scheidung ihm zugesetzt habe, seine enormen Schulden. Seine Entschuldigung für den Verrat, ein Gebet unter Tränen. Die Stimmen aus dem Radio hinter ihnen, der Wetterbericht, der einen unbarmherzigen Winter vorhersagte.

Die Druckwelle riss Shan Martin die Brust auf, platzte in einem zinnoberroten Fächer aus Hals und Kopf und warf ihn gegen den Beton, bevor er tot vor Slones Füßen zusammensackte und ihm Zähne und Überreste vom Mund aus dem Gesicht fielen. Slone schob das Werkstatttor hoch, fuhr seinen Wagen rückwärts auf den Anhänger mit dem Motorschlitten zu und machte ihn an der Kupplung fest. Im Radio verbreitete der Sprecher sein Wissen über arktische Luftströmungen nach wie vor mit ruhiger monotoner Stimme, unbeirrt von dem, was da kam.

11

Um acht Uhr morgens schrammte ein Schneepflug über den Asphalt. Das ganze Haus wackelte, als er gegen den Bordstein stieß und Core aus dem Schlaf riss. Er lag in Mariums Gästezimmer, das in acht Monaten das Kinderzimmer sein würde. Im Moment standen nur ein schmales Bett und ein Bügelbrett darin, das Bügeleisen lag auf dem grünen Teppich. Keine Kommode, kein Stuhl. Die nackten Wände waren cremefarben gestrichen. Beim Einschlafen hatte er das vertraute Gefühl genossen, weit weg von zu Hause in einem fremden Bett zu liegen, den Geruch von einem unbekannten Waschmittel in der Nase, eingehüllt in der Dunkelheit auf die Geräusche im Haus zu horchen und selbst keinen Laut von sich zu geben.

Am Abend zuvor hatte Susan, Mariums Frau, Quappe mit Reis gekocht, in einer Küche, deren Gerätschaften um einiges älter waren als sie. Die ganze Zeit über hatte sie Core am Tisch mit kaum verhohlenem Misstrauen beäugt. Um die Atmosphäre aufzulockern, lenkte er das Gespräch auf das Thema Kinder.

»Wie ist es, eine Tochter zu haben?«, fragte Susan.

»Gut, wobei ich nicht gerade der optimale Ansprechpartner bin, wenn es um Kinder geht. Ich war nicht unbedingt der Vater, der ich gerne gewesen wäre.«

»Das geht ja offenbar den meisten so«, sagte sie.

»Ich war viel weg, mehr als ich wollte.« *Und ich bin immer noch weg*, dachte er.

»Ich nehme an, um zu arbeiten«, schaltete Marium sich ein. »Um Geld zu verdienen. Für die Familie.«

»Es gibt auch Möglichkeiten, Geld zu verdienen, ohne von der Familie getrennt zu sein. Ich war damals ein bisschen jünger als Sie. Wie alt sind Sie? Dreiundvierzig? Ich wette, Sie wünschen sich einen Sohn.«

»Klar.« Er sah zu Susan rüber. »Aber ein Mädchen wäre auch wunderbar. Ich bin achtundvierzig. Ein alter Knacker, der jetzt sein erstes Kind kriegt.«

»Alter Knacker? Ich tausche gern mit Ihnen.«

Jetzt, in der morgendlichen Dunkelheit, klopfte Marium zweimal an die Tür. Core war schon angezogen und durchstöberte seine Tasche nach der Zahnbürste.

»Die Sonne geht um zehn Uhr vierzehn auf«, sagte Marium. »Wir müssen zum Flugzeug. Sie hatten recht, Slone ist noch hier. Wir haben letzte Nacht einen Anruf aus einem Bergarbeitercamp im Norden bekommen. Slone war da und hat uns einen Toten hinterlassen. Und heute Morgen rief ein alter Kumpel von ihm an. Wir müssen zum Flugzeug.«

»Sollten Sie nicht erst mit den Leuten reden? Ich bleibe so lange hier.«

»Die Straßen zum Camp sind im Moment nicht befahrbar, aber ein Kollege ist auf dem Weg zu Slones Kumpel. Und wir beide machen uns jetzt auf die Suche nach der Quelle, Mr. Core.«

Auf der Fahrt durch den Ort sah Core von trübem Neonlicht beleuchtete Läden, die Schaufenster dicht mit

Frost überzogen, dahinter schwerfällige Schatten wie Fische in einem vereisten See. Säckeweise Sand und Salz auf einer Palette vor einem Baumarkt. Vor dem Lebensmittelgeschäft hing ein vergessenes Windspiel wie ein Vogelkäfig aus Eis. Vereinzelte Passanten liefen über den gestreuten Bürgersteig, große Tüten mit Vorräten über der Schulter. Die Zeiger der Turmuhr waren festgefroren und zeigten die falsche Uhrzeit. Die Temperatur lag bei fast dreißig Grad minus. Marium lief in einen Diner und kehrte mit Ei-Sandwiches und Kaffee zurück.

»Nach Sonnenaufgang haben wir nicht mehr als zwei Stunden in der Luft«, erklärte er. »Um diese Jahreszeit kann man leicht in einen Schneesturm geraten, und dann sieht man den Horizont nicht mehr und fliegt gegen einen Berg oder schrammt über den Boden. Wissen Sie, welcher Tag heute ist?«

»Freitag«, antwortete Core.

»Heute ist Wintersonnenwende. Die längste Nacht des Jahres.«

»Mir kommen die Nächte hier alle ziemlich lang vor.«

»Heute ist es achtzehn Stunden und dreiunddreißig Minuten lang dunkel.«

»Was heißt das?«

»Das heißt, dass wir zurück sein müssen, bevor es dunkel wird. Slones Kumpel hat heute Morgen um sechs auf der Wache angerufen und gesagt, er hätte Slone gerade irgendwohin fahren sehen. Wenn das stimmt, hat Slone vier Stunden Vorsprung.«

»Glauben Sie dem Mann denn? Ich bezweifle, dass Slone sich einfach so zeigen würde.«

»Shan Martin ist ein Dieb, und ich kenne keinen Dieb, der nicht auch ein Lügner ist, ich bin also nicht sicher. Aber wenn Slone aus der Deckung gekommen ist, dann weil er etwas brauchte. Essen oder Munition, vielleicht ist er auch verletzt. Die Frau aus dem Bergarbeitercamp meinte, sie hätte seinen Truck mit Kugeln durchlöchert.«

»Dann rufen Sie ihn an, diesen Shan Martin«, sagte Core.

»Hab ich versucht, er geht nicht ran. Einer meiner Männer ist unterwegs zu ihm.«

Die Sonne ging hinter den Bergen auf, orange-rosa und eiskalt.

»Was sagt das Wetter?«, fragte Core.

»Fürs Erste wolkenlos. Aber diese Gegend hält sich nicht an die Regeln. Der Denali macht sein eigenes Wetter.«

»Sie meinen den Mount McKinley?«

»Denali, bitte, Mr. Core. Ihr Leute aus dem Süden solltet endlich aufhören, ihn McKinley zu nennen. Denali macht das Wetter. Ich habe eineinhalb Meter Schnee aus einem Himmel fallen sehen, der zwei Stunden vorher noch babyblau war, der reinste Sonnenschein. Hier gehen mehr Flugzeuge verloren als in der Großstadt Katzen.«

Als sie sich dem See näherten, leuchtete der Himmel braun und blau, im Osten schien ein trübes Bernsteingelb durch die Bäume. Am Ufer stand ein Kufenflugzeug, Motor, Heck und Tragflächen waren mit Isolierplane abgedeckt – eine lavafarbene Cessna, die sich deutlich von der weißen Weite abhob. Core half Marium, die Abdeckung zu entfernen, dann fegten sie die Seiten frei. Die Kälte war so beißend, dass er sich fragte, wie sie die Maschine in Gang bringen wollten und warum das Metall bei diesen Temperaturen nicht brach.

Core holte den Rentieranzug aus der Tasche und zog ihn sich in der Flugzeugtür über.

»Schickes Outfit haben Sie da«, sagte Marium, der noch mit dem Besen beschäftigt war. »Wo kann man denn so was kaufen?«

»Der gehört Vernon Slone«, erklärte Core. »Die Stiefel auch.«

Marium hielt abrupt inne und sah zu, wie Core den Anzug zuknöpfte. Aus seinem Blick sprach entweder Entsetzen oder Aberglaube, aber er sagte nichts.

Der Motor soff zweimal ab, bevor er ansprang und der Propeller sich heiser in Gang setzte. Core hatte erwartet, dass es, wie in den meisten Fahrzeugen, nach Leder und Metal roch, aber da war nur die Kälte, ein Geruch, der eigentlich keiner war. Die Kälte zwang ihn, durch die Nase zu atmen. Sobald er den Mund aufmachte, bekam er einen Hustenkrampf.

»Wie kann ein Motor bei der Kälte überhaupt anspringen?«

»Es ist tatsächlich ungewöhnlich kalt für die Jahreszeit. Außerdem verstehe ich nicht, woher bei diesen Temperaturen der ganze Schnee kommt. Schnee braucht Feuchtigkeit, und im Moment ist es komplett trocken. Irgendwas stimmt nicht mit dem Wetter, ich weiß nur nicht, was. Aber so kalt ist es im Grunde gar nicht, Mr. Core. Warten Sie erst mal den Februar ab.«

»Hauptsache, das Flugzeug bleibt oben.«

»Bis vierzig Grad minus hält es das aus. Die Jungs oben in der Arktis, die lassen ihre Raupen Tag und Nacht laufen, weil sie sie sonst nie wieder ankriegen würden. Das hier ist dagegen ein Witz.«

»Guter Witz.«

»Bei fünfunddreißig unter null sollte man vorsichtig sein. Bei vierzig sollte man zusehen, dass das nächste Feuer nicht weiter als fünf Minuten ist. Und bei fünfundvierzig geht man besser gar nicht erst aus dem Haus. Die Leute, die am Ortsrand wohnen, ohne Wasseranschluss, die gehen bei fünfundvierzig Grad minus an den Fluss, um Eis zu schneiden, denken, sie sind nicht länger als zwanzig Minuten unterwegs, ziehen sich nicht warm genug an und kommen nicht mehr zurück. Die frieren im Stehen fest.«

Sie warteten, bis der Motor warm gelaufen war. In der Ferne stand die Sonne wie ein Kranz über den Bäumen, und am Seeufer atmeten bewaldete Flächen im Schnee. Durch eine Lücke zwischen den Bäumen sah Core ein großes Haus, zu viele Fenster für einen so kalten Tag, der Schornstein in vollem Einsatz. Irgendwie verrückt, hier zu leben, in diesem Land, in dem Wetter und Fleisch verschmolzen – ein Land, das einen nicht vergessen ließ.

Er erinnerte sich an Berichte von Menschen, die in der Arktis fast erfroren waren: wie zuerst der Körper matt wird, dann die Gedanken verschwimmen, die Erinnerungen durcheinandergeraten, und dann, kurz bevor man stirbt, vergisst man die Kälte, und eine Wärme breitet sich in einem aus, bis schließlich die Organe aufgeben. Solange man die Kälte spürt, stirbt man nicht. Core konnte sich nicht daran erinnern, jemals so gefroren zu haben.

Als er das letzte Mal in einem so kleinen Flugzeug saß, war er zwanzig Jahre alt und sollte zwölf Tage am nördlichsten Ende von Minnesota verbringen. Eine ähnliche Winterlandschaft wie die hier, alles von Schnee und Eis bedeckt, die Sonne ein einziges helles Strahlen. Das Wetter war genauso gewesen – es hatte seine eigene Sprache, seine eigene Grammatik, mal belebend, mal schmerzhaft, aber damals war er jung und erfreute sich daran.

Ein Flugzeug treibt in der Luft wie ein Boot auf dem Wasser. Die Worte eines Freundes aus der Highschool, der später Marineflieger wurde. Er hatte nicht verstanden, was er damit meinte, sah nicht die physikalischen Kräfte, die hinter dieser Meisterleistung standen. Zig Tonnen Metall in der

Luft waren ihm immer wie etwas Übernatürliches vorgekommen.

Es wurde allmählich warm im Cockpit. Über das Headset klang Mariums Stimme weniger streng. Der bevorstehende Flug verlieh ihr eine Leichtigkeit, die sie sonst vermissen ließ. Die Skier wirbelten den Schnee hinter sich auf, als die Cessna zum Start ansetzte; weiße Birken flogen am Seeufer vorbei, und als sie abhoben, geschah das ohne jeden Ruck und überraschend nahtlos. Die Skier glitten so wachsweich über den Schnee, dass er erst gar nicht mitbekam, wie sie sich vom Boden lösten, bis er durchs Fenster sah, wie die Fichten und Birken kleiner wurden und sie den See allmählich hinter sich zurückließen.

Im Osten tauchte die Sonne das Weiß in Fleischrosa. Zu ihrer Linken ragte der Denali auf wie nicht von dieser Welt. Hinter dem Ort standen vereinzelt Häuser, dann weite Felder, durchpflügt von den Spuren der Motorschlitten vom Vortag, über die schon wieder neuer Schnee gefallen war. Im Rücken steingraue pilzartige Wolken, die Unwetter brachten. Kurz darauf das wogende Weiß, Schneewehen wie Wellen, eine gekräuselte Ebene, die schließlich von Hügeln aufgebrochen wurde, Dünungen aus Schnee. Core kam es wie ein Wunder vor, dass dieses Land überhaupt je entdeckt wurde, dass es zugelassen hatte, von Menschen betreten zu werden.

Als sie zwanzig Minuten später Keelut überflogen, zeigte Marium nach unten. »Und jetzt sagen Sie mir, wonach wir suchen.«

»Richtung Nordosten«, sagte Core. »Das Tal da, hinter den Hügeln. Man erkennt die Quelle daran, dass sie die einzige Stelle in den Felsen ist, die nicht mit Schnee bedeckt ist. Nehmen Sie Kurs auf die Steilwand auf der anderen Seite der Ebene.«

»Sehen Sie das da unten? Die Spuren auf der Ebene, wo keine Bäume mehr sind? Das sind frische Motorschlittenspuren.«

»Die können von irgendwem stammen«, meinte Core.

»Dass sie von irgendwem stammen, ist schon mal sicher.«

Sie näherten sich einem Hügel-Oval, ungleichförmige Felsen mit einem Kessel in der Mitte, eine Spalte in einer Festung. Sie glitten über Eishügel, an von Wechten gesäumten Kämmen entlang, und suchten nach Spuren im Schnee. Core zeigte auf den feinen Dampf, der aus einer kahlen Mulde in der Bergkuppe stieg. Messingfarbener Stein spross aus dem Schnee hervor.

»Da ist es«, sagte Core. »Sehen Sie? Ich sehe weder einen Wagen noch Spuren. Man kommt da nicht hin, ohne irgendwelche Spuren zu hinterlassen.«

»Es hat letzte Nacht geschneit. Nicht viel, aber genug, um jede Spur zu überdecken.«

»Ich sehe nichts«, sagte Core.

»Wir müssen näher ran. Ich lande da vorn zwischen den Hügeln. Ein bisschen Zeit haben wir, bevor die Wolken kommen.«

»Sie wollen hier landen?«

»Das merken Sie gar nicht, Mr. Core, keine Sorge.«

Sie setzten kurz wie auf Samt auf und kehrten dann im Bogen zu den Felsen zurück. Marium schnallte sich seine Remington mit Zielfernrohr um und gab Core das Fernglas. An die Cessna gelehnt rauchten sie und aßen Schokolade. Schweigend betrachteten sie die Felsen, dieses vor Epochen geformte Gestein. Der Wind blies schroff und scheuerte den Schnee von der Wand. Der Tag war bereits halb um, im Westen schien der Boden mit dem Himmel verwoben.

Marium reichte Core mehrere Kohlehandwärmer. »Stecken Sie zwei davon in Ihre Bunny Boots«, sagte er. »Und die anderen beiden nehmen Sie für die Hände. Finger und Zehen sterben als Erstes ab. Es ist wahrscheinlich zehn Grad kälter als beim letzten Mal. Oder noch mehr. Erkennen Sie die Stelle wieder?«

»Ich bin von da gekommen, durch die Spalte da vorn. Aber ich war auf der anderen Seite der Felsen. Ich kann versuchen, uns dort hinzuführen.«

Sie stampften durch den frischen Schnee, trotteten über Schutt und Geröll und suchten nach einem Eingang. Wenn der Wind von der Ebene herüberfegte, mussten sie seitlich atmen. Core strich über die riesigen Eiszapfen an den Felswänden, manche klar wie Schellack, andere opak wie Knochen, einer wie ein Wasserfall im Stillstand. Ganze fünfzehn Minuten kämpften sie sich an den steilen Wänden entlang. Core blieb stehen, als er Wolfsspuren entdeckte, die hinter dem nächsten Vorsprung verschwanden.

»Wie frisch sind die?«, fragte Marium.

»Ein bis zwei Stunden, würde ich sagen. Es sind vier. Ausgewachsene Tiere. Um die fünfundvierzig Kilo.«

»Vier. Wo ist der Rest vom Rudel?« Marium schnallte das Gewehr ab und legte die erste Patrone ein. Schnee und Eisperlen hingen in seinem braun gescheckten Bart.

»Nicht weit, nehme ich an. Ihr Bau muss in der Nähe sein. Sollen wir umkehren?«

»Gehen wir noch ein bisschen«, sagte Marium.

»Wir sollten den Wölfen besser nicht begegnen.«

»Lassen Sie uns noch ein Stück weitergehen. Sobald wir etwas entdecken, kehren wir um.«

Sie schleppten sich über das Geröll, während aus den Windböen ein Sturm wurde und dichter Schnee von der Ebene herüberblies. Marium zeigte auf einen Hohlraum unter einem Vorsprung. Geschützt vor dem Wind setzten sie sich, rauchten und sahen die Schneewände vorbeiziehen.

»Können wir bei dem Wetter starten?«

»Im Moment nicht. Geht aber gleich vorbei. Ein Whiteout ist es jedenfalls nicht. Das erkennen Sie daran, dass Sie es nicht glauben werden.«

Er fuhr fort: »Als ich klein war, hat meine Mutter mir von einer Eskimofrau erzählt, die von einem Dorf ins andere unterwegs war und auf der Strecke in einen Schneesturm geriet. Ein richtiges Whiteout, man konnte absolut nichts mehr sehen. Sie sollte ein Bärenfell abliefern, also grub sie eine Grube in den Schnee, etwas über einen Meter tief, rollte sich im Fell zusammen und legte sich schlafen. Der Schneesturm wütete zwei Tage am Stück, und als alles vorbei war, wachte sie auf, kroch heraus, und ging weiter ihres Weges.«

»Wie ist das möglich?«

»Sie war trocken geblieben. Wenn man nass wird, ist man tot. Haben Sie zufällig *Last of the Breed* von Louis L'Amour gelesen?«

»Nein. Aber mein Vater. Das ist eines der letzten Dinge, an die ich mich bei ihm erinnere. Ich weiß noch, dass es ein dickes blaues Taschenbuch war.«

»Genau, auf dem Cover läuft Joe Mack durch den Schnee. In einer Szene schwimmt Mack bei Minusgraden in Sibirien durch einen Fluss und läuft dann einfach weiter, als wäre er in Honolulu. Wenn man bei den Temperaturen nass wird und nicht innerhalb von fünf, sechs Minuten ein Feuer brennen hat, ist man tot. Diese Eskimofrau hat nur überlebt, weil sie trocken geblieben ist.«

»Außerdem sind Frauen stärker als Männer«, sagte Core. »Das werden Sie erleben. Wenn es in acht Monaten so weit ist.«

»Wir sollten in Bewegung bleiben. Bringen die Kohlewärmer in Ihren Stiefeln was?«

»Auf jeden Fall.«

Als der Sturm nachließ, liefen sie noch mehrere Minuten weiter bis zu einem mannbreiten Spalt. Sie quetschten sich hinein, waren wieder windgeschützt und konnten ihren Atem hören. Als sie dem Gang ein Stück folgten, sahen sie auf der anderen Seite des Kessels den Dampf aus der Quelle steigen.

»Wie haben Sie das erkennen können?«, fragte Marium.

»Ich stand oben auf dem Kamm am anderen Ende und hab mit dem Fernglas das Tal abgesucht. Von der anderen Seite aus kommt man relativ leicht ran. Ich hätte uns da lang führen sollen, tut mir leid.«

Sie liefen an den Felsen entlang. Core sah durch das Fernglas zum Kamm rüber. »Da oben bewegt sich etwas.«

»Und was?«

»Ich weiß nicht«, sagte Core. »Wölfe vielleicht.«

»Was sollten Wölfe da oben wollen?«

»Von da können sie besser sehen.«

»Was denn besser sehen?«

»Uns«, erwiderte Core.

»Sie sind auf den Kamm geklettert, um uns zu sehen? Wollen Sie mich auf den Arm nehmen?«

Er reichte Marium das Fernglas. »Es gibt keine klügeren Jäger als Wölfe. Jedenfalls nicht hier. Sehen Sie was?«

»Im Moment nicht.« Er gab Core das Fernglas zurück.

»Am besten, wir bleiben hier sitzen, bis sie weiterziehen.«

»Lange können wir hier nicht sitzen. Wir müssen uns bewegen.«

Sie setzten sich auf die Steinbrocken und sahen durch den Kessel rüber zur Quelle und zum Kamm weiter oben.

Core wollte sich eine Zigarette anzünden, aber das Feuerzeug funktionierte nicht.

»Ist zu kalt«, sagte Marium. »Die Flüssigkeit ist längst zu Gel geworden. Nehmen Sie die hier.« Er kramte eine Schachtel Streichhölzer aus dem Parka. »Wir können hier nicht lange sitzen.«

Core nahm das Fernglas und sah noch einmal zum Kamm rüber. Im selben Moment kam eine Silhouette in Sicht und trat langsam auf den Bergrücken zu, etwa vierzig Meter von ihnen entfernt. Bestimmt ein Wolf, dachte Core und stieß Marium an. Beide Männer erhoben sich. Dann sah Core, wie die Silhouette sich aufrichtete und auf zwei Beinen vor dem eisengrauen Himmel stand.

Instinktiv fasste Core nach Mariums Arm und stellte das Fernglas scharf. Was er sah, ergab keinen Sinn: ein Mann mit dem Gesicht eines Wolfes – spitze Ohren und ein längliches schwarzes Gesicht unter flachsblondem Haar. Sein Bogen war schon gespannt, als Core ihn richtig im Fokus hatte.

Das Gewehr fiel vor ihn in den Schnee. Als er sich zur Seite drehte, lehnte Marium gegen die Felswand mit einem Pfeil durch den Hals, dessen Spitze auf der anderen Seite herausstach. Er hatte die Hände um den Schaft gelegt, als könnte er noch irgendeinen Schaden abwehren. Ein gurgelndes Seufzen drang aus seiner Kehle, von den Zähnen tropfte es rot. Core ging in Deckung, packte Marium an den Knien und zog ihn hinter eine Kante, da schlug Funken sprühend ein zweiter Pfeil in den Fels.

Dickes, fast schwarzes Blut quoll unter dem Schaft hervor und bildete eine leuchtend rote Lache im Schnee. Core zupfte sich mit den Zähnen einen Handschuh ab und zog Marium den Pfeil aus dem Hals, doch er bewegte sich schon nicht mehr. Kein Laut drang aus Brust und Kehle, die Augen waren geschlossen und die Vorderseite seiner Jacke blutdurchtränkt. Core legte sich über ihn und versuchte, ihn vor der Kälte zu schützen. Es war seltsam, hier zwischen den Felsen den Wind stöhnen zu hören. Erst als er noch mal hinhorchte, merkte er, dass das Stöhnen von ihm kam.

12

Core hob das Gewehr aus dem blutigen Schnee zu Donald Mariums Füßen auf und zielte durch das Fernrohr auf die Stelle, wo Slone mit dem Bogen gestanden hatte – er wusste, dass es Slone war –, aber er war nicht mehr da. Er legte sich flach auf den Boden und musste mitansehen, wie Marium festfror, wie seine Wangen und Lippen aschgrau wurden und ihm ein rotes Rinnsal aus dem Mund floss.

In vier Tagen war Weihnachten, und das hier war sein Geschenk an Susan, die Frau, die ein Kind erwartete und die ihn am Abend zuvor beim Essen in ihrem Haus so misstrauisch angesehen hatte. Er war der Eindringling. Der Bote aus der anderen Welt, der ihr den Mann genommen hatte. Warum all dieses Leid hier, all die verschneiten Morgen Land, die man für nichts zur Rechenschaft ziehen konnte?

Mit dem Gewehr in der Hand trat er den Rückzug an, bis er aus dem Schutz der Felsen heraus wieder in den Sturm gestoßen wurde und der Schnee ihm wie Kiesel ins Gesicht klatschte.

Unter der Kapuze krempelte er die Sturmhaube seiner Mütze herunter und setzte die Schutzbrille auf. Erst dann hörte er den Chor der Wölfe, ihr klagendes Geheul, vom Sturm herübergetragen. Er rannte das Geröllfeld entlang bis zu der Stelle, wo die rote Cessna im Schnee stand. Der Sturm war wieder aufgekommen, und um atmen zu können, stemmte er sich seitwärts dagegen. Alle paar Sekunden sah er zum obersten Felsrücken hoch und rechnete damit, dort Slone mit gezogenem Bogen stehen zu sehen.

Die Flugzeugtür klapperte im Sturm. Beim Näherkommen sah er, dass am linken Triebwerk die Abdeckung aufgerissen war, jemand hatte die Schläuche und Kabel durchgeschnitten und die Zündkerzen gestohlen. Im Cockpit zog er die Tür gegen den Wind zu und versuchte, Luft zu holen. Dann sah er die Messerstiche im Armaturenbrett und in der Funkanlange. Der Wind stieß gegen die Maschine und jaulte um die Fenster und Tragflächen. Er hätte weinen können vor Kälte. In seinen Nasenlöchern gefror die Feuchtigkeit. Als er das linke Auge nicht mehr aufbekam, wusste er, dass es vom Eis verklebt war. Aus Angst zu erblinden, rieb er verzweifelt daran, dann zündete er ein Streichholz in den Händen an, hielt sich die Flamme ans Gesicht und atmete die Hitze ein.

Die Gedanken sind das große Gedicht des Winters. Er wusste nicht mehr, von welchem Dichter das stammte, und konnte nur vermuten, was es bedeutete – diese Landschaft, die identisch war mit den Gedanken und sich in manchen Momenten selbst erkannte. Sie streift die Vergangenheit, sagt die Zukunft voraus. Er hatte Angst, dass die Platten, die Bruchlinien in seinem Kopf sich verschoben und ein Erdbeben verursachten, das er nicht würde stoppen können. Die Gedankengebirge, die Klippen, von denen man fiel. Ab einem gewissen Punkt war hier alle Vorstellungskraft wie ausradiert. Genauso wenig wie die Sonne ließ diese Landschaft zu, dass man ihr zu nahe kam.

Er sah aus dem Cockpitfenster und versuchte sich die Tundra hinter den Felsspitzen vorzustellen, diese unendlich karge Weite, die selbst die Wölfe in die Knie zwang. Die Urzeitmenschen müssen entsetzt auf dieses unheilvolle Land geblickt haben. Welche Seelenlehre hätte sie gerettet? Sie starben ohne Seele. Er wusste, dass in der Erde, unter dem Schleier aus Schnee und Eis, Sporen von Leben wuchsen, die aus dem Vakuum des Weltalls hierhergeweht worden waren. Wie tief unter ihm wogte die Lava wie Blut unter der Kruste? *Aber wir wurden nicht geboren, um zu überleben. Nur um zu leben.* Er wusste, dass dies die Gedanken eines Sterbenden waren.

Mariums Blut klebte wie Glasscherben an seiner Jacke und den Handschuhen, kleine Tropfen auf der Hose und in den Schnürsenkeln. Er stellte sich vor, wie man ihn im Sommer als Mumie in der Cessna fand, seine knorrige Leiche eine Warnung an alle, die noch weiter wollten. Er dachte an den Anruf bei seiner Tochter, daran, wie ein gleichgültiger Beamter ihr die Nachricht überbrachte, aber als er sich ihr Gesicht vorstellte, war sie drei Jahre alt, seine Tochter als kleines Kind, bevor die Zeit sie ihm genommen hatte.

Im Laderaum hinter der Rückbank fand er einen Seesack und darin Verbandskasten, Luftbildkarte, Jagdmesser, Munition für das Gewehr, ein *Handbuch für werdende Väter* mit Eselsohren und, in einer Seitentasche, eine ungeöffnete Flasche Whiskey. Er sprach laut Mariums Namen, setzte sich zwischen die Sitze auf den Boden und trank aus der Flasche. Immer noch wirbelte der Schnee um die Fenster. Der Whiskey wärmte ihn bis in die Füße. Er kramte die Schokolade aus dem Anzug und zündete sich seine letzte Zigarette an. Der Rauch in der engen Kabine färbte sich blau in der Kälte.

Wintersonnenwende, erinnerte er sich, Mariums Worte an diesem Morgen, achtzehn Stunden Nacht. Er konnte hierbleiben. Er konnte sich in den Schlaf trinken und einfach bleiben. Sich mit der Flasche zurücklehnen und warten – bis die Kälte sich in trügerische Wärme verwandelte und alles dunkel wurde.

Er musste sich bewegen. Von den Schienbeinen über die Hüfte wurde sein Körper allmählich steif, er konnte es fast knacken hören. Ein letzter Schluck aus der Flasche, dann steckte er das Jagdmesser und die Patronen ein und kletterte nach draußen. Gegen den Sturm gestemmt, marschierte er über das zerklüftete Geröll um den Felsvorsprung herum, wo der Schnee sich wandhoch vor ihm türmte. Er kämpfte sich bis zu der Stelle vor, an der Marium und er Pause gemacht hatten. Die frischen Fußspuren stammten von Slone. Als sie am nächsten Vorsprung wieder zurückführten, glaubte Core Slone hinter sich und riss panisch das Gewehr herum.

Auf dem Weg zur Kluft drehte er sich alle paar Sekunden um und rechnete damit, Slone im Schneegestöber an der Felswand stehen zu sehen. Der schmale Pfad durch die Spalte war unter Neuschnee und knackendem Reif verborgen und gespickt mit losen Steinen, aber vom Sturm abgeschirmt. Am oberen Ende machte er halt und sah sich nach Slone um.

Ganz oben, unter einem Felsvorsprung, kniete er sich mit dem Gewehr im Anschlag hin. Vor dem Wind geschützt schwebte der Schnee in den Kessel, als wäre er Teil eines Krippenspiels. Fünfzig Meter weiter unten, zu seiner Rechten, ragten Mariums braune Stiefel hinter der Kante hervor.

Er hängte das Gewehr über die Schulter und wagte sich Schritt für Schritt über Felsbrocken und Schieferplatten vor. Unten angelangt, versteckte er sich hinter dem Abhang und beobachtete im Zielfernrohr den dampfenden Eingang der Quelle. Er atmete tief durch und wartete ab. Dann kroch er eng an der Wand entlang zu den Steinbrocken, die wie eine bucklige Zunge vor dem Rachen der Quelle lagen.

Er kletterte die Rampe zu der ebenen Schieferplatte vor dem Eingang hoch und hockte sich hin, das Gewehr ins Innere der Höhle gerichtet. Unter den Stiefeln der gefrorene Kot von einem Luchs oder Schneeschaf. Zu seiner Rechten, gleich hinter dem Eingang, eine Feuerstelle, rund und verkohlt, daneben die Zahnstocherknochen eines Schneehuhns und andere von einem Hasen. Der warme Dampf weitete seine Lungen, er rollte die Sturmhaube hoch und tastete sich langsam vor in Richtung Quelle.

Nach und nach gewöhnten seine Augen sich an das schwache Licht. Unter sich sah er das Becken, aus dem der Dampf aufstieg, dahinter Spalten, die in der Erde verschwanden. Er blickte durch das Zielfernrohr, horchte in die Höhle hinein und rückte weiter in die wohlige Wärme vor.

Zehn Meter entfernt sah er im Halbdunkel auf einer Schräge ihre Füße in Mukluks aus Elchfell stehen, dort, wo das Licht gerade noch hinreichte. Daneben ein Stapel Decken, Konservendosen, ein Gewehr und eine Lampe. Er tappte weiter auf sie zu, die Waffe knapp über ihre Füße gerichtet. Jetzt schoben sich ihre Schultern und der Kopf aus dem Schatten hervor, und dann sah er ihr Gesicht. Sie saß auf einem Schlafsack und lehnte gegen die Felswand, die Wangen vom Hunger eingefallen, die Lider schwer vor Erschöpfung oder auch Gleichgültigkeit.

Core sagte ihren Namen. Seine Stimme echote durch die Höhle, ein Klang, den er so noch nie gehört hatte. Er zielte auf ihre Brust und kniff die Augen zusammen, um zu sehen, ob sie eine Waffe trug, aber ihre Hände waren über der Taille verschränkt. Als er sie fragte, ob sie verletzt sei, lehnte sie nur den Kopf zurück und sah ihn scheinbar gelangweilt an. Er zog seine Handschuhe aus, schälte sich aus dem Rentieranzug und legte das Gewehr darauf. Dann ging er zur Petroleumlampe und zündete den Docht an. Im Licht wirkte ihr Gesicht gleich viel wärmer. Er erkannte ihre mädchenhafte Schönheit, das weißblonde Haar. Wieder fragte er, ob sie verletzt sei, und trat ein paar Schritte mit der Lampe in der Hand auf sie zu, bis er vor ihr stand und sein langer Schatten sich wie mit Tinte gemalt auf dem Gewölbe abzeichnete.

»Medora«, sagte er. »Medora Slone.«

Sie wollte oder konnte nicht sprechen, hatte offenbar ein Stadium jenseits der Worte erreicht, eine Art Zwischenwelt, in der Sprache nichts galt – was zählte, waren Taten, niemals Worte.

»Wir müssen hier weg. Er kann jeden Moment kommen. Ich hab ihn gesehen. Er sucht Sie.«

Als sie sich nicht rührte, wiederholte Core: »Er kann jeden Moment hier sein.«

Dann veränderte, verzerrte sich ihr Gesichtsausdruck, und aus ihrer Brust drang ein Stöhnen, ein tiefes, grauenerregendes Krächzen. Core drehte sich um und sah ihn im Eingang stehen, die Silhouette von Vernon Slone, vor dem Gesicht die Wolfsmaske, dahinter grauweißes Gestöber.

Der Pfeil drang direkt unter seinem Kragen ein, glatt und geräuschlos, kein Aufklatschen, kein Aufprall im Knochen. Die orangenen Federn auf seinem Hemd. Er hörte sich keuchen, während er an den Fels gelehnt zur Seite rutschte, bis er auf die Schieferstufen sank und die Spucke ihm über die trockenen Lippen lief. Übelkeit, aus Angst vor der Gewissheit des Todes.

Deswegen war er gekommen. Deswegen war er geblieben.

Er lag seitlich auf dem Stein, schwitzte und blutete und sah Slone mit dem Bogen in der Hand in die Höhle kommen. Core warf einen Blick auf das Gewehr, das außer Reichweite auf dem Rentieranzug lag, und horchte auf sein klammes Keuchen und auf Medoras gedämpftes Wimmern hinter ihm. Der Schmerz wich einem Taubheitsgefühl, das sich vom Hals ausbreitete, bis in den linken Arm und in seine blutverschmierten Finger. Es würde nicht mehr lange dauern, bis er tot war.

Slone trat auf Medora zu. Er ließ den Bogen fallen und sah sie im Licht der Lampe in der Ecke sitzen. Sie schluchzte lautlos. Core glaubte, Slone hinter der Maske atmen zu hören, aber das Röcheln war das brodelnde Blut in seiner eigenen Brust.

Vor Medoras Füßen blieb Slone stehen, den Kopf zur Seite geneigt, erst zur einen, dann zur anderen, als versuchte er, sie nach dreizehn Monaten der Trennung wiederzuerkennen – nach allem, was sie getan hatte. Weinend streckte sie die Arme nach ihm aus. Und er beugte sich zu ihr, umklammerte mit beiden Händen ihren Hals und zog sie hoch, um sie gleich darauf gegen den Felsen zu schleudern.

Core wollte losbrüllen, doch die Stimme blieb ihm in der Kehle stecken. Würgend versuchte Medora, sich freizustrampeln und ihm die Maske abzureißen. Als sie zu Boden fiel, griff Medora ihm ins Haar und zog sein Gesicht ganz dicht an ihres. Langsam lockerte er seinen Griff, bis ihre Lippen sich fanden. Sie atmeten sich gegenseitig in den Mund, die Hände in den Haaren des anderen vergraben, ihr animalisches Stöhnen durchwoben von Schmerz und Verlangen nach der langen Trennung.

Sie rissen sich die Kleider vom Leib, ein flüchtiger Blick auf ihre volle Brust und ihre Schenkel, dann sah Core sie nackt im Schatten niedersinken. Unmenschliche Klagelaute drangen an sein Ohr. Fast erinnerte er sich an dieses herrliche Gefühl, an seine Jugend, an seine Frau und Tochter, jetzt nur noch Kristallfiguren in seinem Gedächtnis. Langsam wich alles Leben aus ihm, er schwitzte, hörte seinen Atem rasseln und versuchte vergeblich, ein altes Gebet wieder auszugraben.

Nach einiger Zeit tauchte ein nackter Körper aus Schatten und Dampf ins Licht der Lampe, sein blonder, mit Tau betupfter Bart, kinnlanges Haar, wirr und nass. Er schreckte Core auf, holte ihn aus dem freien Fall durch die Luftschichten. *Du würdest mich nicht suchen, wenn du mich nicht gefunden hättest.* Er kniete sich hin, griff nach dem Schaft zwischen Cores Schultern und zog ihn glatt und schnell heraus. Der Schmerz schoss ihm in Wellen durch den Hals, in die Zähne, die Wangenknochen.

Slone wischte den Pfeil an Cores Hemdärmel ab und blieb neben ihm hocken. Sein Gesicht war voller Rätsel. Core hatte keine Ahnung, was in ihm vorging. Hinter ihm trat Medora aus der Dunkelheit, ein rötlicher Ausschlag zierte ihr mattes Fleisch, Sperma glitt über ihren Innenschenkel. Core zitterte vor Kälte vom Blutverlust, selbst die Hitze der Quelle konnte ihn nicht mehr wärmen. Medora deckte ihn mit dem Rentieranzug zu und legte ihm die Kapuze um den Hals, dann kniete sie sich neben Slone und nahm Cores Hand. Sie schien gewillt, ihn zu verstehen, seine Verwirrung und seine Liebe. Fast lächelte er.

Als er ihre Gesichter so nebeneinander sah, stellte Core fest, dass sie das gleiche Grübchen am Kinn hatten, den gleichen gebogenen Nasenrücken, das gleiche gelbliche Weiß in den Augen. Er dachte, dass er den Verstand verlor und sie sich in seiner Wahrnehmung überlagerten.

Er sah Slone an. »Die Stiefel«, keuchte er schwach, obwohl seine Kehle so trocken war, dass er seine Worte selbst kaum vernahm.

Slone beugte sich zu ihm vor und kniff die Augen zusammen, als Zeichen, dass er nicht verstand.

»Die Stiefel«, wiederholte Core und nickte in Richtung Füße. »Es sind Ihre.«

Slone schaute auf die Stiefel, dann wieder zu ihm. In seinem Blick lag ein Grinsen, ein Ausdruck, der sagte, er solle die Stiefel behalten. Slone stand auf, und als Medora seine Hand losließ, spürte Core, wie er weiter fiel.

Sie zogen sich an und packten die Vorräte ein, die Gewehre, den Bogen, die Decken, die Lampe. Ab und zu riss Core noch die Augen auf und sah ihnen zu. Bevor sie ihn in der dunklen, dampfenden Höhle allein ließen, kam Slone noch mal zu ihm und steckte ihm eine brennende Zigarette zwischen die Lippen. Mit der linken, tauben und blutverklebten Hand zog Core die Schokolade aus dem Anzug und entfernte mit den Zähnen die Folie.

Er rauchte mit dem Geschmack von Schokolade und Blut im Mund und hörte sie aus der Höhle gehen, bis sie außer Hörweite waren und er allein in der Stille und Dunkelheit blieb. Wo das graue Tageslicht den Fels über ihm streifte, sah er Zigarettenrauch und Dampf zu rätselhaften Formen verschmelzen. Er erinnerte sich daran, wie er früher gemalt hatte. Diese Art von Formen hätte er damals gern gemalt, in einer Anmut, die ihm jetzt verwehrt blieb.

Er bedauerte es, nicht an zu viel Whiskey und Tabak zu sterben, und wünschte, er hätte sich in den letzten fünfunddreißig Jahren mehr Vergnügungen erlaubt. Von seinen Mitmenschen war in dieser Hinsicht wenig zu erwarten gewesen. Sie waren nur auf ihr eigenes Vergnügen aus, sie reiften oder verrotteten und überließen einen sich selbst.

Er war ein weißhaariger Mann und hatte in eine Zukunft investiert, die ihn vergessen hatte. Er sah jetzt deutlich die Gesichter seines Vaters und seiner Mutter vor sich – als junge, frischgebackene Eltern –, aber als Tote hatte er sie nicht gesehen, weil er nicht da gewesen war. Die meisten von uns sterben den Tod, den sie verdienen. Nicht so Bailey Slone.

Während er langsam vorwärtskroch, hinterließen seine tauben Arme rotbraune Abdrücke auf dem Stein. Halb im Schnee schleppte er sich bis zum Ausgang der Höhle. Es wurde allmählich dunkler. Auf dem Bauch und auf die Ellbogen gestützt blickte er in den Kessel hinunter und sah die beiden auf der anderen Seite in der Felsspalte verschwinden. Dann brach er zusammen und rollte mit ausgestreckten Armen auf den Rücken.

Er spürte die Flocken auf der Stirn und im Mund, fühlte die Kälte durch die Kleider sickern. Der wolkenlose, cremefarbene Himmel über ihm war ein Schleier ohne Anfang und Ende.

Auf dem Kamm zu seiner Rechten sah er die Silhouetten der Wölfe, die ihn mit ungewöhnlicher Ruhe beobachteten. Wie er ihre Geduld bewunderte, dass sie so klug waren zu warten. Im Grunde war es eine Ehre, von ihnen verspeist zu werden. Ihnen sein Fleisch zu geben, damit sie leben konnten. Und bevor ihm schwarz vor Augen wurde, sah er hinter den Wölfen den Jungen stehen – Bailey Slone, so wie er ihn im Erdkeller gefunden hatte, die Würgemale am Hals, totenbleich und in den Augen die nackte Angst.

Die vier Männer, die ihn weckten, trugen Schutzbrillen unter den Wolfsfellkapuzen ihrer Parkas. Sie sprachen kein Wort. Furchterregende Engel ohne Flügel. Der wulstige Himmel hinter ihren Köpfen war bereits dunkellila. Mit ihren Fäustlingen befreiten sie ihn von einer Schicht Schnee. Einer der Männer richtete ihn bis zur Hüfte auf, während die anderen ihn in den Rentieranzug zwängten. Ohne die Kälteverbrennungen am ganzen Körper und die Pfeilwunde wäre es ihm vorgekommen wie sein eigener Tod.

Sie wickelten ihn in eine Decke – ein Leichentuch, dachte er –, hoben ihn an Schultern und Füßen an und legten ihn in ein Fell. Dann trugen sie ihn in aller Ruhe den Hang hinunter, wie bei einer Beerdigung. Als sie die Felswand erreichten, sah Core die Stelle, wo Marium gelegen hatte, die von Zähnen zerrissenen Kleider und Knochen, das Rosa seiner zerfetzten Innereien, die blutigen Pfotenabdrucke. Die Wölfe hatten ihr Festmahl gehabt, aber ihn verschont, obwohl es nicht sein Wunsch gewesen war, verschont zu werden.

Die zwei Hundegespanne spielten im Schnee oder ruhten sich aus. Als die Männer aus dem Felsspalt kamen, stellten sie sich sofort pflichtbewusst auf. Der Schnee hatte nachgelassen. Im Osten schien der gelbe Vollmond durch einen Riss in den Wolken. Die Männer legten Core auf einen der Schlitten. Er spürte, wie sie ihn zusammen mit einem Husky in das Fell wickelten – sein sauberer kühler Geruch, die feuchte Nase an seinem Mund und Kinn.

Sie betteten ihn mit weiteren Fellen zwischen die Stangen, den Kopf gegen den vorderen Bogen gestützt, das Gesicht am Hals des Huskys. Allmählich ging die Wärme des fast vierzig Kilo schweren Tieres auf ihn über. Von unten spürte er, wie die Kufen über den verkrusteten Schnee ratterten und dann sanft über den Neuschnee glitten, während die Männer ihre Hunde auf das Mondlicht zutrieben.

Jedes Mal, wenn er in seichten Schlaf fiel, rechnete er mit dem Abgrund, damit, nicht mehr aufzuwachen. Wenn er es dann doch tat, spürte er den Schlitten dahinfegen, roch den Husky, hörte die Schlittenhunde vor ihm jaulen. Jedes Mal musste er sich von Neuem bewusst machen, dass er nicht tot war. Eine holprige Fahrt – ein oder zwei Stunden, so genau konnte er das nicht sagen, die Zeit war nur noch ein Hin-und-her-Schwappen von Sand, seine Erinnerung übersprang Jahrzehnte. Die Schlitten erreichten Keelut.

Die Männer trugen ihn in eine Hütte und ließen ihn vor dem Feuer liegen, bei einer Gruppe von Frauen in kurzen Ärmeln, die ihn auswickelten und ihm den Oberkörper freimachten. Die Pfeilwunde hatte aufgehört zu bluten und war an beiden Seiten dunkel eingetrocknet. Eine Frau brachte eine Schüssel mit warmem Wasser und Lappen. Dann zogen sie ihn ganz aus und wuschen ihn dort auf dem Boden vor dem Feuer auf einer blauen Decke, sie hoben seinen Kopf an und gaben ihm aus einer Spritzflasche zu trinken, und als die Wunden gesäubert waren, rieben sie sie mit einer stechend riechenden Salbe ein, die erst kühlte und dann brannte. Er sah eine blonde Frau, die sich den Rentieranzug anschaute und daran roch, und Core hatte keine Ahnung, was los war.

Mit Autoschwämmen wuschen sie ihm Schoß und Beine, wo das Blut in geronnenen Streifen klebte. Er spürte das Wasser und die Luft an seinen zusammengeschrumpften Genitalien, aber er schämte sich nicht. Sie trockneten ihn vorsichtig ab und zogen ihm weiche Sachen an, die nach Mottenkugeln rochen. Die zärtlichen Frauenhände auf seiner Haut brachten ihn fast zum Weinen.

Wann hatten ihn solche Hände zum letzten Mal berührt? Allein für diese Zuwendung wäre er bereit gewesen, noch viele Male zu sterben. Wie oft war er, bevor er sich der Apathie hingegeben hatte, allein aus diesem Grund beim Friseur gewesen? Nicht weil er einen Haarschnitt brauchte, sondern weil die Hände auf seinem Kopf ihm zeigten, dass er noch existierte und in der Lage war, eine Berührung zu empfinden. Keine Massage konnte das besser als die geschickten Finger eines Friseurs.

Nachdem er noch etwas Wasser bekommen hatte, holten sie einen gusseisernen Topf mit einer bittersüßen Wildbrühe aus dem Feuer. Die blonde Frau fütterte ihn mit einer Kelle aus Birkenholz, sie war ungefähr so alt wie er, schätzte er – wahrscheinlich Medoras oder Vernons Mutter.

Von zwei anderen gestützt, trank er die Brühe. Er konnte den Blick nicht von der Frau abwenden, vielleicht ging es nicht mit rechten Dingen zu, aber sie sah aus wie eine Mischung aus beiden – das feine blonde Haar, Nase und Kinn, die gelbbraunen Augen und ovalen Ohren. In ihrem immer noch schönen Gesicht erkannte er sowohl sie als auch ihn. Sie war beider Mutter. Ihm fiel ein, wie groß ihm die Ähnlichkeit ihrer Tochter und ihres Sohnes vorgekommen war, als sie in der dampfenden Höhle vor ihm gekniet hatten.

Und bevor ihn der Schlaf tief in die nächtliche Weite zog, begriff er, dass diese Frau, die sich jetzt über ihn beugte und ihn gesund pflegte, nicht nur der Ursprung beider Gesichter war, sondern – vielleicht – auch der Grund für die Wölfe.

Als er am nächsten Morgen in einem Krankenhaus im Ort aufwachte, saß neben ihm auf einem Holzstuhl seine Tochter. Sie trug eine Brille, die er nie an ihr wahrgenommen hatte, und, den Feiertagen entsprechend, einen roten Pullover. Ihr Lächeln deutete Erleichterung an. Im Nebel der Medikamente glaubte er kurz, seine Frau vor dreißig Jahren vor sich zu haben. Er blickte auf die Decke und spürte seine Hand in ihrer.

Sie würde alles wissen wollen. Die ganze Wahrheit, von Anfang bis Ende. Aber er hatte nur eine Geschichte für sie – die, wie ihm schien, halb im Traum stattgefunden hatte und der echten Welt, wie er sie kannte, nur entliehen war –, und diese Geschichte trug die Kleider der Wahrheit. Er richtete sich im Bett auf und bereitete sich darauf vor, sie ihr zu erzählen. Er suchte nach einem Anfang und nach seinem Glauben daran.

13

Die restlichen Wintermonate verbrachten sie weit entfernt von Keelut im Gras-Iglu ihres Vaters irgendwo in der Taiga, einer Erdhöhle, die er für dreiwöchige Jagdtrips gebaut hatte, als sie noch klein waren. Sie kannten diese Art von Behausung von Kindheit an – viele der Jäger aus dem Dorf hatten im Winter solche Außenposten gebaut, wenn die Rentiere gen Osten zogen. Im Tal hinter dem Dorf hatte ihre Mutter ihnen Rucksäcke mit Vorräten hinterlassen, dazu eine Karte, auf der das Iglu ihres Vaters blau eingekreist war.

Sie brauchten einen ganzen Tag, um die Stelle zu finden, erst auf Feldwegen im Allradantrieb, bis der Wagen im Schnee stecken blieb und sie zu Fuß weitermussten, mit allem, was sie tragen konnten. Vierzig Minuten lang gruben sie sich durch die Schneewehen zum Eingang, eine Holztür, die aussah, als hätte sich ein Grizzly daran zu schaffen gemacht. Drinnen dann war es trocken, der Ofen funktionierte, daneben mehrere Stapel Feuerholz, außerdem Fässer mit unverderblichen Lebensmitteln von vor ihrer Geburt. Der reine Geruch gefrorener Erde, bis Slone den Rauchabzug vom Schnee befreite und den Ofen anzündete.

Ihr Vater hatte Vorräte für ein halbes Jahr gelagert: Bisquick und Bohnen, Haferflocken und Reis, Nudeln und Rosinen, Milchpulver und Kaffee, getrocknete Pfirsiche und Aprikosen. In einem anderen Fass: Verbandskasten, Kerzen und Streichhölzer, Radio und Batterien, Taschentücher und Schneeschuhbindungen, Petroleum und Dochte. Die Schokolade, die sie als Kind verschlungen und seit Jahren nicht mehr gesehen hatte. Zigarettenstangen. Pullover, Socken, lange Unterhosen, Overalls. Decken, Munition, Bücher. Eine Matratze hing mit Draht befestigt an der niedrigen Decke, um sie vor Nagetieren zu schützen. Mit Zucker und Vanille konnten sie aus Schnee Eiscreme machen.

Vielleicht, dachte sie, hatte ihr Vater alles für diesen Tag vorbereitet, den Tag, an dem seine Zwillinge einen Unterschlupf brauchten – den Tag, an dem ihre Andersartigkeit bekannt wurde und sie gezwungen waren zu flüchten, ihr Exil anzutreten, für Sünden, die sie nicht kontrollieren konnten. Sie hatte das Gesicht ihres Vaters seit sechs Jahren nicht gesehen, seit dem Abend, bevor er sich den Lauf seiner Flinte in den Mund gesteckt und mit dem Zeh abgedrückt hatte, aber sie erinnerte sich daran, auch an seinen Zigarettengeruch, seine Stimme, die immer so rau und kratzig wie er selbst gewesen war. Das Gras-Iglu bedeutete, dass er sie geliebt hatte, dass er sie beide geliebt hatte, auch wenn sie anders waren.

Sie schliefen, aßen und lasen, labten sich aneinander. Sie wechselte den Verband an der Schusswunde in seinem Rücken, trug Salbe auf, zog ihm die Fäden, als sie geheilt war. Wochenlang taten sie kaum etwas anderes, als nackt unter Decken zu liegen, erschöpft wie nie zuvor, während der Ofen zu heiß brannte und sich um sie herum der Schnee anhäufte. Er hackte noch mehr Holz und ging jagen, Luchs, Fuchs, Hase, was immer er finden konnte, aber es herrschte immer noch Knappheit im Land, deswegen war es nicht viel, was er fand. Die Gewehre standen vor dem Eingang bereit, die Flinte am Ofen, und in seinem Gürtel steckte immer eine Pistole. Er erklärte ihr, was sie zu tun hatte, falls er nicht da war und sie Männer durchs Dickicht kommen hörte. An sechs Stellen um das Iglu herum spannte er Stolperdraht zwischen den Bäumen, davor angespitzte Stöcke, die einen Mann aufspießen konnten.

Eines Nachmittags, als sie vor Anbruch der Dunkelheit jagen waren, stießen sie auf eine kleine Propellermaschine, die sich, im Schnee getarnt, in den Baumkronen verfangen hatte – eines der unzähligen Flugzeuge, die hier vermisst wurden. Da sie leichter als ihr Bruder und schon immer die bessere Kletterin war, ließ sie sich von ihm in die Äste heben und stieg vorsichtig bis zum Flugzeug hinauf. Durch die kaputte Scheibe sah sie den Buschpiloten angeschnallt im Schnee sitzen, ein in Wolle gekleidetes Skelett, das Headset um den Schädel. Der Propeller war beim Aufprall ins Triebwerk gedrückt worden, an der Tür schwarze Brandspuren. Das Heck baumelte abgebrochen in der Luft, eine Tragfläche hing abgeknickt unterm Rumpf. Sie wischte den Schnee von der anderen Tragfläche, stellte sich vorsichtig drauf und stieg dann durchs Fenster ein. Hinter den Sitzen lagen mehrere Holzkisten mit Post. Die Stempel stammten von 1968. Sie warf Slone einen der Beutel zu – sonst gab es nichts im Flugzeug, was sie brauchen konnten –, und dann las sie zwei Wochen lang diese Briefe, vergessene Nachrichten aus Welten, die sie sich vorzustellen versuchte, und staunte über die unterschiedlichen Handschriften von Menschen, die schon längst ein anderes Leben führten.

Sie las Slone daraus vor, verblasste blaue Tinte auf pfirsichfarbenem Papier, das immer noch einen gespenstischen Hauch Parfüm verströmte, Zeilen von Mary an

Joseph, die so begannen: »Bitte geh nicht in den Dschungel. Es gibt keine Liebe im Krieg, und bei mir wartet so viel Liebe auf dich. Du musst da nicht hin, Joe. Lauf einfach weg, komm zu mir, bleib bei mir, hier finden sie dich nie.«

Der Winter ging dem Ende entgegen, es taute, der Frühling kam sie erlösen, obwohl sie schon dachte, er hätte sie vergessen. Dabei war es immer so. Ende März glaubten sie jedes Mal, der Frühling habe sie vergessen.

Slone grub ein größeres Iglu in eine bewaldete Anhöhe am Rand der Taiga, uneinsehbar sowohl vom alten Rentierpfad aus als auch aus der Luft. Nicht einmal aus drei Metern Entfernung würde man sie entdecken. Sie sah ihn mit freiem Oberkörper im wandernden Licht der Sonnenstrahlen arbeiten, sah ihn die Erde aufgraben, immer weit genug über dem Grundwasserspiegel, dass sie es trocken hatten. Sie sah zu, wie er ein Gerüst aus Fichten baute, die Pfähle und die Balken fürs Dach einkerbte und Masten in den Boden rammte.

Das Werkzeug hatten die Dorfbewohner ihnen im Tal hinterlegt – Schrotsäge und Axt, Hammer und Schlägel, Schaufel und Hacke, Nägel und Schrauben, eine Rolle Plastikplane. Sie half bei den Wänden, half, den Rasen zu stechen und zu tragen, schabte das Nadelholz für das Dach ab. Sie lernte, die Balken mit Nägeln zu fixieren. Er lehrte es sie mit einer Geduld, die sie überraschte.

Keine Fenster. Ein runder Eingang von eineinhalb Metern. Zusammen trugen sie die Matratze und den Holzofen aus dem Iglu ihres Vaters herüber, und danach alles, was er für sie aufbewahrt hatte. Sie liefen zu ihren Wagen, die sie im Abstand von zwei Meilen in den Hügeln versteckt hatten, und kehrten mit den Taschen zurück, die sie im Winter nicht hatten tragen können.

Manchmal kamen sie nur im Sternenlicht heraus, wenn sie an zwei Tagen in Folge dasselbe Flugzeug am Himmel erspäht hatten und nicht sicher waren, ob man nach ihnen suchte. Im Violett der Abenddämmerung sahen sie nach ihrer Beute, in Fallen und Schlingen im Wald, Netzen im Wasser – dann, wenn man sie nicht aus der Luft sehen konnte. Sie fragte sich, ob die Welt sich tatsächlich noch dafür interessierte, was im Winter geschehen war. Sie war nicht sicher.

Im Mondlicht nackt im nahe gelegenen See oder Fluss zu baden war ein tolles Gefühl. Es war Mittfrühling und das Wasser noch frisch. Sie sammelten Nahrung, tasteten sich auf selbst getretenen Pfaden durch den dunklen Wald, um sie herum Eulen und Fledermäuse, die ihren Weg ausloteten. Sie aßen Äschen, Makrelen und Glockenblumensprösslinge. Marder, Fuchs und Wild. Von Nacht zu Nacht gewöhnten sich ihre Augen mehr an die Dunkelheit. Er konnte ein Reh im Mondschein häuten und den Tritt eines Bären von dem eines Elchs unterscheiden. Wann immer sie bei Tageslicht unterwegs sein mussten, stampfte er jaulend durch den Busch, um nicht plötzlich vor einem Grizzly oder Braunbär zu stehen. Welche Plage auch immer dieses Land befallen hatte, sie verschwand mit dem Winter. Kaum dass es taute, kehrten die Tiere zurück.

Sie lauschte seinem Atem, hörte ihn neben sich schnarchen. Sobald er aufhörte, hielt sie den Atem an und horchte durch die Graswände auf den neuen Morgen. Sie schliefen den ganzen Tag, bis er sie in der Dämmerung weckte. Nachdem sie drei Tage lang kein Flugzeug gehört hatten, kamen sie wieder ans Tageslicht.

Als der Boden weich genug war, verlegten sie Baileys Grab. Sie befreiten ihn aus dem schmelzenden Eis auf dem Friedhof von Keelut und trugen ihn in seiner Sperrholzkiste tief in die Taiga. Slone wählte eine Stelle neben der Heide, wo sie schliefen. Er ließ sie zusehen, wie er das Loch grub, ließ sie mit einem Brecheisen den Deckel aufstemmen und hineinschauen – nicht flüchtig, sondern bewusst, damit sie ihn sah, und sie machte mit, denn sie wusste, dass er danach nie wieder erwähnen würde, was sie getan hatte.

Sie hatte gewisse Erinnerungen. Sie war fünf oder sechs, es war Sommer im Wald in der Nähe vom Dorf, ein Wald voll riesiger Tannen und Eichen. Die Sonnenstrahlen brachen sich in den Baumkronen, Pollen schwebten im Licht wie Sterne in einer Galaxie. Und dann die ersten Schuljahre, vor so langer Zeit, ihr Lehrer ein Missionar aus dem Süden, ein schöner junger Mann, erinnerte sie sich. Dunkles Haar und blaue Augen – eine Kombination, die sie so nie gesehen hatte. Er hatte genug Bibeln für alle zwölf Kinder und las ihnen die Verse vor, während sie andächtig dasaßen und nur Augen für ihn hatten, seine Lippen, wie sie sich begeistert bewegten, als wären die Worte allein eine Freude.

Als sie Slone jetzt davon erzählte, sagte er, das Gedächtnis sei ein Schwindler, ein großer Betrüger. Er konnte sich nicht an halb so viel erinnern wie sie. Sie waren immer Hand in Hand gemeinsam überall hingegangen, mit Sicherheit hätte auch er sich daran erinnert, wenn es so gewesen wäre, wie sie behauptete, wenn die Pollen im Licht der Sonnenstrahlen an jenem Tag wirklich wie Sterne ausgesehen hätten, wenn der Lehrer ihnen Bibeln mitgebracht hätte. *Er hätte auch gern meine Erinnerungen,* dachte sie. *Er hat mein Gesicht und meinen Körper, jede Zelle von mir, und trotzdem will er mehr, er will sogar meinen Schatten stehlen.*

Als Kinder waren sie jeden Sommer mehrere Tage in diese Gegend gekommen, mit nichts als ihrem Körper. Sie erinnerte sich, wie sie nackt in der Sonne geschlafen hatten, auf Betten aus Moos, auf Felsen mit Flechten, und dann in der Nacht hatten sie einander umschlungen, um sich zu wärmen. So war es auch jetzt wieder. Täglich wurde sie runder, mit dem neuen Kind, auf das er bestanden hatte. In sich hörte sie schon das Saugen und Schluchzen, den Puls, der schlug, bis es eines Tages weinen würde, weil es Hunger hatte und immer weiterwuchs. Und da fiel ihr ein, dass sie noch andere Pläne hatte.

Nachdem es getaut hatte, trafen sie ihre Mutter im Tal. Sie schlug ihm auf den Bart, packte ihn am Kinn, drückte seine Lippen zusammen. Sie befahl ihm, Medora froh zu machen, und sie auch. Sie sagte, er habe dreckige Zähne. Er nickte nur und wandte den Blick zu den Hügeln, während Medora ein Lachen unterdrückte.

Sie wanderten im Sonnenlicht und im Mondlicht, und unterwegs sammelten sie Lachsbeeren, Moosbeeren, Birkensaft und Wollgrashalme. Das Feuerkraut pflückte sie wegen seiner Farbe. In der frühen Morgendämmerung sah sie es leuchten, richtig leuchten, und oft ging sie es ohne ihn pflücken. Die warme Ruhe am Morgen, diese Momente ganz für sich allein – sie wollte nicht, dass sie vorbeigingen.

Eine späte Frühlingsbrise drang durch den Eingang ihres Iglus, als sie mit einem Messer in der Hand aufwachte. Sie schwebte über ihm, während er schlief. Ihre Mutter hatte ihr einen Monat zuvor bei ihrem Treffpunkt eine Zeitschrift gegeben, in der stand, dass Träume sinnlos sind. Sie bedeuten nichts, verweisen weder auf die Zukunft noch auf die Vergangenheit. Sie sind das, was das Gehirn ausscheidet, während der Körper ruht. Wie kam es dann, dass sie sich mit dem Messer sah, bevor sie es in der Hand spürte, bevor sie aufwachte und über ihm kniete und ihm die Klinge in den Hals stoßen wollte? Weil, dachte sie, wir unsere Wünsche Träume nennen, und dann legte sie das Messer weg und schlief wieder ein.

Danksagung

Mein Dank gilt:

Bob Weil, Fackel in der Nacht.

Steve Almond, Rabbi, Bruder, Freund.

John Stazinski, unersetzlich von Anfang an.

Will Menaker, als Leser unvergleichlich.

David Patterson, weiser 007.

Dem engagierten Team von W. W. Norton und Liveright, Helden der Verlagswelt.

Katie, Ethan und Aiden, für alle Nachsicht in diesem Dunkel.